序　曲

—詩人の心の成長—

ウィリアム・ワーズワス
佐藤健治 訳

砂子屋書房

自然に生れ　自然に生き　自然に旅立った

兄　佐藤健次郎へ

序曲　目次（一八〇五）

第一巻　序章　幼年時代と小学校時代（一〇歳頃まで）　1
第二巻　小学校時代――続き（一〇―一七歳）　21
第三巻　ケンブリッジの大学生活（一七―一八歳）　35
第四巻　夏休み（一八歳）　55
第五巻　本（幼少―一五歳）　70
第六巻　ケンブリッジとアルプス（一八―二〇歳）　88
第七巻　ロンドン滞在（二〇秋―二一歳春）　109
第八巻　回想――自然愛から人間愛へ（幼児からの内面生活）　130
第九巻　フランス滞在（二一春―二二歳秋）　156
第十巻　フランス滞在とフランス革命（二二秋―二四、五歳）　183
第十一巻　想像力　いかに損《そこな》われ　回復されたか（二五歳）　213
第十二巻　同じ主題――続き（二五―二七歳）　225
第十三巻　終りに　236
あとがき――ありがとう　お兄さん　250

第一巻　序章　幼年時代と小学校時代（一〇）

おお　なんという有り難さ　この優《やさ》しいそよ風！
緑の野から　雲の上から　また　空から
吹いてきて　私《わたし》（以下私は総て「わたし」）の頬を　なでながら
その与える喜びを　なかば意識してるかのよう。おお
ようこそ　み使いの者よ！　おお　ようこそ　友よ！
あなたを迎える一人の捕《と》らわれ人がやってきたのは
束縛の家　あの遥《はる》かな都会　ロンドンから　解放され
長い間　閉じ込められていた　牢獄から。
今こそ　私は解き放たれ　自由を与えられ　解放されて
好きなところに　住めるのだ。どんな住処《すみか》が
私を迎えてくれるだろう　どんな谷間に
私の寄り辺はあるのだろう。どんな森の中に
私の家を築こう。どんな心地よい流れが
その囁《ささや》きで　私を宥《なだ》め　休ませてくれるだろう
大地はすべて　私の前にある。もう　嬉《うれ》しさいっぱいで
その心の自由の恐怖に　怯《おび》えることもなく
辺《あた》りを見回すが　私の選べる案内者が
たとえさ迷《まよ》える雲にすぎないものであろうとも　もう
私は自分の道を見失うことはない。またもや溜息をつく。
すると　われを忘れる想いと　心の高鳴りが
さっと　私の心に沸起《わきおこ》り　あれは　振払われてしまう
不思議な天の力によるかのように　振払われる
あの不自然な　私の自我の重荷
多くのいやな日々の　あの重荷　私のものでもなく
私のために作られたものでもない　あの重荷が。
長い数ヵ月の　平和《やすらぎ》（もしこのような大胆な言葉が
なにか　これからの人生に　使えるなら）
長い数ヵ月の　安心《やすらぎ》と　乱されない歓びが
これから私のものとなるのだ。どちらに足を向けよう
街道　小道　また　広い野原を　過《よぎ》り

或は　小枝か　川の上のなにか漂うものに
決めさせようか　わが進む方向を。

　今は　完全に自由な身となった。これから数ヵ月の間
神に選ばれた仕事に　身を捧げるとしよう。
退屈な海は捨てて　陸に住み　たとえ
その地に定住する移民ではないにしても　少なくとも
荒野の水を飲み　緑の薬草を摘《つ》み　そして
その地に育った木から　新鮮な果物を　採《と》るとしよう。
いやもし今の私を信じてよいなら　それ以上にこの時が
私の喜びを神聖にする贈物を　齎《もたら》してくれるのだ。
なぜなら　私に　こんなふうに思われたから　天からの
心地よい息吹《いぶき》が　私の身体《からだ》に　吹いているときは
心のなかに　それに応《こた》える　穏《おだ》やかな　創造的精神
生命《いのち》溢《あふ》れる微風《そよかぜ》が　沸起《わき》り　それが　自分の作った
物の上を　静かに旅して行き　そして　ついには
嵐《あらし》となり　抑えきれぬ力となって
自分の創った物を　掻立《かき》てる。その力は
意識されずに　来たのではなく　その嵐は
長い間　続いた霜を　うち破り
齎《もたら》してくれるのは　春の萌《きざ》し　希望にみちた
生き生きとした日々　重々しさ　もの思い
名誉ある戦場での　勇敢なる行為
純粋な情熱　美徳　知識　歓び
まさに　神聖な生命の　調べ　詩　だ。

　おお　友よ！　これまで　私は　現在の喜びを
歌の内容にすることには　馴れていなかったが
あの日（二五歳の九月のある日）私の魂が　韻律ある調べとなって
いま私が書いたような　まさにこの言葉となって
流れ出たのだ。この広い野原に向って　将来の予想を
語ったのだ。韻律ある言葉が　自然に
流れ出て　わが魂に　司祭の衣を　着せ
こうして　聖なる儀式のために　とくに選び出された
ように思われた。この大きな希望を　私は抱《いだ》いたのだ。
この私の声が私を励《はげ》ましてくれたのだ。それにも増して

完全な声とはならない　心の内なる声が。この二つの
声に聞き入って　この二つの声から引出したのは
来たらんとするものに対する　歓ばしい確信だった。

　そこで　今や　この情熱に対して　しばしの休養を
与えようと思い　私は　歩みにまかせて
静かに　歩いていった。すると間もなく
緑の木陰に着き　そこで　樹の下に
腰　おろし　自ら進んで　心の緊張を　緩《ゆる》め
そして　あの心地よい　幸福な思いに　浸《ひた》った。
あの日は　晴れわたった　穏《おだ》やかな　秋の日だった。
二時間ほど　西のほうに傾いた
太陽には　ほどよい温《あたた》かさがあり
空には銀の雲　野原には　日の光が降り注ぎ
私の休んでいる　あの陰なす森は
物音一つしない　静けさ。その大地に　私は横たわり
いろいろな物思い　それも主《おも》に　わが身の処理に関する
物思いに耽《ふけ》った。そしてついに　私は選んだ
心地よい一つの谷間　そのほうへ　歩みを向けると
見えるような気がした　まさに　あの家や野原が
私の目の前にあると。そうしているうちに
今にもすぐに始められ　そして　恐らくは　また
完成もされる　ある輝かしい仕事への
まぎれもない　確信を得たのだ。こうして長い間　私は
頭の下の　心地よい大地の枕に　励まされ
温かい大地の感触に　和《なご》められ
それで　心の落着きを得て　何も見えず　聞えもせず
全くわれを忘れて　横たわっていた。ただ
ここかしこ　わが床なる　槲《カシワ》の森のあたりで
音たてて　枝から落ちる　どんぐりの
その音に　おどろくのでした。

　このように　思いに耽《ふ》けりながら　心みたされ
ここを去りかねて　立上がろうとしなかった　が太陽が
もう殆《ほとん》ど地平線に接しようとしていた。それから　私は
別《わか》れを告げて　あの都ブリストルを　後にした。

まさに　その時の偶然の身支度　そのままの姿で
私は自分の選んだ谷間に向って　旅立った。
それは素晴らしい夕暮だった。そして私の魂は
もう一度　新たに回復された自分の力を
試してみたが　イオルス(風＝詩の神)の訪れが
ないわけではなかったが　しかしその立琴は
間もなく　奪《うば》い取られ　ようやく調和した
楽《がく》の音《ね》は　ばらばらの音となって　ついには
全くの沈黙に帰《き》してしまった。「それで　いいのだ。
ひどいじゃないか」と私は言った「この有難い日に
なにか今の喜び以外の事を　考えるなんて」
こうして　農夫のように　わが道を　歩いていった
夕陽が　輝いていた。そして　少しも思わなかった
あの時の平安をまた奴隷の軛《くびき》に結びつけようなどとは。
いたずらに沢山の言葉を並べても　何の役に立とう
さ迷い歩くこの心地よい旅路　二日の間
続けると　ついに　わが隠れ家《が》に　辿《たど》り着いた。

わが友よ　それから後のことを語るのは　差控えよう
賞賛と愛　ありふれた物の中にひそむ
生命《いのち》　数限りない事柄が
珍《めず》しく　少なくともそう見える物が　毎日
私の周り全体に現れ　親しい間柄となり
自分を祝いたい気持　完全な
心の落着き　この上ない幸福などを。
しかし　速《すみ》やかに　私の中に一つの望みが　沸起り
気を引締《ひきし》めて　心に決めた　ある目的へと　進む
本を読んだり　考えたりして　新しいものを
集め　或は　古い材料を　折よく用いることによって
役に立たなくならないようにすること。私の望みは
ますます高まり　外部的生命の枠《わく》を　与え
目に見える住処《すみか》に　定着させたいのは
あの空想的な幻の　ある部分で
それが　長い間　ふらふらと　漂《ただよ》っていたのだ。
そのような存在に　ほどよく　与えようとしたのは
私の心に　重く伸《の》し掛っていた　色々な感情でした。

だが　在るのは　失望だった。明け方の光が
ときに　東から輝きはしても　すぐに消えてしまい
私を　弄《もてあそ》ぶのは空で　熟して
しっかりとした朝とはならず。たとえ　心に
かつて抱いた楽しい予想を　思い起して
喜んで　何か高尚な題目に取り組んではみても
望みは　徒労に　終るのみ。どちらを向いても
あるのはただ　来る日も来る日も　新《あら》たなる障害のみ。

　いまは　あの高い希望を　しばし　譲《ゆず》ることを
よしとしよう　差当ってはもっとささやかな仕事が与え
られているのだから。だが　おお　親愛なる友よ！
詩人というものは　穏やかではあるが
恋する人と同じように　気紛《きまぐ》れを起すときがあるものだ。
また発作《ほっさ》を起す時もある　気分が悪くも良くもなくとも
身近に悩みがなくとも　抑《おさ》えがたい
思いがあるときには。心そのものは
瞑想好きなもので　おそらく　一番喜ぶのは
母鳩のように　忠実に　雛《ひな》を暖《あたた》めるように　じっとして
居るときですが　いつもそのようであるとは限らない。
それどころか　どこか落着かぬ所があって　衝動的に
悩んでいるかのように森の中へ駆立《かりた》てられることがある。
ちょうどそのような情熱がいまの私にある。それを
非難はしない　あまりに長く続く　というのでなければ。

　これから　かくも輝かしい仕事に
取掛《とりかか》ろうとする人に　相応《ふさわ》しく　厳《きび》しく
わが心を　点検してみると　その結果は　まあ
明るい希望を与えてくれるものでした。だって欠けては
いないようなのだ　あの第一の素晴らしい才能が！
あの力強い魂　真理を見抜く一般的な力も　それらは
自らが一種の大切な要素であり　原動力であり　内に
秘める力であり　常に側にいて　生ける心を　助けて
くれるのだから。更にまた　私に欠けてはいなかった
外面的な物　即ち心に描く外面的な知識や内面的な力を
外《ほか》の数多くの助けにはなるが　大《たい》して重要でないもの

多分骨がおれ　詩人の名声を築くに必要かもしれないが。
時代や場所や風俗　これらを私は求め　これらは
数多く蓄《たくわ》えられてはいるが　不動の決心で
選び得るようなものなど　どこにもない。
少なからぬ人々が　今でもその名を覚えられてはいるが
硬い決心をもって　世間のさみしい追放から
救い出し　いま生きている人　或は
来たる時代に　生きる人々の心に
つねに　宿るものにしたい　と思う。
時々　私は　愚《おろ》かにも　間違えているのではないか
堂々たる大潮のうねりを　いつも変らない大海原と。
私が取りあげようとしたのは　あるブリトン民族の物語
ある古いロマンティックな物語　ミルトンも歌わずに
いたもの。もっと多いのは　中世の騎士たちが　よく
集った森陰の　ある静かな場所に休みながら　羊飼いの
中にまじって笛を吹き　たたずむ騎士と共に
泉の側に座《すわ》り　彼らのお話を聞こうとした。
時には　もっと心激しく動かされ　語《かた》ろうとしたのは

あの敗軍の将ミトリディトスが　如何にして北に逃《のが》れ
年月《としつき》の雲に隠れながら　民族の父なる
あのオーディン神となり　ローマ帝国を
滅《ほろ》ぼしたかを。また　如何にして　セントリュースの
友や部下たちが　スペインから逃《のが》れて
フォルティネイト群島に（カナリー群島のこと）　隠れ家《かくが》を　見出したかを。
そして　彼らの習慣や彼らの芸術や法律を　残して
いつの間にか　自然に　死に絶えていったかを。
ひとり　また　ひとり　と　痩《や》せ　衰《おとろ》え
あの狭い囲いのなかで　餓死していったかを。だが
自由の魂は　その後　千五百年の間
生きのび　ヨーロッパ人が　押し寄せて来たとき
その技術と力には　打ち勝つことはできなかったが
疫病のように執拗《しつよう》に　その支配権を　持ちつづけ
土着の英雄の素質あるその種族を　華々しい死によって
消滅させるに到ったかを。また書き留めようとしたのは
専制政治の時代に　ある無名の人が
王の年代記にも　記《しる》されていない人が　真理を

愛するあまりに　どんなに秘《ひそ》かに　苦しんでいたかを
また　一人のフランス人《（グールグ）》が　西インド諸島《（フロリダのこと）》を　初めて
征服した人々の　非人間的な行為を
絶えず瞑想することによって　力を得
己《おの》が使命のもとに　単独で大西洋を渡り
虐《しいた》げられた人々を　慰める　というよりは　干《ひ》からびた
熱風のように　島内を駈《か》けめぐり　いかにして
圧制者たちの命を　枯渇《こかつ》させてしまったかを。また
グスターブ《（スウェーデン王）》が困っている時に　デールカリアの鉱山で
如何にして保護を受けたかを。また　ウォーレスが
如何にして　スコットランドのために戦い　ウォーレス
という名前を　己が愛する国中に　野の花のように
見られるようにし　ウォーレスの功績を　亡霊の一族の
ように　険《けわ》しい山や河の辺《ほとり》に住まわせ
その自然の神聖なる場所を　独立や
厳《きび》しい自由の民族精神で　満たしたかを。
また時には　私にもっと相応《ふさわ》しいと思ったのは
自分自身の心から　なにか物語を　創《つく》ること

私の本来の感情　日頃の切実な思いに　より近く
なにか　明暗様々の物語にし　大凡《おおよそ》は　高尚であっても
その中に　より親しみ易い事柄を　織りまぜたもの。
しかし　勇気を失わせる警告が　その後に続き
美しい建築は全く　基礎を欠いているように思われ
のみならず　すべてが幻の如く　また　実体のない
もののように見えてくる。それでは　最後の望み
私の最後の　一番好きな　熱望だ！　それで
私は　憧れてやまないのだ　私たちの日々の
生活を育《はぐく》む真理の　なにか哲学的な歌を。
人間の心の奥底から　激しく沸起《わき》る
深い思いをもって　オルフュースの竪琴に
本当に相応《ふさわ》しい　不滅の詩を。
だが　この恐ろしい　詩作の重荷に　堪えかねて
素早く　手を引き　己《おのれ》を　欺《あざむ》く
いま少し年　熟すれば　さらに豊かな心
もっと澄みきった　深くものを見る目が
齎《もたら》されるだろう　と信じて。こうして来る日も来る日も

私は日を過す　徳不徳を　弁《わきま》えぬ輩《やから》の
玩《もてあそ》びとなって　区別する術《すべ》もなく
力の不足から生ずる　漠然たる憧れと
逆らいきれない　至上絶対の衝動
自信のない才能と慎重な心
用意周到さと限りない引き延ばしなどを。
謙遜と控えめな畏敬《いけい》の念自体が
私を欺《あざむ》き　ときには仮面を　かむって
更にこすい身勝手な思いに仕《つか》えようとし　それが今では
実《みの》りのない引込思案の中に　わが機能を　閉じ込め
ときに　私を誑《たぶら》かすのは　気がつきすぎる眼
それが　見せかけの活動によって叩《たた》き出してしまうのは
純なる思いや　自明の真理。
——ああ！　こんなことより　遥《はる》かにいいのは　さ迷い
歩くこと　気の向くままに　野原や田舎道を
時の経《た》つのも忘れて　ぼんやりと　考えながら
総《すべ》てを忘れても　叱《しか》られることなく
思うがままに　楽しめたら。

更に　いいのは　耳にしないこと　熱心だとか
立派な野心だ　という評判を。そうでないと
このように　まごまごしながら　自分の仕事に
臆病になったか　と思うと　次にはまた　勇気を取戻し
やがてまた　なにか空《むな》しい考えが　現《あらわ》れて
その希望の上に　禁止令のように　垂れさがる
これが　私の宿命か　何故なら　いつも私は
その選んだ主題の中に　何か不完全なものを　見出すか
或は理想的な完成を成し遂げるには　余りにも足りない
そう余りにも足りないものが　自分にあるのが分るので
私はたじろぎ　項垂《うなだ》れ　徒《いたずら》に苛々《いらいら》するよりは
物憂《ものうい》気分に　休息を求め
空《むな》しく　わが墓へ向って（落着くべき所）　旅をする　あたかも
悪い管理人が　多くのものを受けながら　何物も
返さなかったように。こういう結果になるためで
あったのか　あの川　総ての川の中でも最も美しい川の
さらさら流れる音が　子守唄にまじって　心地よく
聞こえてきたのは。また　榛《ハン》の木の陰や　岩間の瀧から

或は　瀬と浅瀬から　夢現《うつつ》の間《ま》に　聞こえてきた
あの音は。こんな時のためだったのか　お前
おお　ダーウェント川よ！　緑の野原を越え
わが「懐しの古里」の側を旅するお前　麗《うるわ》しい流れよ
お前が　夜となく　昼となく　絶え間なく楽の音《ね》を奏《かな》で
その乱れない調べで　われら人間の気紛《まぐ》れを
調節しながら　私の思いを　幼子《おさなご》の柔らかみ以上に
和《やわ》らげ　人の世の苛立《いらだ》たしい　住処の中にあって
私に　与えてくれたのだ
自然が　山や森に　漂《ただよ》わせる
静けさの　初めての味わい　幽《かす》かな兆《きざ》しを。
あの山々を　後《あと》にして　コカマスの古城の
塔まであの麗しい川が　流れてきて
わが父の家の後《うしろ》を通り　われらのテラス風の
散歩道の　緑のすぐ側を　流れていた。
その川は　私たちのとても好きな　遊び友達だった。
ああ！　何回となく私は　五つの子どもの頃から
裸になって　一つの楽しい小川
あの川から　引かれた　水車用の流れの中で
夏の日などに　いつまでも　水浴《あ》びを　やり
陽に当っては　水に飛び込み　また　陽に当る
という風に　繰返し一日中　夏の日を遊び暮したことか。
ある時は　砂原の上で走ったり　黄色いノボロギクの
生《お》い茂る中を　跳《と》んでいったり　また　丘や岩山
森や遠くに聳《そび》える　スキドウの高い嶺が
深い輝きで　茜《あかね》色に染《そ》まるとき　私は　ただひとりで
大空の下《もと》に　立っていた　インディアンの住む草原に
生れたかのように。そして　わが母の家から
ふざけて　飛び出しては　裸の土人のように
雷雨の中を　遊び回ったものだった。

　私の魂にとっては　素晴らしい　種蒔《まき》時であった。
自然の美しさと同じようにその畏《おそろ》しさによって育てられ
成長した。とても恵まれていたのは生れ故郷《(コカマス)》であったし
あの愛《いと》しい谷間でもあった。そこへ　間もなく
移り住むようになった。今でもよく覚えている

(私はまだ幼い頃で　九度目の夏も
迎えてはいなかった）あの山の斜面で
身を切るような　厳《きび》しい寒さの秋風が
最後のサフランを　ポキンと折ってしまった頃
楽しかった　夜遅くまで歩き回ったのは　険《けわ》しい岩間や
滑《なだ》らかな谷間を。そこでは　山鴫《ヤマシギ》たちが　広々とした
草の茂みの上を　走り回っていた。思いも　願いも
あの時は　肩いっぱいに　罠《わな》を　ひっかけた
恐ろしい破壊者だった。山々の上を
罠から罠へと　素早く走り回り
はらはらしながら　覗き歩き　どんどん
なおもどんどん先へ先へと走りまわった　月と星が
頭の上にきらきら輝いていた。私は全くひとりだった。
そして彼らの中の平和を　掻乱《かきみだ》しているように
思えた。このように　夜　さ迷い歩いた時だった
ときどき　強い欲望が　私の良心を
圧倒して　他人の罠に　かかっている鳥を
盗んで　自分の獲物にしたのは。

こんな悪いことをした後《あと》には　よく聞えてきた
あの　さみしい山々の間から　私の後《あと》を
追掛けてくる　そっと　ささやくような物音
何か得体《えたい》の知れない物の動く音。ほとんど
草の茂みの上でも　歩くかのような　静かな足音だった。
また　春になると　同じように　南のほうの土手で
輝く太陽が　葉の固《かた》まりから
桜草の花を　誘い出し　谷間や
森が　暖かくなると　私はまた　卵荒らしとなって
高い所や　さみしい山の峰
山の中や　風の吹く所であろうと　母鳥が
巣をつくっている所なら　どこへでも行った。
目的は卑しく　恥ずべきものであったが　その結果は
下劣なものではなかった。ああ　あの時　私が
ぶら下がったのは　大ガラスの巣の上　絡《から》み合った草や
滑り易い岩の　ちょっとした裂け目に　縋《すが》り
危《あぶ》なっかしく支えられ　いやほとんど　支えているのは
激しく吹きつける強風のようにみえ

裸の岩を　肩で押し上げているかのようにみえた。
ああ　あの時　危険な岩の端《はし》にひとりぶら下がっていた。
その時何という不思議な事を大声であの乾ききった風が
私の耳に語ってくれたことか！　空はこの世の空とも
見えず　雲も何と異様な動き方をしていたことか！

　人間の精神を作っているのは　音楽の幽かな響きや
調和のような物。そこには　不思議な　目には見えない
働きがあって　それが不協和な要素を　調節して
統一ある状態に　作りあげるのだ。
ああ　私にとっては！　あれが
すべての恐怖　幼い頃の　すべての苦しみ
後悔　悩み　疲れ　あのすべての
思想と感情が　わが精神に
注ぎ込まれて　築き上げていたのだ
平静な実存《（ここに今あるということ）》を　それが　わがものとなり
本来のわれに　相応《ふさわ》しい者になったとは！
褒《ほ》むべきかな　その結果！　また有難きかな
その手段！　しかし　私は思う　自然が　ときには
愛する者を　育てようとする時　幼年時代の朝未《ま》だき
夜明けから　雲を押し開き
煌《きら》めく稲妻のように　この上なく優《やさ》しく
彼を訪れる　また　それにも劣らず
おそらく　全く　同じ目的からであろうが
歓んで　自然は　もっと厳しい干渉
もっとはっきりした奉仕を　示す時もあるのだ　と。
私の場合も　そうであったのだ。

　ある夕方（たしかに自然に導かれて）
私はひとりで　羊飼いの小舟に　乗り込んだ。
その小舟　柳の木に　繋《つな》がれて
岩の洞穴《ほらあな》の　いつもの　宿のなか。
そこは　パタデールの　岸辺で
私のあまり知らない　谷間であった。
小学生の頃　休みなどに　遊びに来たことはあるが。
村の宿から　ひとり　ぶらりと　外へ出て

この小さな舟を　ふと目にしたのだ。
こうして　思いがけずに　見つけたのだが
すぐに　私は舟の綱を解いて　乗り込んだ。
月は空高く　湖はきらきらと　輝き
周囲の山は　白く照らされていた。岸から
舟を押し離し　櫂《かい》を手に取り　調子に合せて
漕《こ》いでいった。その小さな舟の　進む様《さま》
あたかも　急ぎながらも　堂々と　歩みを進める
人のよう。それは　一種の　盗みであり
疚《やま》しい　快楽であった。山の木霊《こだま》の叫ぶ
警告の声にもかかわらず　舟はどんどん進んでいった。
その後《あと》には　なおも　両側に　月影に
空しく輝く　小さな波紋を　残し
それも　ついには　すべて　煌《きら》めく　一筋《ひとすじ》の
光に溶《と》けていった。岩山が絶壁をなして
聳《そび》えたっていた　あの柳の木の　洞穴の上に。
そして今や　巧みな腕前で　堂々と漕ぐ人に
相応《ふさわ》しく　私は　あの　同じ　険《けわ》しい峰の
頂《いただき》に　じっと　眼を　据《す》えた。
それは　地平線の界《さかい》をなし　後《うしろ》にあるのは
ただ輝く星と　灰色の空　だけだった。
舟は　妖精の　小舟のよう。力強く
私は　静かな湖水に　オールを突き入れ
ひと漕《こ》ぎして　身を持ち上げると　水の上を
走るわが小舟は　まさに　白鳥のよう。
その時　それまで　地平線の境をなしていた
あの岩のそそり立つ懸崖《けんがい》の後《うしろ》から　巨大な絶壁が
恰《あたか》も　自発的な力に満ちているかのように　その頭を
擡《もた》げたのだ。私は　幾度となく　漕ぎに漕いだ。
その巨大な絶壁は　次第に　背が高くなり
私と星との間に　聳えたち　それに　なお
ゆったりとした動きで　生けるもののごとく
大股に　私を追いかけてきた。震《ふる》える手で
向きを変え　静かな湖水の中を　こっそりと
あの柳の木の　洞穴へ　引返した。
そこの　停泊所に　舟を　おいて

牧場を通り　家路についた　由々《ゆゆ》しい
深刻な思いになって。あの光景を
見てから　何日もの間　私の頭は
得体の知れぬ存在物への　おぼろげな
取留めのない感覚に悩まされ　心の中には
ひとつの暗黒ができ　孤独というか
茫然《ぼうぜん》自失というか　日頃よくある
見なれた物の姿　木や海や空の形でもなく
緑の　野原の　色でもなく　しかし
巨大な力強い姿が　生きてもいないのに
生ける人間のように　ゆっくりとした足取《ど》りで
昼には　心の中に入《はい》り　夜は　夢を悩ました。

　宇宙の智慧よ　聖霊よ！
お前　永遠なる思想の魂よ！
目にみえるものや　見えざるものの形や姿に
霊気と永遠の運動を　与えるものよ！　無駄なことなく
昼も　星明りの時も　このように幼年時代の夜明けから
お前は　私のために　織り込んでくれたのだ
われら人間の魂を築き上げる　色々な感情を
人間の作れる　卑しい俗悪なものではなく
貴いもの　永続するもの　即ち
生命《いのち》と自然でもって。このようにして
感情と思想の要素を　清め
こういう訓練によって　苦痛と恐怖を共に
神聖にし　遂にわれらは　認めるのだ
荘厳さが　脈打つ心臓の中にも　在ることを。

　このような自然との触れ合いが　私に与えられたのは
惜しみない　優しさからだった。十一月のある日のこと
霧が　下の谷へと　流れ行き　さみしい所を
ますます　さみしくしていた。森の中で
真昼や　静かな　夏の夜《よ》に
さざなみ立つ　湖水のそばの
薄暗い山陰の路を　ひとり寂しく　家へ帰る時
このような自然との交わりが　私のものとなった。

私のものとなったのは　野原で　昼でも　夜でも
湖水のそばで　長い夏の間じゅうだった。

そして　霜降る季節　陽《ひ》が
沈み　何キロも遠くから見える
小さな家の窓　薄明りの中に　輝いても
その明りの招きなど　気にも留《と》めなかった。ほんとに
楽しい時だった　私たちみんな――とくに　私には
まさに有頂天の時だった！　澄んだ　大きな音で
村の時計が　六時を打った。私は　滑り回っていた
誇らかに　喜び勇んで　まるで　疲れを知らぬ馬が
家へ帰ろうとしないように――皆《みんな》　スケート靴を履《は》いて
てかてかの氷の上を　しゅうしゅう滑りながら　遊んだ
仲間を組み　狩猟や森の中での　楽しみを
真似《まね》ながら　鳴りひびく角笛
吠えたてる猟犬の群　狩り出された兎などを。
こうして　闇と寒さの中を　われらは　飛び回り
声ひとつ無駄なく　すると　皆《みんな》の叫び声に
打たれて　断崖は　高く鳴りわたり
葉のない木々や　凍った絶壁は　みな
鉄のように　鳴り響いた。一方　遠くの山々から
騒ぎたてるわれらの所へ　聞えてきたのは
明らかに　物悲《がな》しい　異様な音だった。東の空には
星が　澄んだ光を　放ち　西の方には
オレンジ色の　夕空が　消えていった。

しばしば　私は　その騒ぎから　離れて
静かな入江に　入《はい》っていき　或は　戯《たわむ》れに
素早く脇の方へ滑っていき　その騒《さわ》がしい群を離れて
氷の上に輝いている　星影の上を
横切ろうとした。そして　しばしば
風に身をまかせて　滑っていると
薄暗い岸が　みな　両側で　闇の中を
物凄《すご》い勢いで走ってきて　絶えず　素早い行動の糸を
紡《つむ》ぎ出しているように思われた。その時　突然
私は　踵《かかと》を立てて　反返《そりかえ》り

急に止ったが　あたりの淋《さみ》しい崖《がけ》は　なおも
私の側を　くるくる回った。まるで　地球が
目に見える動きで　日々の回転をしているかのように
私の後《うしろ》に　厳《おごそ》かな列をなして　延びていた崖の動きも
次第に弱まり　私はその場に立ってじっと見つめていた
遂には　総てが静かになっていった　夢なき眠りのよう。

　お前　空のなか　地のうえの
自然の聖霊よ！　お前　山々の霊現よ！
さみしい所の魂よ！　私に考えられるだろうか
お前の望みは　卑《いや》しいものであった　と　お前が
このような使命を与える時　お前が何年もの間
このように　私に付纏《つきまと》い　子どもらしい遊びを
している間に　洞穴《ほらあな》や木の上　森や山の上
すべての物に　危険や慾望の
はっきりした印《しるし》を　刻《きざ》み　こうして
地球全体の表面を
勝利と歓び　希望と恐怖をもって
海のように　感じさせた時。
　　　　　　無益な事ではなかろうから
この主題を辿《たど》って行こう　運動や遊びの
一つ一つの変化を通して　一年間に誘い出された
一巡《ひとめぐ》りの楽しい四季の　遊びを求めて。

　私たちは騒《さわ》がしい連中だった。天の太陽も
これほど美しい谷間を見たことはなかったし
これほど彼らの蒔《ま》かれた大地に相応《ふさわ》しく
幸福と喜びに浸《ひた》っている仲間を　見たことはなかった。
心弾《はず》む声で　私は書留めたい
秋の森や　乳白色の房が垂れ下がっている
榛《ハシバミ》の木立を。あの釣竿と釣糸を
それは　愚かな希望の　真《まこと》の象徴
その強い魅力にひかれて　私たちが行ったのは
岩陰や池の側《そば》　緑濃い一夏《ひとなつ》じゅう
星影ひとつ映らない　侘《わび》しい　小さな滝
曲りくねって流れる　山の小川の所。

――消えることのない思い出よ！　いまもなお
あの時感じた気持は　殆ど変わらない
ある山の頂《いただき》から　よく晴れた午後など
空高く舞い上がった凧《たこ》が　ふわふわした雲の中から
自分の糸を引くのだ　熅《いき》り立つ駿馬《しゅんめ》のようにな
また　風の吹き荒《すさ》む日など　野原から揚《あ》げられた凧が
風に逆《さか》らい　それから　突然
真逆様《まっさかさま》に　突進し　強風に　撥《は》ね付けられたのだ。

私たちが下宿していた　あなた方　鄙《ひな》びた家々よ
あなた方独得のわれらへの奉仕こそが　あなた方のもの
神聖で　優《やさ》しい保護　深い慈《いつく》しみ！
どうして　そのあなた方を　忘れることができるか
あの頃あんなに美しかったのだから　楽しい野原の中に
あなた方は立っていたのだから。ここで　どうして
忘れられるか　あの飾らない　上品な顔を　素朴な
慰めを与えてくれた顔なのだから。それでも
あなた方には　それなりの楽しみと悦《よろこ》びがあったのだ。

熱心に　飽きることもなく　私たちは
夜　暖かい泥炭《でいたん》の火の側で　家庭の遊びに
耽《ふけ》ったものだ。鉛筆や石板を使って
様々な四角い区画を作り　みんなで
マルやバツを　その上に　書きなぐり
頭を捻《ひね》り　判じ合い　頭をつき合せては　余りに卑俗で
韻文では　その名も挙《あ》げられないような遊びだった。
或は　桜や楓《カエデ》の　真白な　白木のままの
裸のテーブルを囲んで　肩を並べて　戦陣を張り
ルーやホイストのトランプ遊びで頑丈に護られた持札を
戦へと　進めたものだ。世間の兵士は
彼らが尽《つ》したその奉仕のために　かえって
顧《かえり》みられなくなり　恩も忘れて　棄て去られるが
このトランプの兵士は　幾度も長い戦役に　大切に
用いられた。それは奇妙な集まりだった。その役目を
変えていることが少なくないのだ。ある物は　素性《すじょう》の
卑《いや》しい札であっても　運命が　その生れから予想される
以上の輝きを与え　世に去った君主の役割を

代表するように　命ずるのだ。おお！　何という
響きを立てて　それらは台の上に　落ちることか！
皮肉なダイヤモンド　クラブ（棍棒）　ハート（心臓）　ダイヤモンド（金剛石）
スペード（鍬（すき））　トランプでは　可哀いそうなほど同じなのだ。
つまらぬ事柄　子供ら（ジャック）の知恵に　任《まか》され。
あの煤《すす》だらけのならず者どもは　真逆様《まっさかさま》に投げ出され
嘲《あざけ》り詰《なじ》られながら天から投げ出されたヴァルカンのよう。
万能のエース（1の札）も　欠けた　お月様
クイーンたち　華麗な衣装の最後の中に　輝き
キングたち　不当な待遇に　御機嫌斜《なな》め
支えているのは　王者の顔。一方　外では
激しい雨が　降っているか　或は　霜が身を刺すように
荒れ狂っていた　鋭い無言の歯を出して。
そして　この熱の籠《こも》った勝負を　時々中断するのは
エスウェイトの近くの湖から　割れる氷が
水の底へ　沈んでいくとき
野原や山々に　響《ひび》かせる　長い　気味の悪い
大きな叫び声　それは　ボスニア湾の辺《ほとり》で
吠えているときの　狼の遠吠《とおぼ》えのよう。

　私がこれまで　念入りに　辿《たど》ってきたのは
どのようにして自然が　外部から働きかける激しい
感情によって　初めは　美しい崇高な自然物を私の心に
住まわせ　それらを愛するようにさせたかであったが
ここで忘れることができないのは　どのようにして
外《ほか》の楽しみが　私のものとなってきたかや更に微妙な
原因から発する悦びなどであった。又どのように感じて
きたか　あの激しい衝動的な幼年時代においてさえ
屡々《しばしば》　あの神々しい清らかな感覚の動きを。その単純な
中に　存在するように思われたのは　知的な恍惚　あの
静かな悦びであった。もし私が間違っていないなら
これが相応《ふさわ》しいのは　きっと　生れて間もない頃の
自然との関係だ。それが私たちの新たな存在を　既に
存在してた物に合せ　一生の暁《あかつき》において造り上げるのだ。
生命と歓喜の　結合の　絆を。

そうだ　私は今でも覚えている　常に変り易い大地と
十年の歳月が　私の心に　刻みつけたのは
流れ行く年月の色々な姿　その時でさえ
ほんの子どもにすぎない私　無意識のうちに
永遠なる自然美と交わり　心に吸い込んだのだ
純粋な　人間本来の悦びを　渦巻き漂《ただよ》う
霧の流れから　或はまた　湖水の平面を
色付けた　乱れぬ雲から。

ウェストモアランド（イングランド北西部の州）の砂浜　カンブリア（ブリテイン島西部地方の古名）の岩の多い
陸地の果ての湾や入江　これらはよく知っているのだ
海が夜の帳《とばり》を　脱ぎ捨て　岩山の下の
羊飼いの小屋に　登り行く月の
楽しい知らせを送った時
いかに　私がそこに立ったまま　このような空想に耽《ふけ》り
自然の優しい思いと合体して　ひとりの初めて来た
人のように　目前の光景を　それに似た
風景の思い出に　意識的に結びつけるのでもなく
またこれといって　静けさや安らぎの思いを
伴うこともなく　なのに　私は立っていたことを。
それでも　私の眼は　十数キロ先《さき》まで
煌《きら》めく海原を見渡していた　恰《あたか》も集めているかのように
あの光の原の　どんな小さい所からも
新しい悦びを　まさに　花の中の蜜蜂のよう。

このように　よくあの発作《ほっさ》のような官能的な喜びが
あり　四季をとおして　子どもの遊びには
いつも付いて回ったもので　あの目まぐるしい
祝福のなかで　嵐のように　血を沸立たせては　すぐに
忘れられてしまう　そんな時でさえ　感じられたのだ
盾《たて》の閃《ひらめ》きのような霊光を。大地と
自然のありふれた顔が　私に話してくれたのは
覚える価値のあるもの。時には　なるほど　それは
偶然にぶつかった事や奇妙な不慮の出来事が
あの不調和な結合のように　意地悪な
妖精の仕業なのか　それでも　無駄もなければ

無益でもない　たとえ　それらの出来事が
それに伴《ともな》う物象や物の姿を　心に刻みつけ　その時は
生命《いのち》のない物であり　眠っていなければならぬ運命に
あるにせよ　やがて成熟した時期がそれらを
呼び出して　心を豊かにし　高めてくれるなら。
――そしてまた　たとえ官能的喜びが　自らの重みで
疲《つか》れて　記憶から　消え去ろうとも
その喜びの目撃者であった光景は
しっかりした輪郭で　脳裏《のうり》に　描かれて
後《あと》までも残り　心眼《しんがん》に見える
日常の光景となる。このようにして
畏敬《いけい》の念の　印象的な訓練により
悦びと繰返される幸福により
あまりにもしばしば　繰返されるので
忘れられた喜びを　暗示する
仄《ほの》かな感情の力により　これらの同じ光景が
それ自体　あまりにも美しく　威厳があるので
その日は　まだ遠い将来のことではあったが　ついには
いつも　親しいものとなり　そして
その色と形のすべてを　目に見えない絆によって
結びつけたのは　愛情であった。

　　　　　　　　　私が始めたのは
幼い頃のお話から　なにか怖《こわ》い感じがするので
人間愛の弱さを　記憶から消し去られる
日々のために。春の誕生前に
松雪草を　冬の雪の中に　植えるようなもの。
だが　あなたはそうは思わないでしょう　わが友よ！
さっと心を読めるのだから　長々と述べてきたものだ
愚《おろ》かな回らぬ舌で　退屈な物語を　などとはね。
ところで　私の望みは　幼い時代から
自分を励ます思いを　引出し
動揺する心の平衡を　保ち
そして　恐らくは　批判も受けようとした　その力が
私に拍車をかけ　今や成熟した壮年期となり　立派な
骨の折れる仕事へと向けるのだ。それでも彼令これらの
望みが空しく　これによって私が自分を知ることを

教えられなくても　また　あなたもその愛する人の心が
どのように作られたかを　もっとよく理解することが
出来なくとも　あなたの厳しい非難を　恐れる
必要があるだろうか。こんなに離れ難く思っているのは
あの忘れえぬ思い出　そこに在るのは　魅力ある
幻のような物　美しい物の姿や快《こころよ》い感動
これらが　私たちの生命《いのち》を　過去に立返らせ
殆《ほとん》ど幼年時代そのものを　目に見える光景に
してしまい　そこには太陽が　照り輝いているのだ。

　とにかく　ここで　一つの目的は　達せられた。
私の精神は　甦《よみがえ》った。そして　もしこの気分が
私を見捨てない限り　その後《ご》の　私の
生涯の物語を　ただちに　語るとしよう。
道は　はっきりと　私の前に　ある。それはただ一つ
しかも範囲の限られた主題である。だから
いま選ぶのは　これであって　もっと豊かな　とか
もっと変化のある主題の仕事ではない。

第二巻　小学校時代——続き（二〇一七）

このようにして　おお　友よ！　まだ訪れないで
いる所も　沢山あるが　努《つと》めて　辿《たど》ってきたのは
わが生涯の初めの頃　そして戻っていった道は
私がよく歩き回り　初めて　森や野原を
愛し始めた頃の道。自然に対する愛は　まだ
生れたばかりで　それを支えているのは　たまたま
求めずしてやってきた　栄養物だった。（スケート滑りなど）というのは
まだ　週から週へ　月から月へと　激しい遊びをして
過していたから。当り前のことだが　私たちの遊びは
夏には　長引き　昼の光も　暗くなっていった。
戸口の前には　ひとつの椅子も残っておらず　ベンチや
入口の階段にも　誰もいなかった。もうすっかり寝て
しまっていたのだ　体を使って働く大人《おとな》は。老人だけが
いつまでも座っていて　ぐずぐずと起きていた。
それでも　空騒《からさわ》ぎは　続き　大きな叫び声も　聞えた。
遂に大地はすっかり暗くなり　巨大な雲の周りには
星が煌々《きらきら》光っていた　その頃になって私達は床についた
体の節々は疲れ果て　心　弾《はず》ませながら。
ああ！　青春を体験したことのある人で
美徳と知性の誇りを　たしなめる
戒《いまし》めの声を　必要としない人がいるだろうか。
またこんな人もいるだろうか　全人類の中で
最も賢《かしこ》く　最も善良な者といえども
時にはもうあり得ないものを望んだり
もし出来ることなら　義務や真理に　幼い頃の
願望の熱意を　加えたい　と思わない人が。
今は　心を静める精神が　私の肉体に　行渡《ゆきわた》って
いるので　自分と　あの過ぎ去った日々との間は
非常に広いように　思われるが　今なお
それらの日々は　私の心の中に　存在しつづけている。

それで　それらの日々のことを思うと　しばしば
二つの意識　現在の自分と何か外の存在《（少年時代）》を
意識するような気がしてくる。自然石の灰色の岩
あの小さな村《（ホークスヘッド）》の　広場の真中《まんなか》に　置いてあったが
当時は　そこを　中心にして　楽しく
遊んだものだ。が　長い間　そこを離れてから
戻ってきて　そこへ行ってみたら　それは割られて
取り除かれ　その後《あと》には　立派な集会場が
建っていた。それは平塗と荒打《（薄いひと塗り）》の漆喰で　小綺麗になり
輝いていた　私たちの遊び場であった所を　押し退《の》ける
ようにして。が　バイオリンをキーキーやりたい者には
やらせ　大いにはしゃぐがよい！　だが私の友だちよ！
お前達の何人かは　私と一緒に思い出してくれるだろう
あの柔《やわ》らかな星の夜空　あの年老いた婦人のことを。
その名に因《ちな》んで石も名付けられ　あの人はそこに座り
自分のテーブルを見続けていた　そこには行商人から
買った食器などがあり　根気よく六十年もの長い間。

　私たちは思う存分走り回り　月日は目まぐるしく
過ぎていった。しかし　時が経つにつれて
次第に静かな悦びを　いつも
求めるようになり　美しい自然の姿に
付随的に　心を引かれるようになったのは
休日の楽しみのあらゆる計画や　あらゆる子どもらしい
遊びからであり　それがなければそれほど有難くもなく
熱中することもなかっただろう。
　　　　　夏がやってくると
私たちの　午後の楽しみは
ウィンダミアの湖上で　ボートを　漕ぎ
オールを競うことだった。選ばれた目標は
ある時は小島で　調べ豊かに　小鳥が
絶えず　囀《さえず》っていた　ある時は　姉妹島で
柏《かしわ》の木の陰なす茂みの下《した》に　植えられた
谷間の姫百合《（スズラン）》の　畑のよう。
またある時は　第三の小島　そこに残ってたのは
古いテーブルや　朽《く》ち果てた洞穴《ほらあな》

まさに　隠者の伝説。このようなレースは
こうして終ったのだが　失望などは何も有り得なかった
不安も　苦痛も　嫉妬なども。
私たちは木陰に休み　みんな同じように　楽しんだ
征服された人も　征服した人も。こうして　力の誇りや
優《すぐ》れた技術の　大変な自惚《うぬぼ》れなどは
自然物と溶《と》け合って　それが和《やわ》らげられ
静められて　次第に育《はぐく》んでいったのは
静かな　自立できる　心であった。だから　私の友には
私をよく知っているのだから　こうつけ加えても
非難される心配はないだろう。このような体験から
生れてきたのが　羞《はにか》みや遠慮がちな気質《かたぎ》だった。そして
私が教えられて　余りにも多く感じるようになったのは
自分を満足させる　孤独の力だった。

　どんな美食でも　体力が害《そこな》われることはなかった。
私たちが　思う以上に知ったのは　その時の
物凄い空腹感の有難さ。私たちの日々の食事は
倹《つま》しいもので　まさにサビニ《（粗末な）》人の食事だったのだ！
その頃は　僅《わず》かながらでも　毎週の送金がないならば
私たちの過した　一年の四分の三は
一文《いちもん》なしの　貧しさだった。しかし　いま　学校へ
半年ごとの休みから　帰ってきて
持ってきた財布には　いっぱい詰《つ》められて
小遣いは　たくさん　あるので
食欲を満たしてくれた　その食事は
豪華なもので　前に話したあの小母《おば》さん
あの老婦人が　食卓に出してくれた物よりも。
それから　遠い谷間へ　入《はい》って行ったり
山々の間を　遥か遠くまで　歩き回ったり
或は　鄙《ひな》びた食事をしたのは　涼しい緑の草原の上
森の中　川の岸辺の　ほとり
ある木陰の　泉の側《そば》でした　そんな時　そよ風が
木の葉を　さらさら鳴らし　日の光も　余り暑くなく
喜びいっぱいの私たちの周りに　心地よく差していた。

次の事を述べても　私の目的を疎《おろそ》かにすることには
なるまい　あの半年の　長い間に　二度も
乏《とぼ》しいお金から　恐らくは大胆な手で
気前よく引き出して　少なくとも　一日の間
あの全速力で走る馬の速《はや》さを　味わってみたいと思った。
そして　あの人のいい　老いた主人に対しては　実際
こんな時には　よく　狡《ずる》いことをやって
巧《うま》くごまかしたものだ。私たちの行こうとしている
その日の旅の目的地は　用心深い人には誰にとっても
余りにも遠いものであったから。その建造物は
その付近だけでなく知られていて　古い壁に巡《めぐ》らされた
あの大きなお寺　(夜陰)ナイトシェッドという谷間に
聖母マリア様を祭るために　造られて
今でも建っている　崩《くず》れ落ちそうな塊となって。壊れた
アーチや鐘撞《かねつき》堂や色々な像　尚も生きている木々があり
まさに一つの神聖なる光景！　滑らかな緑の草地では
私たちの馬は　草を食《は》んでいた。内陸の静けさ以上に
海風《うみかぜ》が　頭の上を　過ぎ去ったあとには

(それがどんなに激しい風であっても)樹木や塔は
あの谷間でよく見られたのだが　両方とも
同じように　声を潜《ひそ》め　じっと静まり返っていた
そういう隠れ場が　そこに有り　それが
安全に守ってくれたのだ　安らぎと静けさを。

私たちは　また　馬に乗って　合図と共に
大急ぎで　祈願所の側《そば》を　荒っぽく
駆け降りて　後《あと》にしたのは　脚を組んだ騎士や
高僧の石像や　あの一羽のミソサザイ。ある日
古い寺院や本堂で　鳴いていたその鳥の歌声が余《あま》りにも
美しかったので　たとえ大地が　最近の雨のために
心地よさはなくなり　また　幽《かす》かな内なる微風《そよかぜ》
そこの　啜《すす》り泣きや息遣《づか》いに触れて
屋根のない壁から　垂《た》れ下《さ》がった蔦《ツタ》が
震《ふる》えながら　大きな滴《しずく》を　滴《したた》らしていても　それでも
余りにも美しく　薄暗い中で　目には見えないその鳥が
ひとりで　鳴いていたので　できたら　そこに

わが住処《すみか》をつくり　いつまでも　住んで　こんな美しい
歌を聞けたらと。崩れ落ちた壁の間を　通り抜け
谷間を下《くだ》り　若さの気紛《きまぐ》れから
わざわざ回り道をし　道のでこぼこなんか　気にせず
家へと馬を走らせた。おお！　お前たち岩よ　流れよ
夕方の空の　あの静かな霊よ！　このような
楽しい時でさえも　私は　よく　感じたのだ
お前の存在を。馬の足を　ゆるめて
険《けわ》しい山腹を　下《お》りながら　息をする時　或はまた
海からの　月の光を　浴《あ》びながら　雷のような
足音たてて　平らな砂の上を　走る時など。

ウィンダミヤ湖の　東岸の岸辺
三日月形になっている　心地よい入江の上に
宿屋が一軒　建《た》っていた。それは周囲の小屋のように
地味な様子の　家ではなく
素晴らしい場所で　門前には
遊覧馬車や馬丁《ばてい》　揃《そろ》いの服を着た召使いたち　内には
細首の葡萄酒びん　コップ　濃い赤色の葡萄酒。
大昔　この大きな島に　大きな建物が
建てられる前は　この住処は
詩人の愛にもっと価する　一軒の小屋で
誇《ほこ》りにしていたのは　明るい炉《ろ》の火が一つ　楓《シカモア》の
木陰。しかし　かつて　門に書かれた詩は
なくなり　大きな金文字が
青いつや消しの看板の上に書かれ　古いライオンの
場所を　奪《うば》い取り　田舎の画家の　筆《ふで》使いを
あざけり　さげすんで　いるかのよう　それでも
今になっても　この場所は　私には　懐《なつ》かしい
こういう愚《おろ》かな華やかさはあったが。庭園は
坂になっていて　その上に　球ころがしの
小さな芝生の原があった。私たちの下に
森があり　湖水のきらめきが　木々の間《あいだ》から　また
木の頂《いただき》の上から　見られた。気分を爽《さわ》やかにしてくれる
苺《イチゴ》や美味《おい》しいクリームなども　食べられた。
そこで　午後の小半日　私たちが　遊んだのは

この滑《なめ》らかな芝生の上。叫び声を　あげると
すべての山々に　響きわたった。が　夜の帳《とば》りが
おりないうちに　小さな舟に乗って　薄暗い
湖の上を　帰って行った。が　途中　ある小島の
岸へ向け　私たちの仲間の
一人の吟遊詩人を　そこに残して
静かに島を離れた。すると　彼は　ひとり　岩の上で
フルートを　吹いていた。ああ　あの時の　静かな
しーんと静まり返った湖水　わが心の上に
伸《の》し掛《かか》る　まさに悦《よろこ》びの重さ　空は
それまで見たこともないほどの美しさ　わが心の中に
沈み　私を　捉《とら》えて　夢のよう。

こうして　日毎《ごと》に　私の自然に対する愛は　広げられ
こうして　眼に見える有触れたものはすべて
私には　愛《いと》しいものとなってきた。私は　すでに
太陽を愛し始めていた。子どもの時　私が太陽を
愛したのは　その後《ご》大人となってから　愛したように
ではない。その世の生活の約束と保証　私たちがそれを
見ている時　生きているのだと感じる光としてではない。
次のような理由からであった　見ていたら　太陽が
その美しい姿を　暁《あかつき》の山に　横たえ　見ていたら
西の山が　沈みゆく　球体に　触れた
何時間も　茫然《ぼうぜん》として。そんな時　極度の
幸福のあまり　私の血は　自らの悦びをもって
流れているようであり　私は喜びの吐息《といき》をついた。
国を思い　家を思う愛情と　似たような
強烈ではあるが　地味な感情から
月も　私には　愛《いと》しいものとなった。
というのは　よく私は　成《な》すべきことも忘れて
夢うつつに　立っていて　いつも　山の間の途中に
かかっている月を　眺めていたから。月はほかの所など
知らないかのように。だが　月は　あなたのもの。
そうだ　引離すことのできない　特別な権利があるのだ。
あなたとあなたの灰色の小屋のもの　愛しい谷間よ！

付随的に持つようになった　あの自然に対する愛情は
初めは　私の心を　田園の物事に　引付けていたのだが
日毎に弱まっていき　いま急いで言いたいのは
自然は　これまでは　どんなに中間的であり
第二義的であったか　今や遂に　自然のための自然を
追求するようになったことだ。しかし　誰が　自分の
知性を　幾何学の法則に従って　配分し
行政区のように　円や四角に　分けるだろうか。
誰が　植物の種でも蒔《ま》くように　自分の習性が　初めて
植えつけられた　個々の時を　知っているだろうか。
誰が鞭《むち》ででも指すように指摘しながら　言えるだろうか
「私の心の　この部分の川は　あの泉から
流れているのです」と。わが友よ！　あなたは
私よりも　もっと深く　自分自身の思想を見抜いている。
あなたにとって　科学はその本当の姿においては
私たちの栄光でも　絶対的な誇りでもなく
一種の代用薬　私たちの病弱の　つっかえ棒の
ようなもの。あなたは　あの偽《いつわ》りの第二義的な力の
奴隷ではない。その力を頼《たよ》りにして　私たちは
もともとの力が弱いので　区別することだけを考え
それから思うのです　私たちのちっぽけな知識の
領域なんて　あると思いこんでいるのであって
作り出したものではない　と。あなたには　これらの
表面上の見せ掛けによって　目を暗《くら》まされないのだから
統一された総《すべ》てのものが　明らかにされているのだ。
だから　あなたは私と共に　疑うでしょう　多くの人の
ようには　余り慣れていないのだから　感覚の整理棚を
分類したり　弁舌爽《さわ》やかな言葉で　その一つ一つの
物の由来とか起源を互いに関係のない個々の物のように
述べたてることには。難《むずか》しい仕事だ　人間の霊魂を
分析することは。その中の一般的な習性や欲望だけ
でなく　最も明らかな　しかも特殊な思想の一つ一つ
でさえ　神秘的な　取留《とりと》めのない意味ではなく
よく考えた上での理性の解釈に照らしてみても
その源を辿《たど》ることは出来はしない。

　　　　　　　　　　幸いなるかな幼子《おさなご》よ

（これから　できるだけ想像を巡《めぐ》らして　辿ってみたい
人間存在の成長発展の過程を）幸いなるかな　幼子よ
母の両腕に抱《いだ》かれて　その幼子は
母の胸元《むなもと》で　眠り　その霊魂が
地上の霊魂との　明らかな血縁を求める時
激しい愛を　汲取《くみと》るのは　母の眼からなのだ！
このような感情が入《はい》っていくのは　眠っている命へ
眼を覚《さま》させる微風のように。こうして　幼子の心は
〔その力の　最初の試みにおいて〕さえ
素早く　注意深く働いて　熱心に　一つの姿に（母の表情）
結びつけようとする　同じ対象のあらゆる要素や部分を
そうしないと　ばらばらになり
一つにまとまらなくなるから。こうして　日毎に
愛の訓練の　お陰で
幼子の器官や物事を　受け入れる能力が
速められ　ますます力強くなり　その精神も　広がり
それの受け入れた物は　もう離さない。
母という一つの愛しい存在の中に　いなそれよりも
この愛しい存在から　引き出された
あの素晴らしく理解の早い性質と
あの様々な感覚の中にこそ　存在するのだ
ひとつの力が　それが光を与え　高尚にしてくれる
すべての物を　感覚のあらゆる交わりを通して。幼子は
決して　社会から見捨てられ　途方に暮れて　元気を
なくした者ではない。その幼い血管の中に染《し》み込んで
いるのは　引力と自然の子としての縁《えにし》で
それが　幼子を　この世に結び付けているのだ。
このように　一個の存在者として　力強く生きていく
この能動的な宇宙の　一員なのだ。
自然から　多くのものを　受け取るが　それで
満足せず　また　多くのものを　与えもする。
それは　感情によって　力を　与えられ
力強くなるからだ　すべての感情
悲しみ　歓喜　恐怖　喜びなどに。幼子の心は
あの一つの大いなる心の代行者でもあるかのように
創造する　創造者であり　受容者でもある。

自ら働きもするが　自分の目に見える自然の
創《つく》ったものと　協力し合うのだから――まさに　これが
人間の生命の　最初の詩的精神なのだ
これは　後年《こうねん》の画一《かくいつ》的な　統制によって　多く人に
あっては　弱められたり　抑《おさ》えられたりするが　或人《あるひと》に
とっては　成長と老衰のあらゆる変化にもかかわらず
死に至るまで鮮《あざ》やかに生き続けるのだ。

生れて早い頃から
始めて間もなく　あの最初の時に
幼子の私が　触れ合うことによって
母の心と　無言の言葉を　交《かわ》し
私が示そうと努めてきたのは　その方法で
それによって　このような幼子の感受性
われら人間の　大いなる生得権が　私の中に
増《ふ》え続け　持ち続けてきたのだ。しかし　私の前には
更に困難な路があり　その途切《とぎ》れがちな
曲り角に出合うたびに　必要とするのは
羚羊《カモシカ》の筋肉や鷲《ワシ》の翼ではなかろうか。

というのは　今一つの悩みが　生れてきたが
それが何故かは分らない。私はひとり取残《とりのこ》され
目に見える世界を　追い求め　が　理由は分らず。
わが愛情の支え(母の死)が　取除かれたのだ。
なのに　建物(愛のこと)だけは　残っていた　その愛自身の精神で
支えられているかのように！　私の目に映る物は総《すべ》て
懐《なつ》かしく思われた。こんなわけで
今や　大自然の　より綺麗な流れに
私の心は　開かれ　あの　もっと正確な
親密な　交わりへと。それを　わが心が
持っていたのは　自然物の　より細《こま》かな特質に対して
であり　その物は　すでに愛したものであり
そういう物に　限られていた。青年の喜びは
数限りない。だが　おお！　何と仕合せなことか
生きるということは。刻一刻と　目に見えて　知識が
増えていき　その知識が総て　悦びとなり　悲しみなど
そこにない時には。色々な季節　やってきて
どの季節も　私にたっぷりと気付かせてくれたのは

移ろい易い　自然の姿だった　だが　それは
自然を見守る　この深い愛の力が　なかったならば
放っておかれたかも　さもなければ　知られなかった
かもしれない　自然と私との　何時《いつ》迄も変らない関係が
記録されたのだった。ここから命と変化と美と孤独が
生れ「最もよい交わり」（ミルトンの言葉）よりも　更に積極的で
自然との交わりが　孤独のように心地よい物になるのは
静かな　控え目な　共感のお陰
穏《おだ》やかな　心の騒ぎは
様々な　違いから。その違いは
物事の中に　認められ。それも　普通の人の目には
違いなんて　何もないのに。こうして　同じ源から
生れたのが　さらに崇高な喜び。よく私は一人で歩いた
荒れ狂う嵐の中や　星の輝く夜の
静かな空の下《もと》を。あの時だった　私が感じたのは
それが何であるにせよ　音の中にある力を
それが吹き込んでくれたのだ　高潔な気分を　物の姿や
形象によって　汚《けが》されることもなく。また　私はよく
立っていた　岩陰に。耳　傾けていた
古《いにしえ》の世の　霊の言葉
遠い風のなかに　ほのかに　宿っている音に。
それから　飲込んだのだ　幻影を見る力を。私はいま
無益な物とは思わない　その時の束の間の気分の
儚《はかな》い悦びを。それは次のような事が　あるからではない
それらがどこか似ている所があるから　より純粋な心や
知的な生活に。それは　魂が　どういう風に
感じたかは　記憶しているが　何を感じたかは
記憶することなく　留《とど》めておくのは　朧《おぼろ》な感覚の
到達し得る　崇高な思いだから。その思いに
次第に成長する力をもって　憧《あこが》れ
なおも成長する力で　なおも感じるから
どれほど高い所へ　到達しようと　なおも
追求すべき物が　あると。
　　　　　　　　　　また　たんに
雄大なものや激動の中だけでなく　同じように
静かな光景の中でも　万物に潜在する特質と

その本質の中の　あの遍《あまね》く行渡《ゆきわた》る力と
適合性　それによって　心が
悦びの感情に動かされ　これらの力が　私の心の中に
生れて来　強めてくれたのは　更に加えられた霊魂
それ自身の物ではない美徳。私の朝の散歩は
早かった。ときどき　学校の時間前に
私たちの小さな湖の周りを　歩き回った。
八キロもの愉快な漫《そぞ》ろ歩き　何と楽しかったことか！
それが益々懐かしく思われるのは　その頃私の側の
一人の友（ジョン・フレミング）がこの漫ろ歩きを熱烈に望んでいたから。
どんなに胸を一杯にして　詩のこの行《くだり》を　読んで
くれることか。この夏は恐らく無意味な物なのに　外《ほか》の
人などには！　というのは　それ以来　私たちの間には
長い年月《としつき》が流れ　心は互に　何も語らず　この瞬間は
あのような時がなかったかのように過しているのだから。
またよく私が　寄宿舎の掛金《かけがね》を　外《はず》したのは
それよりもずっと早かった。春の鶫《ツグミ》の声が
聞える前に　山の中へ入《はい》り込み　たったひとりで

突き出た頂《いただき》の上に　座っていた
朝の最初の時刻に。その時の谷間
静かに横たわっていた　全くの孤独の中に。
どのようにして　私はその時の体験の歴史を　辿り
どこにその時私が感じた源を　求めたらいいのか。
しばしば　こんな時に　あのような神々しい静けさが
私の魂全体を　覆ったので　私は忘れていた
肉体の眼のあることを。そして　私の見た物は
何か　私自身の中の物　一つの夢　心の中の
未来の光景のように見えた。

話せば　長くなる
春と秋が　何を　冬の雪が　何を
夏の木陰が　何を　昼と夜が
夕べと朝が　何を　私の夢が　何を
覚えている時の想いが　何を与えて　育《はぐく》んでくれたか
あの敬虔《けいけん》な　愛の精神を。それに包まれて　私は自然と
共に歩いたのだ。が　少なくとも　このことだけは
忘れたくない　私がいつも持ち続けていた

あの　最初の　創造的感受性は。
また　この世の　いつもの行《おこな》いによって
私の魂が屈服させられなった　ことだけは。
創造の力は　私の中に残っていた。物を形作《かたちづく》る手は
時には　言うことをきかず　邪《よこしま》な気持で　行動したり
それ自身の限られた狭《せま》い心は　全体的な傾向に
反抗することもあるが　大かたは
外界の事物に　きびしく　仕え
それと親しく　交わるのだ。この力を助ける光が
私の心から発して　それが沈み行く太陽に
新しい輝きを与え　美しい声の小鳥
そよ吹く風　それ自身美しくさざめきながら
流れる泉は　みな同じように
この光の支配を受け　真夜中の嵐は
私の眼の前では　ますます暗くなった。
ここから自然に対する尊敬　愛情はここから
ここから恍惚の歓びが生れた。
次の事も　恐らく
記録せずに　通り過ぎてはならない。当時私が好んで
いたのは　骨折りの行為と　その結果であって
分析的な勤勉さのほうではなかった　私には
そのほうが　好ましいし　その性質もより詩的で
あると思えるし　創造的な働きに
より似ているのだから。私が言おうとしているのは
あの尽きることのない　無限の建造物であって
それを建てるのは　密接な関係を　見出すことなのです
ある物事のなかに　普通の人の心には
兄弟のような関係がなくともです。私の十七番目の年が
やってきた。このような習性によるのか　これは　今や
私の心の中に　奥深く根ざしているのだが
或は極度の　生命の大社会的原則によるのか
それが　総ての物と　無理にも感情を共にしようとさせ
生命なき自然の物に　私は移した
私自身の歓びを。或は　真理の力が
お告げのように　現れて　私は言葉を交《かわ》した
実際に存在する物と。この時　見ると

天の祝福が　私の周りに広がって　海のようだった。
このようにして　私の日々は過ぎて行った。そして今や
ついに　自然とその溢《あふ》れる魂から
私の受けたのは　余りにも多く　私の総ての思いは
自然の感覚の中に　浸《ひた》っていた。その時は　私は
ただ嬉しさで　一杯であった。言いようのない幸福の
思いで　神の実在感が　広がっていくのを　感じた時は
動く物総て　静止しているように見える総ての物の上に
思想と人間の知識の及ばない所に
姿を隠《かく》し　人間の目には見えないが
心には生きている　総ての物の上に
飛び跳《は》ね　走り　叫び　歌い　或は
喜びに満ちた大気を打つ総ての物の上に
波の下　それどころか波それ自身　大海の深淵《しんえん》の中を
滑るように泳いでいく総ての物の上に。驚かないでくれ
私の有頂天の歓びが　このような物であったとしても。
だって　総ての物の中に　今や　私は一つの生命を見
それが喜びであると感じたから。一つの歌をそれらは
歌い　それがはっきりと聞え　その時　最もよく聞えた
のは　肉体の耳が　あの歌の粗野な前奏曲に圧倒されて
その機能を忘れ　何にも邪魔されず　眠ってしまった時。

もしこれが誤りで　他の信仰のほうが
敬虔《けいけん》な心に　より近付き易いならば
私は今なお全く欠けていることになるだろう
あの人間的情操総てを　それが　この大地をこんなにも
懐かしい物にしてくれているのに。もし私が　感謝に
満ちた声で　あなた方のことを語らないならば
あなた方山々よ　湖よ　轟《とどろ》く滝よ！　あなた方霞《かすみ》よ
風よ　あなた方の住む山々に　私が生れたのだ。
もし私が若い頃に　心が清い人間であったならば
もし世間の人々と交わるようになってからも　私自身の
慎《つつ》ましい悦びに満足し　神と自然とに
心を通《かよ》わせながら　生きてきて　つまらない敵意や
卑しい欲望などから　離れていたとしたら　その賜《たまもの》は
あなた方より受けたもの。もしこの恐ろしい時代

希望の覆《くつがえ》された　この陰鬱《いんうつ》な荒野において
もし無関心と　冷淡と
また　邪《よこしま》な狂喜の中にあって　善良な人々が
あらゆる方面で　どうしてかは分らないが　利己主義に
陥《おちい》り　平和とか　安らぎとか
家庭愛という　美名にかくれ
しかも　幻を見る人々への　嘲笑《あざわら》いを　渋々《しぶしぶ》ではなく
交《まじ》えている時代に　もしこの怠慢と
落胆の　この時代に　私が　なおも
われらの人間性に　絶望せず　持ち続けるとしたら
ローマ人以上の信念　決して挫《くじ》けることのない信念
あらゆる悲しみの中にあって私の支えとなり私の生活を
祝福してくれる物を。その賜《たまもの》はあなた方より受けた物。
あなた方山々よ！　あなた方からの賜。おお　自然よ！
あなたが育ててくれたのだ　私のこの気高い思想を。
あなたの中に　この安らかならぬわれらの心のために
見出すのだ　決して尽きることのない原理の喜びと
この上なく清らかな感情を。

友よ！　あなたが育ったのは
あの大都会　私とは全く違う　環境の中。
しかし　私たちは　路は違っても　最後に達したのは
全く同じ目的。だから　こんな訳《わけ》で　あなたに
言うのです　恐れないで　軽蔑とか
遠回しに言う嘲《あざけ》りの　卑怯《ひきょう》な人々の言葉や
あの総ての無言の言葉を。これは
人と人との間の会話で　よくあることだが
人間の表情から　塗《ぬ》り消してしまうのです
美と愛のあらゆる痕跡を。あなたが求めてきたのは
孤独の中の真理　あなたは　最も強烈な
一人の自然の崇拝者　なのだから
いろんな点で　私の兄弟　とくに　ここだ
ここの中にあるのだ　私の深い献身が。
さらば　友よ！
健康と　安らかで健《すこ》やかな心が
恵まれますように！　時には　人の集まる所に行っても
それ以上に　自分と共に　自分のために

生きてくれ　そうすれば　恐らく　あなたの日々も
多くなり　人類にとっても　祝福となるのだから。

第三巻　ケンブリッジの大学生活（一七―一八）

もの寂しい朝だった　二頭立ての四輪馬車が
ハンティンドンの平らな野原を走って行った。
開かれた窓から　初めて　私が見たのは
後《うしろ》に長く続いている　キングズ・カレジの礼拝堂で
その尖塔《せんとう》が　薄暗い森の上に　聳《そび》えていた。

その後間もなくして見ると　道の上に　一人の学生が
ガウンを着て　房のついた帽子を　冠《かむ》っていた。
彼は歩いて行く　九十メートルも後《あと》になるまで
私は彼から眼をそらすことができなかった。
その場所は　私たちが近づくにつれて　次第に
渦巻の力でも持ってるかのようにわれらの踏む一足毎に

ますます強く吸い込まれてゆくかのように思われた。
前へ前へと　城跡《しろあと》の下《した》を進み　それから
モードリン橋（今はグレイト橋）を渡って　カム川を越え
有名な宿屋の　フープに着いた。

私の精神は高揚し　思いは希望で　一杯だった。
その時にいた数人の親友　知り合いにすぎないのに
そこでは親友のように見えた　単なる学校友達にすぎ
なかったのに　私の周りに集ってきた時の誇らしげな
偉そうな様子　私を歓迎する人々の間を　あちこち歩き
回った。色々な質問や指示　助言や忠告が四方八方から
私に降り懸《かか》ってきた。この最初の日の何という
誇りと歓び！　私自身にとっては　私は　まさに
事務家か消費家のようだった。そして歩き回った
身回りの品《しな》を買うために　店から店へ
個人指導の先生や洋服屋へと　思いつくがまま
街から街へと　あまり気をつかわず　気楽な思いで。

私は夢見る人であり　すべてが　夢。歩き回った
嬉しさ一杯で　様々な　光景の中を。
地味なのや華やかなガウン　先生や学生　街々
街灯や門口《かどぐち》　沢山の礼拝堂　中庭や塔など
何という不思議な変化　山育ちの若者
北国の村人にとっては。魔法の言葉か
妖精の力が　働いたかのように　直ちに
わが身を見ると　お金は沢山あり　素晴らしい着物を
装《よそお》い　脚《あし》には肌にぴったりの絹のズボン　頭の髪は
白粉《おしろい》できらきら光り　寒さ厳しい時の霜降《お》りた木のよう。
私の堂々とした化粧着のことは　省略しよう
ひげのないのを補う　一人前の大人としての
外《ほか》のしるしも。——数週間は忽《たちま》ちのうちに過ぎていった。
招待や晩餐会　葡萄酒や果物と
学内では素的な持て成し　外《そと》では　総てが
紳士に相応《ふさわ》しい　素的な衣裳！

福音伝道者の聖ヨハネが　私の保護神となった。

そこには三つの薄暗い中庭があり　その最初の中庭に
面して　私の部屋があった。奥まった薄暗い所！
すぐ下《した》には　大学食堂　そこではよく　ブンブンと
いう音がしていて　ハチほどいい調子ではなかったが
ハチに劣らず　勤勉だった。鋭い声で　激しく
命令したり　叱《しか》ったりする声が　それに交《ま》じっていた。
私の近くには　トリニティ・カレジのお喋《しゃべ》り時計
夜も昼も　欠かさず　必ず十五分毎に
チャイムを鳴らし　男と女の声の合唱で
二度　繰返して　時刻を　知らせた。
また　鳴り響くオルガンも　私の隣人《りんじん》
私の寝室からは　月の輝く夜などには
ちょうど真正面の　数メートル離れた所に
礼拝堂の玄関が見え　ニュートンの像が立っており
プリズムを持ち　静かな表情で。

　大学の課業のこと　先生の講義室のこと
みんな周《まわ》りに群がり　椅子の入《はい》るだけ一杯入《い》れて
誠実な学生は　教科書に忠実で
遊び半分の連中　強情に教授の教えに反抗する者
気はいいが　頭のにぶい学生——また大切な日々
試験のこと　その時　人間は　計《はか》られ
秤《はかり》にでもかけられるように——度を越した望み
なのに　心　戦《おのの》き　立派な畏敬《いけい》の念
つまらない嫉妬　良かれ悪《あ》しかれ　勝利の事などは
簡単に述べるとしよう　こういう事は　当時も
好きでなかったし　今でも好きではない。
そのような栄光は　殆《ほとん》ど私は欲しくなかったし
勝ち取ることも　殆どなかった。が　こんな事は
言ってもよいだろう　ごく初めの　まだよく慣れない
最初の日々の　この新しい住処に落ち着いた頃
私はよく憂鬱《ゆううつ》な思いに　魘《おそ》われた
個人的な　また　家族的な事から
希望もないのに　希望を抱《いだ》こうとしたのだ。
将来の　世俗的な　生活費についての　心配。
更に　何よりも　私の心の　ひとと変った所。

私は　あの時　あの場所には　相応《ふさわ》しくなかったのだ
という感情。が　どうしてこんなに気力がなくなるのか
何でこんなに悲しいのか。私は選ばれた人間だったのに。
だって　私がここへ来たのは　神聖な力と能力が
あるからじゃないか　創り出したり感じたりすることに。
それで理解するのだ　総ての感情や総ての気分を。
それを　時や場所や季節が　目に見える
この世の物に　印象づけ　私自身が精神力によって
そこに同じような変化を創り出すではないか。
私は　自由人だったのだ。最も純粋な意味で　自由
だったのだ。壮大な目的に向かって激しく燃えていた。
学問や道徳的真理や理解力のことを
言っているのではない。私にとって充分だったのは
それ以外の物が授《さず》けられていることを知ることだった。
この景観の　最初の輝きが　消え
この小さな蝋燭《ろうそく》の光の最初の瞬《また》きが　なくなると
跳《は》ね返りでもするかのように　私の心は　以前の自分に
返っていった。ときどき　私は　仲間や

群集　建物や木立を　離れて
歩き回った　野原を　平らな野原を。
天の青空が　そびえて　頭の上に。
まさにその時だった　そのような完全な変化と
それまで私の親しみ慣れた　あの壮厳な姿から
こうして初めて離れることによって　私の心が
それだけで　今迄よりもずっと忙《せわ》しく思われたのは。
少なくとも　即座に　私は認めることができた
あの私の力と習性を。敢えて私に言わせてくれ
もっと高い言葉を　私のものである
あの力と慰めとなるものを　今　感じたのだ　と。
目覚めさせられ　呼び出され　駆《か》り出され　強いられた
ように　私は　万物に　目を配《くば》り　天地の
普通の姿を　注意深く　調べ
それから　心を　それ自らの内へと　向けて
見詰め　見守り　期待し　耳をすませ。思想を広げ
しかも　蔓草《つる》が　広く這うように　それを広げ
もっと厳粛な義務　即ち

静かな魂を　支える者の　訪れを　感じ
その魂は　総ての情熱の下《もと》に　無事に生きている
確固たる生命として。だが　静かに！　もう充分なのだ
気付いているのだから　私は今登ろうとしていたのだ
あのような交《まじ》わりへと　最高の真理とね。

　それまで　誰かに踏まれた道を　辿りながら
新《あら》たに与えられた思想や　抑《おさ》えることのできない
意識による　深い類推から
あらゆる自然の姿　岩　果実　花
大通りに敷かれた　ばらばらの小石にさえも
私は精神的命を与え　それらに情《なさけ》あるのを見　或は
ある感情に結びつけたのだ。物の巨大な塊《かたまり》は
命を与える霊の中に　深く止まっており　私の見る
あらゆる物が　内なる意味を　漂《ただよ》わせていた。
これまでとしよう　一つなる存在　偉大なる統一体の
命に関しては。あとはこう付け加えておけば充分だろう
恐怖　愛　美しさの　何であろうとも
自然の日々の顔は　表してくれるのです
ちょっとした感情の動きでね　これに対して
私はいつも目が覚《さ》めていた　まさに　湖水が
大空の動きを映《うつ》すように。自然と同じような感情の中に
在《あ》る時には　素直にそれに従《したが》った　ちょうど竪琴《リュート》が
風の触れるのを　待つように。
私が　ひとりでいるときも　そうだったし
大勢の中にあっても　よくそんなときがあった。
誰にも知られず　思われず　なのに　心はとても豊か。
私には　周《まわ》りに一つの世界があり　それは私の物であり
私が作った物であった。だって　それが生きていたのは
私と私の心を見通している神のためだけだったのだから。
そのような共感は　ときに　外に現れて
目に見える表情や仕種《しぐさ》となった。
それで　気違いと言われたことも。なるほど　そうかも。
もし束の間の喜びに　子どものようなよい結果を
もたらすなら　もし深い思いの静かな気分が　熟して
霊感となり　それを　気違いと言えるなら

もし予言を　気違いというなら　もし古《いにしえ》の詩人たち
更に遡《さかのぼ》って　この世の最初の人
最初の住民たちの見た物を　このしっかりと
訓練された時代に　調子の狂ってない目では
最早見ることができないかもしれないなら。しかし
これはさておき　それは気違いではなかった。私には
眼があったから　その眼は心が最も激しく活動して
いる時にはいつも　物の幽《かす》かな違いさえも　見失うまい
としていた。それが潜《ひそ》んでいるのは　近く　遠く
細《こま》かく　広く　あらゆる外界の事物の中なのだから。
その眼は　石一つ　木一本　枯れ葉一枚から
広々とした大洋や　同じような無数の星に
ちりばめられた　晴れた大空に　至るまで
眼の力を　休める表面は　見出すことができなかった。
その眼は　私の魂に　不変の論理を　語り
そして　手加減しない　力で　私の感情を
縛《しば》りつけたのだった　鎖《くさり》にでも　縛るかのように。

おお　友よ！　これまで私は　わが生涯を辿り
一つの高みにまで来た。そして　話してきた事柄は
こう言っても不当であるとは言えないでしょう
わが青春の栄光であった　と。生れつきの才能　能力
創造力　神性そのものについて
私は話してきた。私の主題は
私の中に　何が起きたか　であったから。他人の心に
眼に見えるように成された外界の事物　言葉や符号
象徴や動作についてではなく　私自身の心を
話してきたのだ　わが若き日の心をね。
おお　神よ！　なんと畏《おそ》ろしいことか　魂の力は
それが　魂自身の中で　成していることは。一方
魂はまだ　この世の軛《くびき》に慣れておらず
その蒔《ま》かれた世界は　荒れた畑にすぎない。
これは　実際　雄大な題目だ
本当の勇気だ。それに触れてみたかったのだ
どんなに　か弱くとも　自分の手で。が　その大部分は
言葉の及ばない　遥か遠く　密《ひそ》かに　横たわっている。

われらみんなの魂の中には　特殊な地点があって
そこでは　総てが　孤立している。これを私は感じ
他人に伝えることのできない心の力を　表現したいと。
しかし　人間は誰にでも　自分だけの思い出がある。
だから　今　この題目を　諦《あきら》めねばならないとしても
落胆は　しない。何故なら生きている人間は一人として
神のような時を持たなかった者はなく　人の心を動かす
どんな素晴らしい力を　持っているかを知らない者は
いないから　自然の事物が　自然の力の中にあるように。

これで充分でしょう　これからは　人の多い平地へ
降《お》りて行かねば――ひとりの旅人として　私は
私の話は　総て私自身についてのもの　たとえそうでも
そのようであってもらいたい　もし心の清い人が悦んで
私の話を聞いてくれるなら。おお　尊敬するわが友よ！
私の心の中で　いつも私の傍《そば》におり　支えてくれ
これまでと同じように　わがふらふらする足取りを。

もう既に話したことだが　あの目新しい物を見て
どんなに目を暗《くら》まされたか　そして　間もなく
どのようにして　自分自身に帰っていったかを。
そんなふうに思えたし　実際また　そうでもあったのだ。
しかし　これはほんの一時《ひととき》のことであった。やがてまた
平凡な日常の行事を　楽しむようになった。
風土が変ると　私の本性の上辺《うわべ》の衣も
変っていた　いつの間にか　知らぬ間に。
あの深く静かな　荘厳な　孤独な
思いの後《あと》に来たのは　空《うつ》ろな騒音と
薄っぺらな娯楽　時には
強いられた労働　またそれよりも多く　強いられた希望
そして何よりも悪いことは　わが心を裏切る結果になる
優柔不断な判断　それで　傷つき
動揺したのだ　あの心の純真さが。それでも　なお
ここは　楽しい時代だった。どうして私は眺めることが
できたか　引き潮の時の　河口の底に現れた
柔《やわ》らかい粘土よりも　もっと敏感なのだから

誰が　歓喜の情なしに　眺めることができたであろうか
あれほど多くの幸福な青年を　あんなにのびのびした
素晴らしい若人《わこうど》の集りを　いま芽を出しかけている
健康と希望と美しさの中にあって。みんな一緒に
人生の楽しい時期の　あんなにも多くの
成長の実例を　誰が感動せずに　見られたであろう
野の花の　あのいろいろな花輪が
世界の　あんなに有名な場所《(ケンブリッジ)》の　品のある聖堂《(学寮のこと)》の上に
飾られていたのだ。少なくとも　私にとっては
それは　美しい光景であった。というのは　青年時代は
何の支えもなしに　独り立ちできるよう　仕付けられ
一人自由に楽しく　物思いに耽《ふけ》っていたから。
一人でいる時には　魔法にでも掛けられたようだった。
それでも　孤独にしがみつく以外になかった
さみしい場所の時は。人の集りが　近くにある時は
自然に　その方へ傾いた。それは　私の心に社交的な
面があり　遊んで楽しんでいるのが　好きだったから。

　私は　より深い悦びを　共にするような人を
求めることもなく（いや　必ずしも　寂しい歌を
呟《つぶや》かないことはなかったのだが　自分自身とさえ
そのような歓びを　一度も分ち合ったことはなかったし
またそのようにして人間の言葉《(文学上の作品)》に包まれたものを
求めようともしなかった）簡単に　私は
よりよき物の　いろいろな思い出を　飛ばして
青春の週日の仕事に　滑りこんでいた
悩みもなく　心配もなく　汚《けが》れもなく。
洞窟が　わが心の中に　あり　そこには
けっして　陽《ひ》の光もささず。同時にまた　そこには
沢山葉の茂った東屋《あずまや》もあって　そこには
光が自由に　入《はい》り込めた。仲間付き合い
友だちや知り合いになること　すべて　歓迎され
私たちは　歩き回り　遊び回り　底抜け騒ぎをし
翌朝まで　無駄話に　耽《ふけ》ったり
街中や　田舎道を　ぶらついたり
のんびりと　つまらない本を　読んだり

やたらと　馬を乗り回したい衝動に　駆《か》られて
田舎へ馬を走らせたり　カム川の水面を
乱暴にボートを帆走させたりして　星が現れても
殆ど静かな思いに耽ることなど　一度もなかった。

　このようにして始まったのが　この新しい生活の
あらましだった。想像力は　眠っていたが　全《まった》く
眠っていたわけではなかった。感動なしに　私は
その大地の上を歩くことはできなかった。そこの芝生を
踏みつけてきたのは　幾世代もの　著名な人々の
歩みだったのだから。心の乱れなしに　その同じ門を
いつも軽《かろ》やかに通り過ぎたり　彼らの眠った所で
眠ったり　彼らの目覚めた所で　目を覚ましたり　あの
古い構内　あの偉大なる英知の庭を　歩き回ることは
できなかった。この重い響きの　より気高い感情の傍《そば》に
置いて　また創造してみなさい　あの知的な人々を
この世の物とも思えない頭脳の　あの偉大なニュートン
自身でさえ　ここの構内にあっては　身近かなものと
思われ　それで益々愛されるようになった。ここで
与えられる仕事も　有触《ありふ》れた日常の事で　日々の装《よそお》いの
ようなもので　独裁者が鋤《すき》を取るという変化はあったが
総ての心からの賞賛は　損《そこ》なわれることはなかった。

　トロンピントン《（ケンブリッジの南の地名）》の　楽しい水事場の側で
チョーサーと共に笑い　山査子《サンザシ》の木陰で
（小鳥の美しい囀《さえず》りの中で）聞いた　彼のお話は
情熱溢《あふ》れる恋物語。そして　あの優しい詩人
側近の侍《じ》者として　詩の女神《ミューズ》に　選ばれた
素的なスペンサー　翔巡《かけめぐ》るのは　雲のかかった大空
麗しい月とともに　穏やかな月の歩みで
その彼に私は呼びかけた　兄弟よイギリス人よ友よと。
そうだ　われらの盲目の詩人《（ミルトン）》　彼はその晩年
ほとんど孤立し　憎むべき　真実を語り
前には暗闇《くらやみ》　後《うしろ》には危険な声があった。
なんと崇高な魂！　もしこの地上に　生きていたのが
どんなに崇高な魂であっても　私がここで見ている彼は

とっても親しそうに思われた。学生服でも着て
突然私の前に現れ　しかし　まだ青二才の若者
いや　ほんの少年にすぎず　バラ色の頬は
天使のよう　鋭い眼差《まなざ》し　勇気溢《あふ》れる表情
意識的な足取《ど》りには　清らかさと誇りがあった。

多くの学友のなかに　一人
小学校からの同級生がいて　運よく　彼が
泊《とま》るようになった部屋には　いつからともなく
光栄にも　ミルトンの名前が　つけられていた
まさに　その部屋なのだ　かつてミルトンが　借りて
住んでいたというのは。おお　酒を飲まない歌びとよ！
ある日の午後　初めて私は　足を踏み入れた
あなたの汚《けが》れのないこの寝座《ねぐら》　神へ祈りを捧げた部屋に。
外《ほか》の連中と一緒に座り　有触れた集りの
楽しい車座《くるまざ》となって　私はあなたに
心の中で密《ひそ》かに　祝酒《いわいざけ》を捧げ
あなたを記念して　盃を干《ほ》すと　頭がくらくらとなった
葡萄酒の香りで　あれほど目眩《めまい》を感じたのは
あの時より前にも　後にもない。それから
その集りを抜け出て　通りをずーっと走り続けた
まさに駝鳥《ダチョウ》のように。礼拝堂の戸口に着いた時は
絶望的な不名誉な時間にはなっていなかった。
それでも　もうずっと前に　あの煩《うるさ》い教会の鐘は
鳴り止んでおり　嫌なカサンドラ《（トロイの城主の娘で予言者）》の予言の声のように
もう暗い冬の夜空には　何も聞えなかった。
おお　友よ！　思い出してくれ　ちょっとあなたの心に
あの場所そのものや　儀式のやり方などを。
でたらめに丸めて　浅はかに　これ見よがしに
無造作に　肩に掛けたのは　わが白い法衣《サープリス》
それを得意と思い　が　他人には蔑《さげす》まれながら
掻分《かきわ》け進んでいった。　群がり　集まっていた
一般市民のなかへ　彼らは　聴集として立っていたのだ
あてがわれた場所の　末席に
鳴り響くオルガンの下《した》　なんと《（ミルトン）》愚かな考えよ！
そんな事恥《はずか》しいことだ。あの偉大な詩人も

おお　友よ《（コールリジ）》！　あなたの寛大な心の中に
私を置いてくれる　尊敬と愛
あなたは　許してくれるでしょう　あの時の弱さを
色々な　なんの価値もない　虚栄心のなかでも
より多くある　弱さの仲間なのだが。
　　　　　　　　　　　　　　こんな生活をして
数ヵ月　過ぎていった　だらだらと。が　身を任《まか》せた
のではない　わざと正しい道から遠ざかるとか
あからさまに　悪の道を歩くとかに。しかし
ぼんやりとした　締りのない無関心　安易な好み
低級な目標　義務感も熱意も　失われ
しかも　自然も　物事の好ましい成り行きも
それらの代りに　必要な働きは　してやれなかった。
記憶は　だらだらと　回るだけ　心は
休む　真昼時の休息。内なる鼓動の
瞑想は　殆ど　脈打つことは　なく。
呪文に罹《かか》ったかのように　腐り果《は》て　わが人生は
流れに漂《ただよ》う浮島《うきしま》　水陸両生の物体
不健康で　ぶよぶよした存在となっていた　それでも尚
なくなってしまったわけではない　水草の美しい顔や
心地よい花などが。――生ける人の賞讃への熱望
栄光に満ちた故人への尊敬　あの長い
カタコンベ《（地下墓地）》のような本の並ぶ光景を見ると　その中には
不滅の霊魂が　横たわっているのが　見られ
それによく掻立《かきた》てられる　青年の心　そして育《はぐく》んで
くれる　厳《きび》しい訓練をも愛する熱い　心を。
ああ！　そのような高い感激　私には触れることなく
どの表情も　これらの壁の中で　私の気楽な心を
辱《はずかし》めることなく　その浅薄な落着きを
まごつかせることなく　ましてや静かな心の決意を
注《そそ》ぎ込み　力強い努力を　断固として呼びかけるものは
あるはずがなかった。これは　非難さるべきは
他人ではなく　私自身であった。本当に　私自身一人に
関する限り　大変な誤りを　犯すことに　なるだろう
それを　外の誰かの所為《せい》に　しようものなら。だって
私は　自然の膝の中で　育てられたのだから　まだ

甘やかされた子どもみたいだったのです。風のように
飛び回り　来る日も来る日も　一緒に過してきたのだ
あの楽しい川　荘厳な高原や山々と。
空とぶ鳥のように　翔巡《かけめぐ》っていたのに
私は　不当に躾《しつ》けられた　囚《とら》われの身となり
自分の楽しみは　捨てて　来る月も来る月も
私の居場所は　止《とま》まり木の上の
座《すわ》ったままの　平和。あの麗《うるわ》しい風物が
私の心の中に　あるので　外《ほか》の物が入る余地はなかった
その心は　本能的に動かされて　発見したのだった
あの愛する対象の中に　ひとつの新鮮さを
外のどの力にも勝る　魅力ある力を。私が本を蔑《ないがし》ろに
した訳ではない　そんな事したら　総ての分別《ふんべつ》を失う
ことになるだろう　ただ外の情熱が　まだ私にあって
もっと激しくなり　多分それが私を素早く反応させて
くれなかったのだろう　屋内《おく》の勉強に。年齢に相応しく
賢《かしこ》く　旨《うま》く　やってればよかったのに。それでも　私は
描くことができた　こんな場所を　宥《なだ》めすかされ

かつてのように　楽園の中で　訓練され
香《かぐわ》しい花輪や　心地よい音の中で
ひとりではあっても　自然と共に　ゆうゆうと
よく歩いたものだが　それでも　私は
描くことができたように思われる　あの場所を。
それは　その外観で　私を跪《ひざまず》かせ
即座に　奉仕に　つかせ　直ちに
誓《ちかい》を　させた　科学や芸術へ
書きとめられた知識　わが認められた主君への
忠誠を　気持よく与え　まさに　かつて　私が
大自然に捧げたのと同じように。骨折りや苦しみは
私が心に描いた　この奥まった所《(理想の大学)》では
心から心へと広がるべき　堂々たる森や
威厳のある校舎は　欠くべきではない
それに相応しい　内なる気高さを。
あの群集心理は　われら未熟な年頃に
広がりがちだが　無駄に使うことなく　目指すよう
仕向けるべきなのは高遠なものへの仕事　熱狂的な人が

愛をもって成し遂げることが　できるような仕事。
青春には畏敬の念を持つべき　そこに在るのは　なにか
宗教的な感覚のような　なんという神聖な喜びか
知識の中に　もしそれがそれ自身のために
誠実に探究されるなら　栄光の中に　また賞讃の中に
ただもう　努力して勝取られ　永続するものなら。
合格発表日なども　今のような飾りなどは　止《や》める
ようにすべきだし　取除くべき　まごつくだけだから
古代や　確固たる真理や　強烈な
勉学の精神を持った人の前では。そして　何よりも
あるべきなのは　健康で健全な素朴さと
上品な素直さ　なんと名付けてもいいが
共和的　宗教的なこと。
　　　　　　　　もしこのような考えが
余計な美辞麗句だとしたら　それは　裏切りの
時代を　ただ馬鹿にすることになるが　少なくとも
愚かさと見せ掛けらしき物に　と私たちは言うのだが
勝手にやらせるがいい　あの堅苦しいどんな足取《ど》りでも

道徳的或は学者的な訓練が　自分たちを　最も高く
向上させてくれると　彼ら自身が思っているならば。
彼らを行進させるがいい　大学の構内を　思うがままに
が　神の屋敷では　控《ひか》えるように。知らないのだろうか
知恵なき羊飼いが　羊の群を引っぱっていこうと
執拗《しつよう》に繰返し　水のある所へと　それを
決して飲まないことは　はっきりしているのに。
確かに重きを置かねばならなかったのだ　最悪の
笑い物で　始まり終る毎日に。気付いたらいかがですか
学寮長よ　学監たちよ　あなたがたのあの鐘にも
ほどよい休みを　与えては。だって　その響きは空《うつ》ろで
ただ掻乱《かきみだ》しているだけじゃないか　あの静かな大気を。
あなた方のお節介な行《おこな》いは　汚《お》点を齎《もたら》しているのです
あの簡素な尖塔《せんとう》の　われらがイギリス国教会に　ね
その礼拝は　人里離れた遠い田舎の木立の中にあっても
この害を被《こうむ》っているのです。学問でさえも　近くで
このような不遜な行《おこな》いを　毎日見ておれば
それからというもの　不自然な汚点に　打ちのめされ

その正しい権威を失い　陥《おちい》ってしまうのだ　思いも
よらぬ疑惑へと　でなければ　ありえなかったのに。
この明らかな真理を　その時　私は見逃さなかった
思考力のない私ではあったが。実を言うと
わが古里の　山々の中で　少年の夢に
耽《ふ》けっていた頃　私の造りあげた建物は
来たるべき時の　基礎の上
それがいまわが前で　速やかに消え去り　生き延びる事
できず　そんな夢を築いたわが身を　馬鹿にする
精力さえ殆どなく。おお！　でも何と楽しかったことか
われら田舎の青年にとって　聖なる場所《（大学）》を見ることは。
そこにある精神は　自らを　守ってくれるかも
しれないし　人に踏まれたことのない森には
太古のままの　純粋さと　深さが　あり
そこの木陰には　楽しさが　満ち溢れ　歌に
欠けることなく　群なす小鳥たち　下生えの草むらで
さえずっていたが　その場所全体の
表情には　なにか畏敬の念が　あるべきだ

反芻《はんすう》する動物たちには　落ち着いた
控え目な住い　静かな動物たちが
ぶらつくことのできる所　また　一つのたまり場
そこで　青鷺《アオサギ》が　よろこんで餌をあされる
ものに驚きやすい小川のそば　また　ペリカンが
糸杉の尖端《せんたん》に　止《とま》って　ひとりさみしく
日を浴びている　ああ！　ああ！
むなしく　荘厳さを　追い求め
目の前を　横切るのは　蝶ばかり　耳に
聞えるのは　お喋《しゃべ》り鸚鵡《オウム》の声　内なる心は
浅はかで　外なる特徴は
華やかな分野のもの。

何と違った光景よ
昔のあの尊敬すべき博士たちの見た光景とは。
あの頃はみな　この有名な学寮の中に住み
節制して　学問的な生活を　送った。
侘《わび》しい　飾りのない部屋に　閉じこもり
押し込められて　大きな重い本を　読んでいた

まさに芋虫のよう　自分の道を　食い進み
静かに　或は　鋭く　貪《むさぼ》り食う　音たてて
跡つけられず　認められることもなく。名門の子弟たち
その頃朝の祈りには凍《こご》え　入相《いりあい》の時刻には　床につき
受けた訓練は　敬虔《けいけん》と熱意の中で　有難く思うこと
簡素な食事　根気のいる仕事　質素な衣服などを。
おお　学芸の中心地よ！　世界中に　その名を知られ
あの素朴な時代には　遥かに異った恩恵を
女神の秘蔵っ子たちは　受けたことか
ほんのまだ子供の頃から。あの輝かしい時代《（ルネッサンス）》に
学問が　異邦人のように　遠くからやってきて
キリスト教国の至る所にそのトランペットを吹き鳴らし
それで目覚めた農民や王たち。その時少年や若者たち
みすぼらしい村やあばら屋で　育ちながら
わが家を見捨て　旅に出て　求めた
良き保護者や有名な学校　好意的な　避難所を。
そこで　少しお金を払い　静かな所に　暫く休んでは
町から町へ　広く点在する地方を　通って
旅して歩いた　大きな二つ折りの本を　手に持って。
時には　人目につかない所から　さっと出てきて
路上に　たまたまやって来た人に　会釈《えしゃく》して
叫んだ「一文《いちもん》　恵んでください
この貧しい　学生に」その頃　有名な人たち
真理を愛する人々も　貧困に苦しめられた
ブッツァ《（宗教改革者）》やエラスムス《（人文学者）》　メランヒトン《（神学者）》らが　読書した
のは　自分たちの　小部屋の戸口や窓の前
日の光を　頼りに　蝋燭《ろうそく》の灯《ひ》さえ　なかったので。

しかし止《や》めよう空《むな》しい歎《なげ》きなどは！私たちに
見えるのは　ただ朧《おぼろ》に過ぎないのだから《（コリント前書十三・十二）》　過ぎし日を
顧《かえり》みる時でさえ。どんなに良い物でも　元々《もともと》そんなに
純粋な物ではない。愚かにも総ての人が信じるように
必ずしも総ての人々に　最高の期待を約束する物では
ない。もし船乗りが余り気乗りしないような距離の所に
美しい何か気を引くような島の近くを通り過ぎた時
どんな運命が待ち構えているか分りさえしたら　そして

望みの地点に船を付けて　上陸できたとしても
何としばしば　感謝する立派な理由となったことか
そこから自分を追い払ってしまった　一連の
手におえない岸の波　素早い無情な風に対して。
私も　悲しんではいられない。仕合せなのは　こんな人
私が失った物を失ったに過ぎない人　私が落ちたよりも
低くはもう落ちない人。

　私は好きではなかった
これまで述べてきたように　大学における
研究のやり方は。私が望んでたのは　その
河の流れの　その範囲がもっと広かったり　速度も
もっと自由だったらと。だがもう無理な要求はしない。
遥かに　遥かに　悲しかったのは　競争の場に
戦《たたか》う者として出ている人々の　一隊の中に
私には低くて　卑《いや》しく見える　感情を
見た時だった。一部は　私の無知と　正しい寛容が
なかったせい。しかし　分別のついてきた今でも
あの頃　目にしたのを思うと　悲しくなる

自らの意志で　これらの人たちから　離れ　彼らの
コースから　外《はず》れて　共にした仲間の多くは
もっとのんびりした善良な若者たちだった　心優しく
柔《やわ》らく　人を愛する心も　欠くことなく　それで
日も軽やかに　過ぎて行き　そんな時　洞察力も　眠り
知恵も　われら自身の内なる実在と
取交《とりかわ》した誓など　忘れられ。

　本も　日々の心の糧として　決められてはいたが
それに向けた欲望は　なにか病的で　外《ほか》の時に
自分のための食物《（本）》を求めて行く時は
最高の牡鹿《おじか》の肉《（本）》を　しっかりと追うことなく
身を横たえ　たまたま　ありついた
野生の森の蜜を味わい　或は　手に負《お》えない　荒っぽい
目つきで　あちこちに蔓延《はびこ》る木《こ》の実を　漁《あさ》ったりした。
そして　人間の生活に付き物であることについては
ここわが身の周《まわ》りで　蠢《うごめ》いている　より深い感情
妬《ねた》み　嫉妬　自惚《うぬぼ》れ　恥《はずか》しさ

野心　競争心　恐怖や希望など
或は　ふしだらな快楽　というような物は　私には
無関係だった　ただ時折　眺めはしたが　私の存在に
対するそれらの力は　余りにも小さかったので。
表面上の事としては　知識や教示《きょうじ》には　役立った
かもしれないが。その間　じっと静かにしてたのが
底なる魂　あのような静けさの中に　閉込められて
あの大自然の　一葉《ひとは》も　揺《ゆら》ぐことなく。

それでも　この深い空虚な時期が　全く無駄に
過されたわけではない　これまで私が立っていたのは
自分自身の心の中　離れて　人間生活から
少なくとも　一般にそう呼んでいる物から。
まさに　岬《みさき》の上の　羊飼いのよう
仕事もなく　眺めている　遥か遠く
果てしない海原　いやむしろ　作っているのだ
発見するのではなく　自分の見る物を。確かに　そう
これが最初の通過なのだ　心地よい歓びや
田舎で楽しく歩き回った　無邪気な若者から
人間的営《いとな》みへ　なにか近づいたな　と
思われる物へ　世の中の　一つの
特権的な世界へ　中間の居住地へ
総てその中間的な形象をもって　来られたことは
まさにぴったりだった　私の幻想的な心には
遥かに良いことだった　さっと投げ出され
運命の女神の道へ　不意に突き出され
実生活の　争いの中に　置かれるよりは。
より正しい少しずつの変化によって　より高い物へと
導かれ　より自然に　成熟し
永遠に持ち続けられるような　より良い果実となり
真理にせよ　美徳にせよ　結果として　続くように。

気紛《まぐ》れに　面白がって　言い合ったものだ
（どうしてそうせずにいられたろう）癖や身振りの事を
制服には　好評や悪評の印《しるし》まで
付けた連中　大学教育の

組織上から　仕方なしに
関係させられた人々　また役職の
支配と権力が　われらの心を　苛立《いらだ》たせるだけで
それ以外は　何もしない人々について。
このような豊かな気晴らしに不足することはなかったし
どこにでもあった。しかし　主に　あの威厳のある
年長者　むさ苦しい　怪奇な性格の仲間に
入っている時など。その飾り立てること　老木のよう。
年をとり　次第に弱くなっていく時に　その老木が
行当りばったりのどんな種子にも　すぐに場所を与え
自分の幹で　育てられるようにしてあげる。

　ここで　私の目の前で　言わば　直面したのだ
この間　別れてきた　あの羊飼いたちと　その時
パッと　閃《ひらめ》いた　まったく違う型の　老人が。
何という違い！　なのに　両方とも　また似てもいる
初歩の本だ　未熟な若者の目には　人生を
浮き彫りにしたものだ！　それを　細心の注意を払って
大自然が掲《かか》げてくれたのだ　若者の目の前に　その
大いなる学校の中で。恐らくもっと遠く迄の見通しから
その思い遣りのある計画に　早くから入《い》れさせ
歓んで　深い意味を悟るように　教え
楽しいことに　交ぜ合わせたのが　悲しい思い。

　上辺《うわべ》だけの　生活の外観
立派に作り出された作法　優雅な
色彩の流れ　隠れたり　煌《きら》めいたり　あちらこちらと
絹と黄金の織込まれた　あの華麗なアラス織（美しいつづれ織）の壁掛を
通って。この狡《ずる》い移り変り　蛇《へび》の色のよう
進んでか　嫌々ながらか　明らかにされ。これらを
見ることを　学んできたのではなかった　この頃
恐らく　そのような光景を　毎日見たとしても
それらには　無関心であっただろう
あたかも　世捨人が　遠い国の物語を　聞くように。
従って　精巧に作り上げた　これらの物に対しては
尚も　何の興味も持たず　私が満足してたのは

もっと素朴に作られた物　このもっと粗末な
倉庫に無造作に　積まれた物。今日《こんにち》でも　私はにっこり
してしまうのです　多くの山々で　一人で居る時など
今でも残っている　色々な出来事や断片など　思うと
あのお粗末な興行《こうぎょう》　それを演じたのは
操《あやつ》り人形　徹夜祭《てつやまつり》や市《いち》などでの
まさに　ひとつの　芝居。そして　よく過《よぎ》るのは
わが前を　老人たちの　思い出
あの老いた剽軽者《ひょうきんもの》は　ずっと前に　墓の中
また　私の心から　殆ど消えてしまった
名前の人たちが　入《はい》って行った　幻の
肌触《はだざわ》り　生活と本との　中間か。

　すっかり道草を食ってしまった　こう言えばいいのだ
ここ大学では　小さな縮図で　示している
大きな世界の手足を。その振舞も
付け足《た》しのように　描かれ　模擬の戦での
打撃の勝ち抜き試合《トーナメント》のように。当らない打撃もあり
命を賭《か》けた戦いには及ばないが。そして　どんな物でも
この野外劇《（大学生活）》で　一人の素朴な田舎者の注意を
引いたと思われることは　こちらは少なく　あちらは
多い　ということはあるが　私には無駄ではなかった。
――それでも　その光景に　もっと必要なのは
より実質的な名前で　物真似《ものまね》の芝居などではない
それ自身　生ける全体の　生ける一部であり
広大な海原の　一つの入江なのだ。なぜなら
あらゆる段階と姿の　偽《にせ》の名声や儚《はかな》い賞賛が　ここに
座っている　大きな顔して　そして養っている　日々の
施物《ほどこしもの》で　信頼できる善良な人から　取ってきた追従《ついしょう》者を。
それにここにはまだあった　彼自身の縛《しば》られた奴隷なる
労働。賞のためなら　労苦を決して惜《お》しまない　希望。
うんざりさせる重《おも》り木で　ためらいながら歩く　怠惰
可哀そうに誤り導かれた恥辱　愚かな恐れ
死のために食べ物を　捜し回る　単純な歓び
間違って与えられた栄誉　堕落した威厳。
争い　内輪もめ　ごますり　憎しみ　企《たく》み。

ぶつぶつ言いながらの服従　露骨な管理。
偶像崇拝者と同じように　愚かな偶像。
真実を餓死させてしまう　お上品さと仕来《しきた》り。
先が見えない権威者　棒で打つのは　自分を
導いてくれるかもしれない　子ども。あとに来る
空《むな》しさ　よき前兆のように。大人しい価値は
ひとり放っておかれ　噂《うわさ》もされず　誰にも知られず。

　これらやそれに似たような事　述べてきたが
はっきりとは言えない　どの部分が本当に
あの頃の　有りのままの　思い出なのか
どれが　むしろ　後《あと》から　深く考えて
甦《よみがえ》ってきた物なのか。しかし　嬉しいことよ　それは
穏《おだ》やかな心の中で　あやされて　よく眠ってはいるが
無邪気であれば　なおそれなりの報酬となるのだ
そのような歓びが　たしかに　なかった訳《わけ》ではない。
心にも留《と》めず眺めていた　歩き回りながら　蒐集品の棚
広い博物館を（そこに群がっているのは　魚や宝石
鳥や鰐《ワニ》　貝殻など）そこには　殆ど見られず
よく分り　自然と親しめるような物など。
それでも　一歩進むごとに　何かが現れて
ハッとしたり　楽しませたり　刺激したり。あちこちで
思いがけず　珍《めずら》しい物が　見出され
しばらく　それをじっと見つめるが　やがて　他人に
ゆずり　順番がくれば　すべてが取って代《かわ》られ。
こうして　この華やかな交《まじ》わり（大学生活）　それが成立って
いるのは　元々最もまとまりそうもない物　そんな中で
頭はただ回るだけで　落ち着かない
なにか　疼《うず》くような　不毛な感じの
陽気な　どさくさ　もう最高となり
賢い意欲　ほんのささやかな愛も　殆どなく　それでも
なお　何かが記憶に　ついに貼《は》りついて　そこから
いつか　何か役に立つ事が　引出せるかもしれない。

　こうして周囲の流れに従ってのらくらしているうちに
わが友よ　骨折りの時の　秋　冬　春　と

九ヵ月が　楽しく　過ぎていって　十ヵ月目が
私を戻してくれた　あのわが古里の丘へ　ふたたび。

第四巻　夏休み（一八）

何と嬉しい眺めだったことか　ケンダルの丘を
登り　あのもの寂しい　荒野を
横ぎり　ついに　城壁の端からのように
ウィンダミアの湖水を　見おろした時。
私は　丘を駈けおり　思いっきり
大声を張りあげて呼んだ　遠くの岸の
あの年老いた船頭《せんどう》を。彼がやってきて
なじみ深い小舟に　乗りこむと
心から歓迎してくれた。それから　すぐに
わが家へ向い　さあ　近づいていく
あの心地よい谷間へ　私が育てられた所へ
ほんの少し歩いてから　右へまわると

見えてきた　雪のようにまっ白な教会堂　小山の上
座《ざ》してる姿　女王のよう　送るは
慈愛にみちた眼差《まなざ》し　その領土全体へ。
嬉しい挨拶《（アン・タイスン）》　涙ながらに　多分
あの老いた婦人　母のように善良な。
私を　しげしげと　見つめ　母の誇り。
感謝の思い　露のように　あなたの墓の上
ああ　善良な人よ！　私の心臓　脈打つ限り
決して忘れない　あなたの名前。天の恵みが
ありますように　あなたの上に　あなたの眠る所に
あなたは　無心に　せっせと　働いてくれ　こまごまと
お世話してくれ　ささやかな　日々成長していく
静かな　楽しみのあと　八十年の
いや　八十年以上もの　静かな生涯
子はなくとも　血の繋《つな》がりのない人たちによって
肉親の子にも劣らぬ愛情で　慕われ　何という
この大きなわが喜び　あなたにまた会えたとは
あなたと　あなたの住いに。この狭い所にある
あらゆるものが　すべて懐かしく　それらの多くの物
いまでも　自分の物のような気がして。
なぜ私が話すのか　多くの人たちが　感じたこと
生きてる人なら誰でも　分りそうなことを。
部屋　中庭　庭園など　長い間挨拶もされず　放って
おかれた訳ではない　あの枝を張った松の木
その大枝の下にある　大きな石のテーブル
多くの楽しい時の　われらの夏の座席。
山育ちの　あの手に負えない子ども
つむじ曲りの小川　わが家《や》の庭に　閉じ込められたかと
思うと　すぐに　気がつくと　油断のならない
不親切な企《たくら》みにでも　かかったかのように　その声を
奪《うば》われ　ただ　小波《さざなみ》をたてて　流れいくのみ
努力もなく　意志もなく
人間の手に造られた　水路の中を。その小川を
見て　にっこりし　また　にっこりしてしまった
無数の思いが　押しよせてきて　「はあ」と
私は言った「可愛い囚人さん　そこにいるのかい！」

いまあの時の事を　静かに振り返ってみると　不思議に
思わずにはいられない　どうして空想が閃《ひらめ》かなかったか
この私に　どうして強い欲望がすぐに起きなかったのか
あのような象徴的な物を見て　それがこんなにも適切に
表しているのに　その頃過した　穏やかな　わが日々や
平穏《へいおん》な奴隷状態総てを　それらを元に書くべきだった
自分を諷刺する詩を。あの　わが老いた婦人は
私と共に　私の傍《そば》にいて　先に立って歩いた
私は喜んで　いや　いや　むしろ望んで　ついていった
――私の出合う　どの近所の顔も　私には
一冊の本のようだった。ある人には　声をかけ
遥《はる》か遠く　道の上から。働いている人と
打解けた挨拶を　交すのは
間《あいだ》の広い畑の　半分ぐらいの所で。
学校友だちに　まき散らした　挨拶は
もっと改まったものとなり　心からではあるが
たぶん　ちょっぴり　誇らしくも　あり
いやもっと　恥かしくも　あったりで　服装や
身なりの変りようや派手な装《よそお》いなどで。

　嬉しさいっぱいで　また席についた
あの家庭的な食卓の。愛しい友よ！
私の思いは　一人の詩人の生い立ちを　ただ
語ることでしたが　どうして語らずにいられますか
夜　身を横たえた時の　喜びを
あの使い慣《な》れた床《とこ》に。たぶん　今のほうが
もっと嬉しく　かつて　とても恋しく思ったり
思い出しては　悲しい思いをした時以上。
あの床　そこで聞いた　ごうごうと鳴り響く風
喧《やかま》しく　煩《うる》さい　雨の音。あの床で　何回となく　目を
覚《さま》したまま　横たわっていて　微風《そよかぜ》　吹く夜など
見つめていたものだ　輝く月が　家の近くに立っている
背の高い秦皮《トネリコ》の葉隠《はがく》れに　潜《ひそ》んでいるのを。
目をすえて　じっと見詰めていると　あちらこちらへと
揺れ動く木の　暗い　頂きで　月は揺れていた
気紛《きまぐ》れな一つ一つの風の動きに合わせて。

再びお会いして　ほんとに　嬉しかった　顔の中に
いた一つの顔　昔からの権利で　われらの
一員であり　毛深い　山のテリア犬
性来の生れや　天職から　あらかじめ　決められて
穴熊を　追い出し　狐を　狩り出す　中に入ることの
できない　絶壁などから。しかし　小さい時から
われらに飼われていたので　次第に慣れてより穏《おだ》やかな
仕事をするようになっていた。そして　その頃　初めて
子どもらしい元気な心が　衰え　毎日毎日
わが血管に　掻《か》き立てた　刺激を
詩の醗酵と　青春の情熱を。そして
秘《ひそ》かな物影《ものかげ》を　好むところなどは
恋に病《や》む人のよう。そんな時　この犬はよく
私を見守り　付いてきては　友となり　素直に
私の足取りに合せていた　朝早くても　夜遅くても
時々　そんなのろのろした　私の歩き振りに
うんざりしたり　私が止ったりすると　不安な顔をした。

何度もあったことだが　このように歩いている時
忙《せわ》しなく　詩を作ろうと　苦労していた。
大きな苦しみばかりで　進歩は殆どなく　その時　突然
何か美しい　うっとりさせるようなイメージが私の心に
沸《わき》起り　完全な姿となり　海から生れた　ヴィーナスの
よう　その時さっと　私はあの犬に跳《と》びつき　手の力を
ゆるめて　その背中を　激しい喜びのあまり
撫《な》で回していた　くり返し　くり返し。
公道《みち》を　日暮どきに　のんびり
歩いている時など　つぶやきながら　独言《ひとりごと》を
言っている川のよう　そんな季節《とき》には　いつも
この犬は　私の前を　とぼとぼ歩いていくのだった
しかし　通りがかりの人が　近づいてくるのを見ると
ちょうどよい頃に　ふり向いて　タイミングのいい
合図をしてくれるのだった。すると　すぐに
そのような警告を守り　声を　ひそめ
足どりを　ととのえ　身形《みなり》を　直し
挨拶を　交《かわ》した。そのお陰で　私の名前が

あわれな噂《うわさ》から　免《まぬが》れた　頭が狂っているのではないか
と思われる人に　つきまとう　あの噂から。

あのようなぶらぶら歩きは　どんなに重んじられ
愛されてもよい　何と懐かしいことか！　そんな言葉も
出かかったが　それらにどっさり積み込まれているのは
あらゆる良いことなので　思い出すと　必ず出てくる
有難う　感謝してます　心からの完全な喜び　が。
あのようなぶらぶら歩きが　いま巡《めぐ》り来る春のように
また　私の所に　戻ってきた。初めて　私が
改めて　あの小さな湖を　回った時　もし幸福という
ものが　人間と一緒に泊ることがあったとしたら
あの日こそ　この上ない幸福が　私のものとなったのだ
広く行渡《ゆきわた》り　揺《ゆる》ぎなく　穏《おだ》やかな　瞑想的な　仕合せが。
太陽が沈むか　沈まない頃　私は　家の戸口を
出た　やがて　夕べは　もたらした　落ち着いた時を。
が　心地よく　静かだった訳ではない　冷え冷《び》えと
湿っぽい空気で　しっくりとは　いかなかったから。

しかし　恋する人の顔が　一番美しいのは　悲しみに
濡《ぬ》れた時　或は　その時の表情がどんなであっても
一番美しいのは　内面の心が　満ち足りて
いる時。まさに　私がそうだったのだ
あの日の夕べは。静かに　私の魂は　そのヴェールを
脱ぎ去り　いつもの自分とは　すっかり変って
赤裸に　立っていた　神の前に　いるかのように。
歩いていくにつれて　何か慰めが触れるような気がした
心に　べつに悲しんでた訳でもないのに
力も沸《わ》いてきた　弱さがあると　知られず
少なくとも感じられもしないのに。そして　回復が
やってきた　侵入者のように　気づいてない疲れの
ドアを　ノックして。私は　秤《はかり》を
手にし（外界の自然が）自分自身を　はかってみた。
見えたのは　ほんのわずか　それで　嬉しかった
ほとんど覚えていなかった　それでも　ますます
私は　嬉しかった。が　私には　希望と平和
心の高まりがあり　心《こころ》　奪《うば》われ　宥《なだ》められ

色々な期待と触れ合い　幽《かす》かに輝く観念が　あった。
いかにして命が衰えることのない精神に　染み渡るのか
いかにして　不滅の魂が　神のような力で命を吹き込み
創造し　破ることができるのか　時間によって齎《もたら》された
この上なく深いあの眠りを。いかにして　この地上に
人間が　もしあの高尚な努力の光の中に
生きさえするならば　衰えることのない力で
自分の存在を　日々　広げていくことができるかを。
もっと穏やかな思いが　なかった訳ではない
愛とか　清らかな心とか　安らかな安息とか。
田園の静けさ以上の物が　この上なく豊かな計画の
中心にあった。安らかな或は光り輝く最後が
ついに得られるのは　堪え忍ぶことによって。
このように　物思いに耽《ふけ》ながら　森の中に腰を降ろし
ひとり　そこでつづける　物思い。すると
高い山並《やまなみ》にゆっくりと　広がる
暗闇《くらやみ》　そよ風　小波《さざなみ》たて
長い湖　長く伸ばし　その白い波頭《なみがしら》を。

隠れ家の雑木林《が》に　私は座り
まわりの　榛《はしばみ》の　木の葉の間から
あちらこちらと　吹き起る　はぐれ風
時々とぎれながら　聞えてくる　息遣《いきづか》いのような音
呼吸　短《みじか》かったり　速かったり　それが　時々
そう　言いますが　なんども　なんども
間違えてね　あの犬の喘《あえ》ぎではないかと
私の散歩に　いつも付かず離れず　付いてきた仲間
振り返っては　探《さが》してみた　そこらに居はしまいかと。

新鮮さも　見出したのが　この頃だった
人間の生活に。私のいう生活というのは
心から好意をもてる職業についてる人の　生活。
村人の姿をみて　よく私は驚いたものだ
群がり　溢《あふ》れて　変っている　と私には思われた。
春の盛りの庭園を　八日間も　留守したあとに
見るように。というのは（前と同じでありながら
とても変ったように見えるものは

触れないでおくが）この寂しい所の
小さな谷間は　私の大切な住いで
若い心にとって　無関心でいられなかった
たぶん　あの囲いのある所に　気づいた時　そこで
一人の老人が　よく日向ぼっこをしていたが
いまはもう見当らず。抱《だ》いたことのある　淡《あわ》い顔色の
赤ちゃんたち　近所の知合の子どもたちなのだが　もう
ばら色の頬《ほお》をしたおしゃべり屋になって　あちらこちら
よちよち歩き。育ち盛りの娘たち　美しさ　くすねられ
楽しい望みはあるのだが　すっかり消えてしまい　ただ
飾るのみ《（赤面させること）》　見向きもしなかった遊び仲間の素朴な頬を。

　そうだ　私の目は　今までとは　どこか違っていた
辺りを見回してはよく向けていた　何か微笑みを誘う
微妙なユーモアを醸《かも》し出すような物に。私は学んだ
何の下心もなく　あの質素な生活をしている人々の
意見や考え方で　愛とか経験などの
意味から。別の目で　見たのは

森のなかの　静かな樵夫《きこり》
丘の上の　羊飼い。改めて嬉しかったのは　何よりも
このこと　あの白髪の老婦人《（アン・タイスン）》に　お会いできたのだ
教会や公式の仕事へ　出かけていく時は
身に着けていた　途方もない　たいへんな　晴れ着
短《みじか》めの　ビロードの外套《がいとう》（同じ生地《きじ》の婦人帽）
まさにスペインの伊達《だて》男たちが　昔　着たような
外套《マント》を。彼女の穏やかな　家庭生活
愛情　籠《こも》っていて　なんの不安もなく　彼女の
お話やお仕事　私は嬉しく　それに劣らず
浅くとも　清らかな　信心深い心の流れは
安息《（日曜日）》日《び》ともなると　さらに新鮮な水路となるのだった。
今まで感じたこともない思いで　私は見ていた
彼女が　日曜日の午後などに　聖書を読んでいるのを。
こんなふうに役に立つ本も　いいなと思った
彼女が眠ってしまって　それが枕となった時。

これに劣らず　私が覚えているのは

この頃　はっきりと　現れてくるのを　感じた
ひとつの兆《きざし》が　何か新しい感覚のようなもの
物のあわれが　物事に対する私の愛情に
起った　今までは　私自身の個人的存在の
楽しい雰囲気で　それ以上のものではなかった　愛情に。
私が物事を愛していたのは　祝福された精霊や
天使が　この地上に住むようになったら
それぞれの幸福の中で　愛するように　であった。
ところが今　私に開いてきたのは　ほかの思い
変化や　歓びや　悲しみの
新しく生れた　感情。それが　遠く　広く　ひろがり
木々も　山々も　それを分け合い　小川も
大空の星々も　今　その昔からの住処《すみか》に見られ
白い(天狼星)シリウスも　南側の崖の上に　輝き
三ツ星のオリオン座も　あの美しい　すばる
小さい子どもたちなら　誰でも知っている星
それから　ジュピターも　私の大好きな星。
どんな無常の影も

これまで　これらの物の上に　落ちていたが
種類は　違っていた　それらは優しくはなく　強烈で
深く　暗く　厳しいもので　子ども時代の
断片だった。その上　負けてしまった
青春の後期の　美しさ
熱狂的な愛　楽しみ　喜び　に。

ゆっくりと　進み行く　ボートの　縁より
身をかがめて　静かなる　水面を
覗《のぞ》き　自ら　慰める
その下　深淵《しんえん》の底に
目の見分けられる限りの　目新しいもの
多くの美しい眺め　海草　魚　花　洞穴《ほらあな》　小石
木の根など　見ては　さらに空想に　耽《ふけ》り
しかも　ときどき　惑わされ　出来なくなり
実体と　映る影との　区別が　岩や空
山や雲　などと　じっさい　その水の中の地域に
在るもの　彼らの本来の正しい住処に

住んでいるものとの区別が。いま映っているのは
自分自身の影かと思うと　次は　太陽の光であったり
どこから送られたのか　わからぬ動き
そんなじゃま物までが　自分の仕事を　より楽しくさせ
――そんな楽しい任務を　私たちは長い間追求してきた
過ぎ去った時間の表面に　身を屈《かが》めつつ　同じような
成果を収めながら。ただ余り見ないようにしてきたのは
より心誘うような見せ物（少なくとも　私にとっては）
より柔らかく　より曖昧でなく　見分けられるもの
それに比べて劣るのは　今までずっと辿《たど》ってきて
なおも手間どっている事柄。それでも
このような　心の　新しい営みにもかかわらず
在ったのは　内面の堕落だった。私は愛した
深く　愛した　それまで愛してきた総てのものを
今迄よりも　より深く。しかし　群なす向う見ずな
思いが　犇《ひし》めき合っていたので　お祭り騒ぎや
宴会　ダンス　おおっぴらな　どんちゃん騒ぎ　運動会
勝負事（それ自体　楽しい訳ではなかったが　むしろ

それらがいいのは　記章のように　体裁のよい　新鮮な
男らしさや自由であった）これらに　今
私は誘惑された　心の栄養となる楽しみを
たえず求める行為から　毎日のように　私の心に在った
ひたむきな熱意　あの色々な憧《あこが》れから。
野育ちで　世慣れていない　青年だった
自然と本に　没頭し　せいぜい
時おり　好んで　身を沈めては
大勢の中に　入り　その仲間は
私と同じように　単純か　そう思えるような人達だった。
しかし今　一つの変化が起きてきた　それに必要なのは
かなりの技術と　予想以上の時間だろう　描き出すには
自分自身にさえも　これらの儚《はかな》いことや　それが
どのように　為《な》されたかを。しかし、確かなのは
この頃　何か流行の雰囲気が　よく　私の周《まわ》りにあり
以前は　この辺りには　見られなかったものだが。
着ていた大学の制服までが　私の力を
蝕《むしば》むように思われ、止《や》めてしまったのだ

いつものように　静かに流れゆく　自然な私の心を。
私の周りには　何かがあって　惑わされた
ものの本質を見る理性の力を　それがひどく圧迫した
精神の持つ　あの敬虔《けいけん》な尊厳
まさに　あの真実を見抜く　能力を。
それがなければ　まさに　初めから
その機能が　全く灯《とも》されることがなかったか　或は
消えてしまったにしても　人間　偉大で　善なる　この
被造物　が　卑《いや》しい爪をもった　見掛け倒《だお》しの木偶《でく》の坊
呼吸する基本元素から成る　この偉大な体格も　感覚の
ない偶像となってしまうだろう。

　　　　　詰まらない快楽を
あのように浅はかに　愚かに追い求めて　あの幼い頃の
本や大自然と交換するなど　割の合わないことだった。
成る程　人の性格や人生について　思いがけず
ある程度の知識は　得たかもしれない　しかし　その頃
躾《しつ》けられる作《さ》法などに　殆《ほとん》ど気を使うことはなかった
私のより深い情熱は　すべて　ほかの所に　あった。

どんなに素晴らしいことであったろう　ひとりで学び
心を高め　静かに　考えることによって
熱烈な望みを　支《ささ》えるほうが。
しかも　これらの悔いの思いを　浄化するかのように
ある特別の時の　思い出が
ここで　私に　甦《よみがえ》ってくる。一つの群の中
陽気な仲間の　娘や若者たち
年老いた人たち　落ち着いた夫人たち　ごたまぜの集り
あらゆる気質《かたぎ》の　寄せ集めの中で　私は過した
その夜《よ》を　踊ったり　賑《にぎ》やかに　はしゃいだりして。
鳴り響く楽器　床をすべる足音
ちらちら見えかくれする姿　きらきらする蝋燭の光
あちこちで飛び交う　とりとめもないお喋り
張りつめた気分　そして　ここ　かしこでは
若者の恋のようなものの　幽かなショックが　入交《ま》じり
それが　喜びのように　頭にのぼり
血管の中で　鳴り響いた。私たちが　引上げないうちに
鶏《とり》は鳴き出し　空は白《しら》み始めていた。

家《うち》へ着くまで　畑にそって　三キロも
歩かねばならなかった。なんと荘厳だったことか
あの朝は。忘れえぬ　なんという壮観
あのような輝き　見たこともなかった。
海は　遠くで　ほほえんでいた。
どっしりした山々はみな　雲のように　照り輝き
赤紫に染められ　最高天の光に　浸《ひた》っていた。
そして　牧場や下のほうの　大地には
まさに　心地よさ其の物の　平生《へいぜい》の夜明け
露みち　霧ただよい　小鳥さえずり
農夫たち　畑に　出かけ。
──ああ！　言う必要があるか　愛しき友よ　胸一杯で
溢《あふ》れんばかり。誓はしなかったが　誓が　その時
はっきりなされた。私にも分らない契約がなされたのだ
私は　成るのだ　神聖な魂に
でないと　大きな罪を犯《おか》す。どんどん　歩いていった
心　聖められて。それは　今でも　生きている。

奇妙な溜《たま》り場だった　あの頃の私の心は
まさに　様々《さまざま》な色の見せ物　重々しさと華やかさ
充実と軽薄　近視眼的と深い読み
思いやりのない習慣と落着きとが
一つの館《やかた》で　付き合っていた　叱《しか》られることもなく。
が　私には分っていた　自分の持っている物の値打は
それを軽んじ　使い方を間違えたけど。その上　実際
あの夏は　束《つか》の間《ま》の　締りのない思想で
一杯だったが　たくさんの素朴な時間が
なかった訳ではない。そんな時　このような妨げに
挫《くじ》かれず　わが心のうちに　体験した
神の御業《みわざ》の目的と書き記《しる》された精神との
昔とそっくりの　合一を
たとえ　それが　自然や人間に　示されようと。
命《いのち》なきものとはなってない思い出として残っている
数々の放浪の中から　ここに　一つを
選び出して　次の主題に　移るとしよう。

私の大好きな　楽しみは

青春時代の　ごく初めの頃から　街道を
ひとりで歩くことだった　そんな時の夜などは
人通りもなく　その道の静けさは
ますます深い　静寂となっていく
道なき　人里離れた所以上に。そんな時間に
一度　まだ　この夏の月日が　過ぎ去らない頃
ゆっくりと　登って行った　険しい坂道を。すると
湿った道の表面が　あの鋭く登りつめた
端《はし》へと　月の光に　煌《きら》めいていた。
それが　私の目の前に　別の流れが
そーっと　忍び込んできて　小川と合流し
谷間で　呟《つぶや》いているように思われた。私は歩いていった
なんという静けさ　思いがけず　受け入れた
楽しみ　ゆっくり　ゆっくり　歩いている時
とても近くの事物から　ときどき
否応《いやおう》なしに　はいってくる　物憂《ものう》げな　眠れる
（眼）感覚に　そして　共感するようになり
疲れきった心で　苦労に　ぐったりして
より深い喜びを　全く味わえないようになっていた。
それに伴《ともな》うのは　遠い眺め　断崖や海原
濃い青色の大空　星々の大宇宙など。こうして
こっそり足を忍ばせるように歩いた　あの静かな道を
私の体は　その静けさから　飲み込んでいた
一種の安らぎ　穏やかな眠りのような
いや　もっともっと　心地よいもの。私の上《うえ》　前《まえ》　後《うしろ》
周《まわ》り　すべてが　平和と　孤独
あたりを　見回すこともなく　孤独も　わが目に
語ることもなく　なのに　それが　聞え　感じられ。
ああ　なんと仕合せなことか！　なんと美しい絵が　今
現れた　調和のとれた　形象――現れたのだ
なにか　遠い魂の　領域から　やって来たのだ
夢のように。しかし　こうして　残していったのは
それとなく　束の間の形象と　一緒になった
意識された　感覚的歓び

落着き　体のどんなためらい
どんな幽《かす》かな　動きにも　感じられ。
　このようにして　一歩　一歩　歩いていくと
突然　道が曲って　ふと見ると
目の前に　見慣れぬ姿
あまりに近いので　あとずさり　山査子《サンザシ》の
茂みの陰へ　じっと　目を据える
私は見られずに。背の高い人
普通の人より　三十センチも高い　体つきは
ぎこちなく　背筋の伸びた　ひょろ長く　ほっそりして
こんなにやせた人を　夜でも　昼でも
外で　見たこと　ないように　思えた
腕は長く　手はむき出しで　口は
月の光で　死人のように　青ざめて見えた　後《うしろ》から
石の道標に　支えられ　その姿
なかば座《すわ》り　なかば立ってるかのように見え。
が　分った　彼が着ていたのは　軍服だった
色あせては　いたが　完全に。まったく　ひとりで

付添いもなく　犬もいなければ　杖もなく
背嚢《はいのう》もなく。彼の身なりそのものに　現れていた
寂しさ　質朴《しっぼく》さ
孤独　そのもののよう。長い間
じっと　その人を見つめていた　恐れと悲哀の
入交《いりま》じった気持で。その間　彼の唇から
漏れ続けていた　何か呟《つぶや》くような声
苦しそうな　不安そうな思いからか。それでも　なお
彼の体は　同じ不動の姿勢　その足下《あしもと》には
彼の影　びくともせずに。すぐ近くの
谷間に　村があり　その屋根や戸口が
見られ　まばらな木の間から。
そこからは　矢の届くほどの距離もなく
動くかな　と見ていたが　そのまま
じっと　そこ　動かず　なおも　ときおり
もらす　つぶやき　は　気力のない　嘆き
聞きとれない　呻《うめ》き。何か　悪い気がして
このように　じっと見続けることが　できなくなって

ついに　もっともらしい臆病な心を　抑《おさ》えて
隠れていた藪かげから　出ていって　その人に
声をかけた。ゆっくりと　休んでいる所から
立上《あ》がり　やせ衰えた腕を
控《ひか》え目な仕草で　頭まで挙げて
挨拶を　返した。が　それから　また
もとの位置に　戻った。間もなく
彼の今までのことを聞くと　その話し方は
遅くもなく　熱心でもなく　心動かされることもなく
不平を　言うでもなく　静かな声で
穏やかで　よそよそしくはあるが　しっかりした態度で
話してくれる　言葉　易しく　軍人のお話。
熱帯の島に　勤めていたが
およそ　十日ほど前に　上陸した
上陸するとすぐ　首にされ
いま　生家へ　帰るところです　と。
これを聞いて　村のほうを　振り返って見たが
みんな　もう　床につき　灯《ひ》はすべて　消えていて
どの窓も　静かに　月の光に　照らされて
黄色く　輝いていた　「もはや　だれも」
と私は言った「起きてはいない　戻《もど》りましょう
いま来た道を。森の向うに
一人のお百姓が住んでいる。間違いなく　あの人なら
ぶつぶつ言いませんよ　私たちが起しても
快《こころよ》く　食物《たべもの》も　出してくれ　夜も
泊《と》めてくれますよ」　すると　彼は屈《かが》んで
地面から　槲《かしわ》の杖を　拾《ひろ》いあげた
私が今まで気づかなかった　旅人の杖
たぶん　彼のゆるんだ手から　滑《すべ》り落ちて　それまで
草むらのなかに　放っておかれたのだろう。

　その百姓屋のほうへ　もうぐずぐずしないで
私たちは　道を　辿った。見たところ　彼は
歩くのが　少しも　苦痛では　なさそうだった
堪《こら》えきれない驚きの目で　私は見た
傍を動いている　この背の高い　死人のような姿

このように　一緒に歩いていると　聞かずには
いられなかった　どんなに耐えてきたか
苦難や　戦いや　疫病などを。
その間　ずーっと　彼は　落ち着いていて　答は
簡潔であった　厳粛《げんしゅく》で　崇高に　見えたかもしれない
しかし　彼の言うことには　どれにも
なにか　不思議な　上《うわ》の空《そら》のような　弱々しい
よそよそしい所があった　それは　ちょうど
自分の問題の重要さは　覚えていても　もはやそれを
感じていない人のよう。私たちは　進んでいった
ゆっくりと　それでか　森の所へ来ないうちに
話は　とぎれてしまった。一緒に私たちは通っていった
黙《だま》ったまま　木陰の　陰気な　暗いなかを。
それから　広い畑にそって　回り
やっと　農家に　着いた。戸を叩《たた》きながら
大声で　呼んだ「おおい　病人だ
参ってるんだ　君の家に　今晩
泊めてやってくれ　食物も　あげてくれ　食物

欲しい　といったらな　弱りきってるんだ」
やっと　わが仲間が　心地よく　休むのを
確《たし》かめてから　頼むように　言った　これからは
街道で　ぐずぐずしてないで　情況によっては
適当なときに　手当や助けを　求めて
くださいよ　と。この小言めいたこと聞いても
前と同じ　死人のような　穏やかな表情で　言った
「私が　信じているのは　天国の神様と
通りがかりの　人の目です」
農家の戸が　パッと開《あ》けられた
すると　今度もまた　兵士は　やせた手で
帽子に　触れた　そして　今まで
感じられなかった　生き生きした関心をもって
話すような声で　私に　お礼を言った　私もまた
可哀いそうにも　この不幸な男に　祝福を　返し
こうして　私たちは別れた。ひとり目　振《ふ》返り
しばらく　戸口の近くで　ぐずついていたが　それから
ホッとした気持で　遠い　わが家へ　向った。

第五巻　本（幼少―一三）

最もぐらつかない　理性においてさえ　その時は
あなた《（人間）》の　束の間の　苦しみに対する　悲しみは総て
消え去るが　私には悲しい　あなたの境遇のために
おお　人間よ　最高の被造物よ！　あなたの種族
あなたがこの惑星に　留《とど》まる間は。あなたが耐え忍ぶ
悩みのためではない。その重さ　どんなに大きくとも
紛《まぎ》らしてしまう。そうではなく　あの勝利に対して
長い年月《としつき》　研究や厳しい思索によって成し遂げられた
あなたの高い才能の誉《ほま》れ　そこに
あるのが　わが悲しみの火。これまで
この詩の進行につれて　わが心は
天地の　語りかけてくる　顔こそが

最高の先生であり　神の知力によって
確立された　人間との交《まじ》わりだと思ってきた。
その知力は　あの肉体化されたイメージを通して
広めてくれた　われらの共にする　聖なる魂
不死の霊を。人間よ　あなたはまた　造ってくれた
人間の本性と人間自身とが　交わるために
不滅の命に　値する本《もの》を。それでも
感じるのです　感ぜずにはいられないのです
このような物は　消え去るに違いないと。心　戦《おのの》くのだ
自らが不滅の存在になれば　もはや　そういう衣《（業績）》など
要《い》らなくなるのだ　と思うと。それでも　人間が
この大地の子である限りは　失うかもしれない物を
「持つことを歎く」《（シェイクスピアのソネット）》ことになるだろう。
自《みずか》ら　消え失せることはなくとも　生き長らえる
見窄《みすぼ》らしく　意気消沈し　見捨てられ　遣《や》る瀬《せ》なく。
ときどき　こんなこと　思うときがあるのです　そう
もし地球が　内部の陣痛で　完全に捩《ねじ》れ引き裂《さ》かれたと
したら　或は遠くから炎《ほのお》が送られて　その楽しかった

住処《すみか》を　すべて枯らし　昔からの大海原も　底の底まで
干《ひ》からびさせ　焼き尽《つ》くし　剥《む》き出しにしたら
それでも　なお　生ける実在《ひと》は　生き続けるだろう
誇らしげに。その後《あと》には　安らぎが　続き
その仄《ほの》めき　暁《あかつき》のよう　確かな前触れ
ゆっくりではあるが　おそらく　戻ってくる日の。
しかし　人類の　あらゆる瞑想録
そうだ　真理を守る　揺《ゆる》ぎない　あの総ての砦《とりで》
それを造ったのは　理性　或は　情熱　それ自体が
崇高な魂の　最高の理性。
詩人と賢人の　聖なる作品
感覚的　或は　知性的で　作ったのは人間
双子の　労働者と継承者　同じ望みを　持ち　彼らは
どこにいるのか　おお！　何故《なぜ》　心は持っていないのか
あの元素を　自分の姿を刻《きざ》み込むのに
自分自身に　少し近い　自然のなかに。
自分の霊を　広く広める　あのような力を　持ちながら
なぜ　このように壊《こわ》れ易《やす》い社《やしろ》（本）に　泊《とま》らねばならないのか

　ある日　ある友人の聞いている所で
このような考えを　述べたことがあった　その時
にっこり笑って　彼の答えるには　実を言うと
よくもそこまでねえ　わざわざ不安を求めて　と。
しかし　こんな小言《こごと》をいった矢先に　打ち明ける
じつは　しばしば　私自身も　同じような思いに
取付かれたことがある　と。そして　すぐに
付け加えた　ある夏の　真昼
海辺の　岩の　洞穴《ほらあな》に　座って
たまたま　読んで　いたのが
セルバンテスの書いた　武者修業の　騎士の
有名な物語　その時　同じような考えが
彼に起ったのだ。異常な高さまで　あげられて
ものうい気持で　座っていたのだが
本を閉じて　海の方へ　目を向けた。
詩と幾何学的真理
いつまでも持ちこたえる知識　これら二つについて

これらの大《おお》いなる特権である　永遠の命のことを
総ての内なる危害を受けることなく　思い巡《めぐ》らしていた
主として　これらだけのことを。そして　ついに
彼の感覚は　蒸暑い　大気に　負けて
眠りに捉《とら》えられ　入《はい》っていった　夢のなかへ　と。
見ると　目の前に　アラビアの砂漠
荒地。そして　思った　俺《おれ》は
ここに座っている　広い　広い　荒野《こうや》に
たった　ひとりで　砂の上に。悲しい心
込上《こみあ》げてきて　その時　見よ!　突然
とっても　嬉しいことに　ひとりの男が　自分の傍に
駱駝《ラクダ》の上に　高く　跨《また》がって。
ベドウィン族の　アラビア人のよう
槍《やり》を　持ち　一方の腕の下に
石　ひとつ。もう一方の手には　貝殻《かいがら》　ひとつ
ひときわ　輝かしく。大いに　歓んだ
夢見る人　案内人が　できて
砂漠のなかを　連れて行ってくれると。また　考えた

自問しながら　何だろ　この奇妙な荷物は
この新しく来た人が　砂漠の中を　運んできたのだ
アラビア人は言った　その石は
夢のなかの　言葉で　言えば　ユークリッドの
幾何学原本である　と。「そしてこれは」と彼は言った
「もうひとつの」と貝殻を指さしながら「この本は
もっと価値があるものなんです」と。そう言って
この見知らぬ人は　続けて友人は言った
貝殻を私のほうへ　差し出して　命じたのです
耳に　当ててごらん　と。その通りにした。
その瞬間　聞こえてきた　見知らぬ言葉
なのに　分《わか》る　はっきりとした音
よく聞える　予言的な　調和のとれた響き　ひとつの
頌歌《しょうか》　熱い思いで　うたわれ　その告げる予言は
地上の子らへの　破滅
大洪水　いま　すぐそこ。その歌が
終るとすぐに　穏やかな表情で　アラビア人は言った
すべて　本当なんです　そうなります

告げられた通りに。自分自身も　これから
行って　隠しておくんです　この二冊の本《（幾何原本と詩）》を。
一冊は　星々と知り合いにさせ
人と人とを結びつける　最も純粋な
自然の絆《きずな》　空間や時間に　乱されず。
もう一冊は　神　そう　多くの神々
その持つ声は　すべての風よりも　多く
一つの喜び　一つの慰め　一つの希望。
わが友は続けた「不思議に思えるが　少しも
おかしいとは思わなかった　はっきり見ているのに
一つは　石で　外《ほか》は　貝殻であることを。
一度も疑わなかった　両方とも　本であることを。
全く信じたのです　起った総てのことを。一つの望みが
沸いてきて　怯《おび》えながらも　この人について行きたい
と思い　許しを乞うていた　一緒にその使命を
果《はた》させて下さい　と。彼はどんどん先へ行った
私などには　気にもかけず。私はついて行った。そして
気がついた　時々　後を振り向くのだ　凄《すご》い目付きで

二つの宝を　しっかりと脇に抱《かか》えながら。
――駱駝《ラクダ》の背に　槍《やり》を横にして　乗っていくのに
私はそれに　歩調を合せながら　そのうち　ふと思った
この人は　まさにあの騎士その人ではないか
セルバンテスの語る　あの物語の。いや騎士ではない
砂漠の　アラビア人かな　いや
その　どちらでもない　その　両方かな　などと。
彼の顔つき　そのうち　次第に　落ち着かなくなり
彼が見たとき　私も振り向いたら　見えた
一筋《ひとすじ》の煌《きら》めく光が。それで聞いた　どこから
来るんですか　と。「それはね」彼は言った「深淵《しんえん》の
大洪水　われらに　襲ってくるんだ」それから　歩みを
速めて　先へ行ってしまった。大声で　彼を呼んだが
何の反応も　示さなかった。二つの持ち物を
脇《わき》に抱《かか》えて　私の目の前に　ありありと　見えたのは
彼の乗り行く姿　あの荒涼たる砂漠を
世界を水浸《みずびた》しにする　その素早い　大洪水が
彼の後《あと》を追い　その時　私は　恐しさに目を覚《さま》し

見えた　海が　目の前に　そして　あの本《（ドンキホーテ）》
私の読んでたのが　私のそばに。

　ほんとによく　眠りの世界から　取り出したのが
アラビア人の幻影　わが友の見た
この　半《セミ》キホーテ。私は彼に　実体を
与えて　空想した　生ける人間
砂漠の中に　おとなしく　住みついた人
愛や　感情や　内なる想いで　気が狂い
限りない孤独に　長く引延されて。
私は思った　頭に　苦しみがあり　この
探求のために　旅に出たのだ　こうして身を固めて。
が　可哀そうだとは　思わなかった　むしろ　畏敬《いけい》の
念さえ抱いた　このような仕事についている人に対して。
そして　考えた　このような狂気の　目に見えない
恐《おそ》ろしい寝床《（脳）》にも　理性が　横たわっていると。
責任を引き受けねばならないことは　この世に
とても多い　妻や子どもたち　清純な恋人たち
そのほか何でも　心が大切に思うもの　など。
これを思うだけで充分だが　なおも私は言いたい
まずじっくり考えてみよう　あの大きな破滅が
近づいて来ることを　それを　はっきりさせる
確かな証拠もあるし　それで　私には　あの狂人《（アラビア人）》と
憂《うれ》いを共にし　同じような使命で　出掛けられそうだと。
少なくとも　時々　私は　そのような深い恍惚《こうこつ》に
半《なか》ば　取付かれたことがある　ある一巻の本を
手にしたとき　可哀そうに　この世の小箱《（本のこと）》に
入った　不滅の詩！　シェイクスピア
ミルトンなどの　神聖な　作家たちを！

　実に偉大であり　最高であるに違いない
生ける自然の力は。これによって　このように長い間
私は引留められていたのだから　最も優れた外の様々な
思いから。幼児の舌足らずの　時代においてさえ
少しのちの　おしゃべりの　子ども時代に
これらの日々の中の　旅を続けている時でさえ

どうして　恩知らずの役を　務め得よう。
もう一度　あの木陰を　鳴り響かせ
わが感謝の調べを　あの無邪気なメロディーと
織り交ぜるべきだった。少なくとも　私に
相応しかったかもしれない。なにか　単純に
作られた物語を　繰返《くりかえ》したり　また　話してみたら
か細い　心地《ここち》よい　詩の口調《くちょう》で　なにかお話を　あの頃
うっとりとして聞き　今でも　心　落ち着かせてくれる
物を。おお　友よ！　おお　詩人よ！　わが魂の兄弟よ
思ってくれるな　私が通り過ることができたなどと
このような思い出となる物に　触れずして。いや　いや
違う　ひとつの流れに　急《せ》かされて　止《とま》れなかったのだ。
しかし　何故　話さねばならないのか　僅《わず》かな
弱々しい言葉で　何故言わねばならないのか
呼吸している　すべての人の　心の中に
すでに書かれていることを。あらゆる小道に
人間のいる所なら何処《どこ》でも　すべての子どもの
口から　日々　零《こぼ》れ落ちる事を。聞き耳立てる
幼児の頬を　滴《したた》り落ちる涙
それを語り　また聞き惚《ほ》れて　あの侵《おか》し難《がた》い
眼差《まなざ》し　満たされることの無いかのよう。

　わが物語の　あの部分は　あそこに記《しる》したままに
しておこう。そのほかに　そこに何があろうと
力や歓びが　このように　種蒔《たねま》かれ　育てられ
私だけに特殊なものは　そのままにしておこう
隠《かく》し置《お》かれたまま　永遠の住処に
時の深淵《しんえん》のなかに。それでも　尤《もっと》もらしいことなのだが
ここで　あらゆる本を記念して　その本の　確かな
基礎は　人間の心のなかに　あるのだが
飾り気ない散文　或は　流麗な韻文であろうと
すべての霊感を受けた　魂の名において
あの大いなる雷神　ホーマーから　ユダヤ人の歌の
奥底から轟《とどろ》く　あの声から　また　より変化に富み
精巧なる　あの調和のとれた　トランペットの調べ
イギリスの　われらの海辺を　震《ふる》わせ

これらの　この上なく高尚な　音色《ねいろ》から
あの低い　ミソサザイのような歌まで　歌われ
村人たちや糸車で　紡《つむ》ぐ人たちのため　また道端や
垣根の傍《そば》などで　ひと休みしている
疲れた旅人のため。民謡の調べ　それは
幼い子どもたちや　喜びの元《もと》だった者に
先立たれた　老いた人々の　飢えた耳の糧《かて》。
どうも　これらや作品やそれを作った
人々のために　たとえ知られていようと
ここかしこの墓に　名もなく　眠る人たちであろうと
私はここで彼らの権利を擁護し　その名誉を　証言して
おきたいのだ。きっぱりと　言いたい　それらへの
感謝の言葉を。そういう物こそ　神聖なものとして
永遠に崇《あが》められねばならぬ力であると言いたい。ただ
僅《わず》かに劣るだけ　人間の将来　人間の必要とする物に
とっては　自然そのもの　神の言葉《いぶき》よりも。

稀《まれ》なことだが　不本意ながら　身を屈《かが》めて取掛《とりかか》ると
しよう　一時的な問題に。なのに　嬉しいのだ　そして
以上のような考えに　諭《さと》されて　言わねばならぬ
心からの感謝の言葉を。私が無事に
育てられたのだから。あの頃この国《（イギリス）》の子どもたちの上に
置かれた禍《わざわい》　私の身も心も　干《ひ》からび
させたかもしれない　悪疫《ペスト》から　守られ。
この詩を　捧《ささ》げるのは　自然そのものと
自然が教えるように　教えてくれるものへ。それでは
おお　何処に存在したかあの人間は。あの詩人は何処に。
何処にわれらは存在したか　われら二人は　愛しき友よ
もしわれらがしたように　さ迷うこと《（自由な読書）》をしなかったら
丘や谷間　土着の産物《（物語）》がいっぱいの
物語の寂《さみ》しい場所　空想の広々とした
野原　楽しい牧場《まきば》を《（ルソーの教育法を諷刺）》　歩き回った　心地よさ！
たえず付添われ　後をつけられ　見守られ　縛《しば》られ
各々《おのおの》が　それぞれの物思いに耽《ふけ》った散歩までが　綱《つな》で
繋《つな》がれ　貧《まず》しい人の若い雌牛《めうし》のよう　餌《えさ》を食べて
いるのに　畦道《あぜみち》に引き出され　侘《わび》しい苦役につかされ

或はむしろ牛舎に囲まれた雄牛のよう　伸びゆく草に
触れることさえ禁じられ　ちょっと花を味うことさえ
できず　ついには　その甘味を　明け渡してしまい
試食するのは　草刈る人の　大鎌。

　見よ　母鶏が　雛鳥のなかに　いるのを
羽《はね》が生えそろうと　喜んで　親鶏のいる所から
離れて　逸《はぐ》れようとするが　やはり　一孵《ひとかえり》の雛鳥
親鶏は　母としての務《つと》めから　自らを
なおも　解放することはない　しかも雛たちと共にいて
わずかに動くだけの　優《やさ》しさと　愛
彼らのつくる輪の　中心となって
時折り　雛たちが　欲《ほ》しがるのと　同じように
自分自身の　自然に求める　食欲から
地面をひっかき　漁《あさ》り回って　探《さが》す　餌
それを　雛がよろこんで　食べ。早く世を去った
わが尊敬する母は　私たちみんなの
勉強や愛の　中心であり　要《かなめ》であった。

母亡き後《あと》は　みじめな生活　みんな寄り集まって
なんとか切り抜けた。私には　相応《ふさわ》しくないのだが
安らかな　母の休息を　破るのは　なにか　他人の
粗探《あらさが》しを　しているような気がして　だから　母を
褒《ほ》めようとは思わない　完全な愛情からでなければ。
こんな訳でわが筆も躊躇《ためら》ってしまうのだが　大胆に
言おう　感謝の気持から　また　真実のために　母には
聞えなくとも。母は間違って教えられたことはなく
むしろ過ぎ去ったことから　良い所を取るようにし
未来のために　目新しい事を　やろうとはしなかった。
出しゃばることもなく　あの《(ルソーの)》ような警戒心もなかった。
また何時《いつ》もの考え方からして　われらの大自然を　疑う
ことはなかった。彼女の持っていた　本質的な信念は
神は　母の乳房を　清らかな乳《(頭脳)》で　満たしてくれ
また　われらのより高尚な部分にも　与えてくれる
その大いなる矯正力と　抑制力の下《もと》に
清らかな本能と　清らかな心の糧《かて》を。
これが母の信条でした　だから母は清らかだった

病的な恐怖心もなく　過《あやま》ちや災難に
大袈裟にも　邪悪　といわれている物にも。
間違った不自然な望みで　得意になることもなく
不必要な心配事で　自分本位になることもなく
いらいらしながら　その季節から　求めはしない
その季節に相応しい産物以上の物を。むしろ愛していた
子どもたちのあるがままの姿を。落ち着かない　思い
上《あ》がりから　子どもの未来をちらっと見るようなことは
しなかった。こんなふうだったのです　母は。ほかの
人々よりも　優《すぐ》れた能力を持っていたからではなく
多分　母の生きていた時代や場所のせいでしょう。
同時に　淑《しと》やかで　控《ひか》え目で　優《やさ》しい　純真な心
その心から　生れたのが　慈愛と希望
心自身が優しかったのだから。

私の言いたい事が　まだ
はっきりしないのではないかと思う　というのは　私は
後込《しりご》みして　有りの儘《まま》に　示してこなかったから（新しい教育法の結果）　この
余りにも勤勉な時代が生み出した　怪物のような誕生を。

手短かに言いますと　それは子どもであって（新教育法）　子ども
ではない　正《まさ》に小人《こびと》の大人《おとな》　知識や良い所　巧みさに
おいて　子どもらしくない所　子どもらしい所に於ても
真昼の短い影のような　一人前の人間
世間の見せかけを　重んじ
喧嘩《けんか》好《ず》きではなく　そんなことをしたら　体面
丸潰《まるつぶ》れになるから。才能などは　沸溢《わきあふ》れ
その豊かさ　泉のよう。自分本位の心が
近づくことはなく　貪欲《どんよく》も　己惚《うぬぼ》れも。歩き回る
乞食たちは　こうした慈善心を広めることになり　物の
言えない動物たちは　尼さんのように優しいと思うかも
しれない。それでも　このことで純粋に善良さだけの皿《さら》
とは思わないでしょう　すっかり飾り立てられている
のだ。小賢《こざか》しいほど　知恵がつき　機微を穿《うが》つ
滑稽感《こっけい》　偽《いつわ》りや　企《たくら》み
卑怯な嘘《うそ》は　見抜き　上手《うま》く　品よく　笑いとばす
ことができる。また　見なくとも　分っているのは
淫《みだ》らな振舞《ふるまい》をする　世に認められた社会。

意地悪ではないが　自分自身は　何食《なにく》わぬ顔で
貞操論について　お説教もできる。
身は固められ　いや　武装しているのだろう　多分
完全に　鎧兜《よろいかぶと》で。それで　恐怖自体が
自然なものも　超自然なものも　同じように
夢のなかで　自分に　飛び込んで　来ない限り
子どもの心を　動かすことはない。要するに
道徳的な面では　完全であり　勉強でも　本でも
まさに　神童《しんどう》。その話し方も　ゆっくりと
どっしりと　重々しく　牢獄の扉のよう。そこに
素晴らしく　浮彫りのように打ってある　言葉の芸
生い茂った草木のような命題が　蔓延《はびこ》っていて
青二才の頭脳に。たどる小道を
窒息させる　文法。神学者の台蒲団《だいぶとん》も（枕）
深遠な思想の　象徴　とはならず
今　頭を休めている　枕ほどには。
（子どもの知識の世界）
子どもが掲《かか》げる　帝王としての標章
王権を表す　宝珠《ほうじゅ》と笏《しゃく》は

望遠鏡と実験用の坩堝《るつぼ》と　地図。
船を導き　道なき海原を　渡ることもでき
船の技術なら　何でも　言える。推測もできる
地球の内部も。星のことも　分る。
諸外国の政策も　知ってるし
並べることもできますよ　地方や都市や町の名を
もう世界じゅうのな　しっかりと　露の玉のように
小蜘蛛《コグモ》の糸の上に。篩《ふるい》にかけ　秤《はかり》にかけて。何物も
（よく調べずに）鵜呑《うの》みにすることはない。教師たちは
驚きの目で見つめる　田舎の人々が　神の恵みを　祈り
子どもの深い実験を見て　震《ふる》えているのを。
総ての物を　まず問題にして　生きねばならない
日々　賢くなって行くのを　知りながら。
そうでなければ　全く生きたことにはならない　また
見ていなければならない　知恵の小さな滴《しずく》が　一滴一滴
小波《さざなみ》立つ水槽の　心に　落ちていくのを。一方では
年老いた祖母なる大地が　悲しみながら見ている
玩具《おもちゃ》　せっかく親切に　作ってあげたのに　気にも

かけられず。森の中の自然の花床では　花が
泣き　川の岸辺は　全く　見捨てられ。

さて　こんなのは　空《むな》しいですね　偽《いつわ》りの生活ですね
もう初めから。だから　偽りの中に　終るにちがいない。
常識という大気の中に引き出してみなさい　そうすれば
新鮮で目立つかもしれないが　その（生ける）屍《しかばね》は
われらより滑り落ちて　粉末になってしまう。虚栄
それが　彼《（少年）》の中心　そこに彼は生き　そこで　動き。
それが　彼の求める　総てのものの　中心。それが
なくなってしまえば　彼の愛せる物は　何一つ残らず。
それどころか　少しは純粋な考えが　起ってきて
よりよい土地へ　連れ出そうとしても
お節介《せっかい》なお手伝いさんが　たえず見張っていて
引き戻し　逃げた家畜のように　閉《と》じ込める
彼自身の独《ひと》り善《よ》がりの　檻《おり》のなかへ。
そここそ　彼のホーム　本来の住処《すみか》。おお！　もう一度
与えて下さい　あのフォーチェネイタス《（運命の女神）》の

魔法の帽子　巨人殺しのジャックの
あの見えないマント　ロビン・フッド
森の中に　聖ジョージと一緒にいるサブラ《（エジプト王トレミーの王女）》の話を！
子どもの好きな物はこういう所《（これらを読むことに）》にあり　少なくとも刈り
取るのだ　一つの貴重な収穫　われを忘れるという事を《（ルソーら新教育法への強烈な諷刺）》。

われらの後《あと》の時代の　これらの偉大な職人たちは
広い道で　橋をかけた《（方法を与えた）》
始末におえない　混沌たる未来に
自分たちの言うがままに手懐《てなず》けて。彼らには技術があり
本や物事をうまく扱い　幼い心の上に
穏やかに　働くようにする　あたかも　太陽が
花の上に　成《な》すように。われら若者の教師
案内者　われらの能力の監督者
われらの仕事の見張番　用心深い人
巧みな　時間の利用
まさに聖者《（ルソーのような教育思想家）》　物を予知する時には　よく調べ
すべての偶然を　そして　自分で　作った

まさにその道へ　われらを閉じ込めてしまう
エンジンのよう。いつ彼らに　教えるのか
理屈に合わない　世界の成り行きにおいて
もっと聡明な魂が　われらに働きかけていること
彼らよりも優れた眼で　もっと溢れんばかりの
祝福と　もっとわれらの為に　心を寄せていることを
われらの最も実《みの》りのない　と思われる時代でも。

　ひとりの少年がいました　よく知ってたでしょう
ウィナンダー湖の岸壁よ　島々よ！　何回となく
日暮どき　星々が　ちょうど出てきて
山の端《は》にそって　昇ったり　沈んだり
し始めた頃　よく　ただひとりで　木陰や
幽《かす》かに煌《きら》めく　湖の辺《ほとり》に　立っていた
そこで　指を組み合わせ　両手の
掌《てのひら》と掌を　しっかりと押しあてたまま　口へと
持ち上げ　楽器でも　吹くように
ホーホーと　真似《まね》をするのだった　あの静かな梟《フクロウ》が
返事をしてくれるように　と――すると彼らは　叫ぶ
向《むこ》うの湖の谷間から　また　叫ぶ
彼の呼び掛けに答え　声を震わせ
長い呼び掛け　鋭い鳴き声　その木霊《こだま》は　大きく
繰返《くりかえ》し　繰返し　響き合い　激しくみんな交《ま》じり合い
明るい　楽しい　賑《にぎ》やかさ！　そして　たまたま　時に
訪《おとず》れる深い沈黙で　裏切られる特技ではあったが
そんな時　よく　その沈黙の中で　じっと　耳を
澄《す》ましていると　軽くはっとした　幽《かす》かな　驚きが
彼の心の奥底に　もたらしてくれた　山の
急流の声を。或は　目に見える　光景が
気づかぬうちに　彼の心の中に　入ってくるのだった
荘厳な　物の姿のすべて　岩や
森や　あの変りやすい　大空　それを
胸に受けている　しっかりした　湖水。

　この少年は　仲間たちから　引き抜かれ
子どもの時に　亡《な》くなり　まだ十歳にも　満《み》たぬ頃

——今でも　きれい　あの森は　美しい　あの場所
あの子の生れたあの谷間は。教会の墓地が突き出ている
村の学校の上の　傾斜地の上に。
そこの　あの土手に沿《そ》って　通り過ぎていく
夕方などに　よく　私は　たっぷり
半時間も　続けて　立っていたものだ　黙《だま》ったまま
——じっと　見詰《みつ》めていた　彼の眠っているあの墓を。

今もなお　わが目の前に　あの全く同じ村の教会が
見えるような気がする。その座っている姿は
前にも述べた　王座についた　女王
緑の丘の上。忘れがちなのは　この少年
その足元に　眠っていて。また　忘れがちなのは
あの静かな　付近の墓など　すべて。
そして　耳を傾ける　あの楽しい音にのみ
それは　田舎の学校から　沸上《わきあ》がり　教会の
下や周《まわ》りで　戯《たわむ》れて。教会よ　どうか長く　見守って
下さいますように　あの一群の　幼《おさな》い子どもたちを。

あのような子ども達と　私は群をなして遊んだのだ！
（実際容易に身につけられたかもしれない　あの栄養
たっぷりの　芸術や文学を。だが　それは許してくれ）
あのひと群の　ほんとの子どもたち　賢《かしこ》すぎず　学び
すぎず　善良すぎず　が　甘えっ子で　生き生きして
激しい　やりとりの　好き嫌い　荒っぽく
むら気《ぎ》で　我慢強く　大胆で　控《ひか》えめで　内気で。
スポーツには　夢中になり　枯葉が　風に舞うよう。
間違いを　犯して　苦しみ　何回となく
人生の不可解な重みの　苦悩と不安の下《もと》で
屈しはしても　それでもなお　仕合せで
この地上で　最も幸福な人たちに　負けることはない。
飾り気のない習慣　誠実な言葉
これらが　日々　鍛えてくれますように　彼らの心を！
本や自然が成りますように彼らの幼い日々の楽しみに！
そして　知識は　その名に相応しく　敬《うやま》われ
知識は　得られることのないように　衰えた力で！

鮮やかに今でも　わが心に　甦る《よみがえ》　正にあの週
初めて　私が　預《あず》けられた時　あの美しい谷間《（ホークスヘッド）》の
お世話にと。あの頃　その小道や　岸辺や
小川は　夢のように　目新しいものだった
私の　半《なか》ば幼い　心にとっては。まさに　あの週
ひとりで　あちら　こちら　歩き回り　あてもなく
探《さが》し求めていた時　たまたま横切ったのが
一つのあの広い野原　それは　耳の形をして
エスウェイト湖の　緑の岬《みさき》となっていた。薄明《うすあか》りが
近づいていた　しかし　その薄暗がりを　通して
はっきりと　向う側の岸に　見えたのが
ひと塊りの着物　その時は　泳ぎをしている人が
脱いだものと思っていた　長い間　見つめていた　が
それを着る人は誰もいなかった　そのうち　静かな湖は
暗くなっていき　水面は　すっかり　暗闇《くらやみ》となり
時折　魚が　飛びはね　ピシッ　と破った
息を殺した　静けさを。そのつぎの日　（この所有者の
いない着物は　はっきりしたことを示していたので）
一群《むれ》の人々が　そこにやってきて　ボートに乗って
底を探していた　引っかけ鈎《かぎ》や　長い竿《さお》で。
ついに　死んだ男が　あの美しい景色の
木や　山や　水の　中に　棒のようになって
立ち上った　ゾッとする顔。まさに　幽霊の姿の
恐ろしさ！　だけど　まだ幼く　九歳にもならない
子どもにすぎなかったせいか　卑俗な恐怖に取付かれる
ことは　決してなかった　私の心の目は　もう見ていた
から　前にそのような光景を　輝く流れの
お伽《とぎ》の国　森の物語などで。
ここから来た霊は　私の見たものを　浄化してたのです
装飾や理想的な美しさで。
ある種の威厳　落ち着いた所　ギリシアの芸術や
最も純粋な詩の　作品のよう。

あの頃　私には　大切な宝があった
小《ちい》さい　黄色い　布地の　装丁の　本
『千一夜物語』の　薄い　抜粋本。

この時　初めて分ったのだが　聞いたのは
ここの　新しい住いの　仲間からで　この大事な
私の掘出し物は　大きな石切場から　切り取られた
ほんのひと塊にすぎないこと　要するに
四冊の大きな本があって　それにのっているのは
みな似たような話で　実際　私には
この世ならぬ　希望だった。直ちに
作ったのが　連盟　約束。同じ年頃の
ひとりの友人と　持ってる　お金を
貯え　いや　もっと　積立て
われら共有の蓄《たくわ》えが　この本を　われらのものに
できるまで　ため込もうと。数ヵ月の間　ずっと
宗教的といえるほど　堅《かた》く　この誓いを　守り
あらゆる誘惑にも　かかわらず　積立て
積立てていった　が　断固たる決意も　ついに　崩れ
われらの望みは　達成できなかった。

そして　その後《ご》　父の家に
休みで　帰った時　見つけたのだ
あの黄金の宝の本を。諦《あきら》めてたのが
また　私の歓びを開いてくれた時
どんなに喜んだことか！　ほんとに　よくまあ
真夏の　あの楽しい　休みじゅう　ずーっと
釣竿《つりざお》と糸で　身を固め　出かけて行った
まるまる一日　寝ころんでいた　あなたの傍《そば》に
おお　ダーウェントよ！　ささやき流れる川よ
熱い石の上　ぎらぎら輝く太陽　浴びながら
そこで　読んだ　貪《むさぼ》り読んだ
真昼の栄光など　無視して　必死になって！
すると　ついに　突然　跳ね返る　厳しい自責の念
ちょうど　怠け者が　恥《はずか》しくなった時に　やるように
私は　また　釣りを　始めたのだった。

恵みの霊が　司《つかさど》る　この地上と
人間の心を。人の目には　見えないように
やってきて　愛の作品へと　向かわせる　自分のして

いることを　気にもせず　知りもせず　考えもせずに。
眠れぬ夜を　和らげる　物語
アラビアの　騎士物語。伝説はペンで記《しる》され
慰めのため　修道院の　ランプの明りを頼りに。
貴婦人たちのための小説　恋物語　創作したのは
年若い貴族たち。果てしない冒険物語　紡ぎ出したのは
年老いて　武装　解かれた戦士
体の奥深くにある　まさにあの思いから
若い頃　初めて　踏み迷った思い。
これら　日の光のように広がり　これらの形のものは
人間がもはやいなくなるまで　生き続けるだろう。
無言の憧《あこが》れ　隠された欲望は　私たちにもある
子どもたちにも必要だ　自分の食物《よみもの》は。われらの幼年期
座っている　われらの清純な幼年期が　座っているのは
一つの王座の上　それにはあらゆる元素に勝《まさ》り力がある。
私には分らない　この事が前世の何を言っているのか
また　来世の生命は　どうなるのか　しかし
現在も　そうなんです　あの頼りない時期（幼年時代）

あの暁の時期　われらが　初めて　この明けゆく
大地を　見　分り　期待し始めた時
それにつづく　長い見習《みならい》期間
試練の時　やがて　われらは
自分の限られた能力と　妥協して　生き
この哀れな隷属状態にも　耐えられるようになり
諦《あきら》めたり　認めたり　屈服するのは　気がすすまず
不安で　落ち着かず　因習の仲間　が　血気盛んで
まだ飼い馴らされず　卑下《ひげ》することもなく　おお！
だから　われらは感じ　われらは感じるのだ　われらに
分るのだ　友が得られた時。あなた方夢想家たちよ
だから　無法な物語の捏造者《ねつぞう》よ！　だから　あなた方に
祝福がありますように　仮令《たとえ》ぺてん師　馬鹿　老いぼれ
などと　人まね哲学に　呼ばれようと。それで　感じる
のだ　あなた方が　何という　また如何に大いなる力で
手を繋《つな》いでいるかを　それが　われらの望みを力にし
われらの思いを行為にし　一大帝国　財産にもする。
あなた方　時間と季節に仕えられ　総ての能力よ

あなた方に　大地は　身を屈《かが》め　基本元素は陶土となり
空間は　天国のよう　極光《オーロラ》に満たされて
ここ　どこにも　あそこ　いたる所に　一斉《いっせい》に。

　もっと野心的な文体を　必要とするかもしれない
後の歓び《(青年時代)》を語るには。それはこれまで述べた事と結び
付いていて　同じ地峡の一つの地域　そこを渡って
進んでいく　魂の生れ故郷の大陸から
地上の人間生活へと。私が言いたいのは
あの歓び溢れる時代の　成長し行く青春
その頃　超自然的なことを　切望する心が　和《やわ》らぎ
自分で見たものを　愛し始める
有りのままの真理　経験　同情が
ますます強く　われらを　捉《とら》え　言葉そのものが
われらを感動させる　意識的な歓び。
　　　　　　　　　　　　　　　　　私は　悲しい
あの歓喜を　思うと　今は　永久に　失われ
涙さえ　流れ　ときに　悲しみながら
思い出し　読み返す　多くのページを
それに　名のある詩を。あの頃は
必ず　私を　うっとりさせたのに　が　今は
わが眼の中で　死んでいて　ちょうど観客が
帰ったばかりの　劇場のよう。十三歳になったか
ならない頃　私に分ったのかもしれない　調子よく
並べられた時の　言葉の美しさに　初めて
わが耳が聞き始め　言葉が　それ自体で
心地よく　一つの情熱　一つの力　となることに。
言葉遣いも　嬉しかった　歓びや華やかさ
或は　愛のために　選ばれて。時には　公道で
が　まだ人通りの少ない　朝の光が
山の峰々を　金色《こんじき》に染める頃　前に述べた
あの同じ　親しい友《(フレミング)》と　一緒に
遠くまで　出かけ　楽しい　二時間の
大部分を　靄《もや》の立ちこめた　湖《(エスウェイト湖)》の
静かな辺《ほとり》を　さ迷い歩き
好きな詩を　声を揃《そろ》えて　繰返したり

さらに　暗誦したりもした　周《まわ》りで歌う
小鳥のように楽しく。われらが喜んだのも無理もない
足が地につかない　空高く舞う　鮮《あざ》やかな空想で
浮かれはしゃぎや　酒による夢心地以上。
そして　本当によく　われらの愛の対象が　偽物《にせもの》で
その輝きが　凝《こ》りすぎた　物であっても
そんな時でも　決して　品のない力が
われらの中に　働くことはなかった　まさしく
本当に　人間の最も気高い　あの性質
まだ訓練されず　不節制ではあるが　あの強い
憧れ　より高尚な　より美しくしてくれる物へ
人間生活の　平凡な姿や　日々の装いよりも。
だから　何の不思議が　あったか　歓喜の声が
森の中に　響きわたったとしても！
というのは　物の形象も　感情も　言葉も
われらに関《かかわ》りのある　すべてのものが
あの香《かぐわ》しい　詩の世界においては
祝祭日《じつ》を　祝うのだから。終りのない光景

飾りは　音楽　香料　饗宴《きょうえん》　花々！

ここで　一休みするとしよう　ただ　これだけは
つけ加えておきたい　心の経験　もっと控え目な
謙虚な　意味で。若いときに　森や野原を
歩き回り　生ける　自然と
親しんで　きた人なら　あのように
未熟な　未経験の時でも　感動して
うっとりしてしまう　外《ほか》の子たちと　同じように
きらびやかな詩によって。それだけでなく　さらに
ほどほどに　自分に　与えられた　だけは
受けるのだ　永続きする　感動の　深い　喜びを
偉大な詩人の　作品の中にある　大いなる
自然から。幻想的な力の　お陰で
いろいろな　風の動きが　神秘的な
言葉の中に　具体的に　表現される。
そこには　暗闇も　住み　数多くの
非現実的な　事物が　そこで　変化を　起し

その館《やかた》は　彼らに相応しい　自然界《ホーム》のよう。
形象《けいしょう》と実体までも　覆《おお》っているのが
あの透明なヴェールの　聖なる詩《ひかり》。
そして　詩の入り組んだ　構成によって
現れてくる　認められた　物象として
きらりと光り　自分のものではない　詩の輝きで。

　ここまで　ずーっと　僅《わず》かな記録を辿《たど》ってきたが
若い頃　どんなに　私は　本に負うてきたかを。
その後の影響のことは　まだ　話してないが
この作品は　わが思いの中で　初めに
考えていた時より　大きくなりそうな規模に
なってきたが　さらに　この先を　続けて
語っていく気には　なれなかった（初め五巻で終る予定だった）　これらのことを
はっきりと　認めている訳ではないので。

第六巻　ケンブリッジとアルプス（一八―二〇）

木々の葉は　黄色になっていた　ファーネス高原
羊飼いのよく行く所や農家の生活に
別れを告げた。そして　群の一人は（ワーズワス）
あの時期（新学期）までに　集められ　鳥撃ちの囮《おとり》で
群がり来る　鳥のように　グランタ（ケンブリッジの古名）の
学寮へ　帰って行った。それほど嬉しくも
待遠しいこともなく　心は　明るく
気落ちもせず　わずか数ヵ月前　そこから
飛び立った時のように。とくに不満もなく
秋の山の華やかさから　向きを返ると
その美しさが　心に入ってきた　前よりは
静かな湖と　ますます音高い流れと共に。あなた方

岩の多い　カンバランドの　素直な心の乙女たちよ（詩人の未来の妻がいた）
あなた方とあなた方から歓迎されないことのない楽しい
日々を　後《あと》にした　またあの夜《よ》のお祭り騒ぎにも
なのに　また愛らしくもない　自分の独房に　座《すわ》る
のんきな気分。こういうのが　若者の特権か
長く離れてはいられないのだ　楽しい気分とは。

　いつまでも　その後《ご》のことを　述べる必要はないが
ここで　つけ加えておきたいのは　怠けがちで
目的のはっきりしない　付き合いの　絆など　もう
引留《ひきと》めておく力も弱まり　それからは　ますます
孤独に生き　ますます本を読み　ますますよく考え
ますます感覚を働かせ　こうして　日々　習慣づけて
いった　ますます旨《うま》く行くようにと。二年《ふたとせ》の冬が過ぎて
行く　特に記《しる》すべきこともなく。沢山の本を
読んだ　この頃ずーっと　むさぼりながら
味わいながら　また飛ばし読みしたり　慎重に熟読
したり　が　決った計画もなく。私は　内心

大学の　さまざまな気遣《きづか》いには　捕《とら》われず
優《すぐ》れた技術や褒賞《ほうしょう》へのあらゆる望みなど。
あの学問の殿堂に　暫《しばら》く住めれば　よく
それ以上は望まなかった　そして　そうなって
いたでしょう　色々と個人的な事情さえ　なかったなら
それが絶えず　心ならずも　私に　つきまとい
それは　重くはなかったが　それでも　何かと
妨げとなり　手足まといとなって　抑制され
自分で計画をし　独立した道を　進もうと（後見人や兄弟や妹）
考えたが　自分を愛してくれている人々に
なにか　違反するような行為　思い上がった
不人情な　反逆　と思われた。このような
見せ掛けの美徳　むしろ　それに　もっと相応しい
表現をすれば　このような気の弱い態度が与えたのは
不誠実な裁可　あの熱愛していやまない　自由に対して
それを私に植えつけたのは　そもそもの始めから
また　何もしないでいること　それによって　私は
世の抑制や束縛からと同じように　自分自身の規制から

さえ　向きを変えたのだった。だから　誰に言えるか
誰に分るか　このようにして　その時　また　その後《あと》に
勝取《かちと》り　或は　持ち続けたかもしれない物は　一体何か
なんて。自然への　どんな愛　深い瞑想の　どんな
根本的な力　最も深い　最も優れた　どんな
直感的な真理　どんな探求か　偏見のない
当惑することもなく　恐れもしないものは。

詩人の魂が　その頃　私に宿っていた
甘美な瞑想　静かに溢れ出る
仕合せと真実が。数知れない希望が
私の中にあった　数知れない優しい夢も。その中の
少なからぬ物が　その後　実現されたが　ある物は
まだ残っている　これからの　人生の　希望として。
ちょうど今週で　数えて　三十有四年
今まで　この地上に　住んだことになるが
まだ　朝の嬉しさは　消えてない　あの頃
わが心にあった　嬉しさ。あの頃だった

私を　初めて　勇気づけ　硬《かた》く　信じさせたのは
これまで　ほんの軽く　触れただけの
あのような大胆な考え　後世になにか名作を
残したいと　心　清き人々が
尊敬できるようなものを。本能的に畏縮《いしゅく》する心を
励ましてくれたのは　印刷された本や若者の
題名そのものや思想だが　その心は
次第に溶け始め　さらに　偉大な名前への
恐れ多い畏怖の念も　和《やわ》らげられ　近づき易く
思われ　淑《しと》やかな思い遣《や》りのある
親しさも　許されて。今や　そのような様子を
馴《な》れ馴れしく　ではないが　私の心は　身につけた
私は愛し　私は楽しんだ　それが　私の一番
大切な仕事だった　力強く　美しい
映像や想念に　思いがけず　嬉しくなって。
長い冬の間中　自由にできる時間が
来る度毎に　夜　よく出かけた　大学の森や
そこへ集まる散歩道　最後であったり　時には

ただ一人で　そこを　ぶらつき
静かな数時間のあと　門衛の鐘が
九時になると　きまって鳴り出す
あの鈍い　ぶっきらぼうな声
情け容赦のない　呼び声。聳《そび》え立つ楡《ニレ》の木立《こだち》
人目を引く木陰の　好都合な休み場となり
周囲には　落ち着きを　与えていた
自分《（木）》は　穏やかではなかったが。木が一本あったが
きっと今でも　そこに　立っているだろう　秦皮《トネリコ》の木
曲《まが》りくねった幹に　美しく絡《から》まった枝があり
地面から　ほとんど　その天辺《てっぺん》まで
幹も　主な枝も　いたる所　蔦《ツタ》で
緑に覆われていた　そして　優美な細枝と
外側の小枝の先には　いっぱい　実をつけ
黄色い房や　花綱《はなづな》となって　垂れ下《さ》がり
揺れたり　じっとしたり　まさに寵児《ちょうじ》　飾り立て
冬　自らのため　いかにも　誇らしげに
異国風の美しさで。よく　私は　思わず
立ちつくし　見上げたものだ　この美しい木を
凍った　月光の下《もと》。魅力的な　架空の世界に
私の詩が　おそらく　踏みこむことは　ないかも
しれないが　あのスペンサー自身といえども青春時代に
もっと安らかな幻影を　見られなかったろうし
人間の姿をしながら　超人的な力を持つ
これほど鮮《あざ》やかな姿は　見られなかったろう
冬の夜　ひとりで立って　このような大地の
霊妙な作品の下《もと》で　私が見た以上には。
労力の無駄になりそうだ　怠け者の　青年の
取留《とりと》めのない勉学のことを　詳しく述べるなんて。
そのうち　簡単に　分ってきますよ　それが　何であり
どんな種類の物であったかは。私の内なる知識は
（これはざっと書いておきますと）深さや微妙な点では
よく　他人のような　心になるのだった　本における
表面的な好みとは　関係なく　それでいて　その頃
一番好きだった本は　今でも　私には　最も懐《なつ》かしい
だって　生ける大自然のことは　よく知っていたので

そこで　私の持ったのは　一人の案内者　それが　よく
私の目を開いてくれた　でなかったら　閉じられたまま
だったかも。また一つの基準　それを　立派に応用
できたのです　無意識の時でさえ　私の分らない
ほかの事柄にも。どちらかといえば　私によく
分ったのは　言葉よりは　思想のほうだった。
惑《まど》わされたのは　言葉のほうで　単に
青年時代に　よくある　未熟さによるだけでなく
古典語の精密さを　仕事とする職業
若い学者だけでなく　年配の学者にも　ありがちな
思い違いにもよる。また　あの過大評価された
危険な特技　つまり　ある文章から　短い語句を
取り出す　それらに欠けているのは　生きている声
その声は　心に訴える自然となり　われらに
教えてくれる　情熱とは何か　真理とは何か
理性とは何か　素朴さとは　感覚とは　何か　を。
　しかし　全く　無視する訳に　いかないのは
幾何学の原理から　得られた
歓びだった。この方面の研究に
足を踏み入れはしたが　ほんの僅《わず》かで　敷居を
跨《また》いだぐらいに過ぎなかった。心から　残念に思って
これを述べる。が　そこに　見出したのです　充分に
心を高め　私を励まし　心を落ち着かせてくれたことを。
原始人の畏《おそ》れと驚き　つまり　わざわざ抱《いだ》き続けた
無知の状態で　私は　考えつづけた
あの単純で　純粋な　釣合いと　結びつき　に
どんな　類似性が　あるのか　大自然の
枠組や原理と　それで　どうして　このことが
人間の　心の　指導者　となるのか
いろいろ　努力して　その経過を　見つけようとした
私自身の　愚かな　推理を　働かせて。しかも
この源から　もっとしばしば　引き出していたのだ
穏やかな　さらに深い歓び　静かな意識の
永久的で　普遍的な　支配力と
心のなかの　最高の　賜《たまもの》

命を　越えるものに　相応しい
ひとつの姿　それは　空間と時間を　超《こ》え
情念の　うねりにも　煩《わずら》わされることなく
神であり　神の名を持つもの。超越的な平和と
静けさが　待っていた　このような　考えを
それが　よく慰めとなった　わが青春の。

　かつて　読んだことがある　難波して
仲間の罹《り》災者と　投げ出され　波に打ち上げられた
誰も　住んでない　所
海神《わたつみ》の孤島に　その人が陸に持っていったのは
ただ一冊の本　ほかは　何も持たず
それは　幾何学の　専門書　食物や
衣服も　乏《とぼ》しく　普通以上の
惨めさに　打ちひしがれていたが
仲間と別れて　この本を　携《たずさ》え
それから　最初は　幾何学の　独学の　生徒として
遠く　離れた所　島の　片隅の
海辺へ　と　よくやってきた　そして　自分の図形を
砂の上に　長い棒切れで　描き　こうして
よく　自分の悲しみを　紛《まぎ》らし　ほとんど
感情を忘れた　まさに　そのように　同じような
結果をもたらす事柄を　外的な原因が
こんなに　違っていても　比較しても　正しいものなら
まさにそうだったのです　当時の私も。詩人にとっても
きっとそうだろう。素晴らしいのは　魅力ある
あの抽象的観念だ　その心は　いつも映像に
取巻かれ　悩ますのは　自分自身なのだから。
とくに　私にとって　嬉しかったのは
あの綺麗な組立てだった　とっても　美しく　高く
築《きず》かれて。その時でも　たとえ　見掛けは
遊び道具か　玩具《おもちゃ》にすぎないとしても　感覚に
合うように　具体化されたものであり　それは
決して　純粋な知性から　創られた
一つの独立した　世界ではなかった。

そのような傾向が　当時の私であったが
殆ど　天の恵みと　生れつきの　優しさの　お陰。
その頃の　私の姿を　不充分なままに　しておきたく
ないので　このような習性と共に　あげておきたいのは
憂鬱《メランコリ》で　一面は　人間の体液の一つによるが
反面は　後天的に得たもので　それが好むのは
物思わしげな空　悲しげな日　ヒューヒューいう風
明け方よりは暮れ方　春よりは秋であった。
大事にされた　贅沢《ぜいたく》な　物憂《ものう》さ　主として
趣味や好みによるが　たんに
溢れ出た　青春の満足感。
これに加えて　多くの時間を
掠《かす》め取られたのは　あの魔法使いの怠惰を
歌った詩人《トムスン》が「気立ての優しい漫《そぞ》ろ歩き」
と呼んだものから。そして　見てみよう
わが大学生活の地図を　義務づけられた物より
はるかに　熱心さがなく　むしろ　義務など
無視していたのだ　が　もしかして奮い立っていたかも
偶然な変化とか　思い遣《や》りのない言い方はしたくないが
どこか　ほかの所に《（ケンブリッジ以外）》　居たならば。

夏になると　遠い人目につかない所を　さ迷い歩いた
ダヴデールやヨークシャーの谷間　余り知られてない
地域の　私自身の生れ故郷を。そして　嬉しいことに
こうして　色々とさ迷い歩いている間にあらゆる喜びに
勝る喜びに恵まれて　なにか　また朝が来たような
真昼間なのに。来たのだ　友よ　あの
ひとりの妹《（ドロシー）》が　長い間　あなたの
宝でもあった　真の友　あなたの　また　私の。
あの時　悲しい別れの後《あと》　私の所へ　帰ってきたのだ
余りにも長い間　別れていたので　その時　初めて
授《さず》けられた賜《たまもの》のような気がした。イーモント川の
穏やかな堤防　それまで歌に歌われたことはなく
また　あの修道院のような城　平地《ひらち》の上に
低く立ち　イーモント川の辺《ほとり》に
まさに大邸宅　昔　シドニーの　訪れた所

そこの　われらのヘルヴェリン（約九五メートル）山の見える所で
筆にしたかもしれない　ある断片を　たぶん
アルカディアの　兄弟愛に　促《うなが》されて。
あの川（イーモント）　あの崩《くず》れかかった円屋根は　見ていたでしょう
夏の日　いつまでも　私たちが座っているのを
わが妹と私自身が。そんな時　危険をおかして
登ってゆき　なにか窓のように　開《あ》いた所から
外を眺めたり　小塔の頂《いただき》に　寝そべっては
野の花や草に　耳を傾けていると
ささやき声を　風に送っていた。
もう一人の乙女が（妻となるメアリ・ハッチンスン）　そこにいて　彼女もまた
あの季節に　歓びを　囁《ささや》いた　その時　私に
青春の歓びに溢《あふ》れる　彼女の容貌《ようぼう》と
穏やかな表情によって　初めて愛《いと》しいと思った。あの
もう一人の聖霊なのだ（一八〇二・一〇・四 結婚）　コールリジよ　今　われらの
こんなにもすぐ傍に　あの優しい　信頼できる心
こんなにも尊敬されて　われら二人に。あの辺《へん》一体の
小道や野原　野薔薇《バラ》の花咲く

狭い道　陰の多い　森の中
辺境の見張り塔の上　荒れ果てた
草木《くさき》のない池　むき出しの山に　晒《さら》されている
平凡な崖《がけ》　これらに振撒《ふりま》かれたのが　愛
歓びの精　青春の　黄金《おうごん》の　輝き　であった。おお
友よ！　この時は　まだあなたに会ってなかったのに
一つの力が　私に働き　強い混乱がおき
あなたも　そこに居たような気が　するのだ。
遠くにいるあなたが　さ迷い求めているとは　健康と
穏やかな微風を　何とも悲しい運命！　しかし
あなたは　われらと共にあり　過去においても
現在も　来たる時にも　共にある。
そこには　苦悩も　悲しみも　絶望もなく
無気力も　失意も　幻滅もなく　不在ということさえ
殆ど　ありえないのだ　私たちのように　愛し合って
いる人たちにとっては。どうか元気になりますように！
楽しいことは　私達にも分けて下さい　回復する力は
日々受け取って下さい　私達の喜びと思って。あなたの

新しい気力は　私達にも分けて下さい　たとえその賜《たまもの》が
地中海の季節風の　または愛の思いからの物であろうと。

私も　また　放浪者であった　しかし　ああ！
なんと違ってることだろう　違った人間の運命は
(二人)
ほとんど双生児のような　才能や精神なのに！
互に　知られることはなく　そう　呼吸している
違った元素の中にいるかのように　なのに　われらは
ついには　同じ教育を受けるように　仕向けられている
予《あらかじ》め運命づけられて　二人の存在に　そんな事があり
得るなら　同じ歓びを求め　一つの健康　一つの幸福を
持つようにと。この物語を通して　あなたがいなければ
疾《と》うに終ってたのに　本当によく分った　誰のために
このように　記録してきたかが　生れて　成長していく
優《やさ》しさ　素朴さ　誠実さ　そして　仕合せにする愛を
それらに　清められ　無心の日々の　安らぎや
落着きとなり。川や　野原や　森のことを　語って
いるのだ　あなたに　わが友よ　あなたに。あなたが
まだ青い制服を来た小学生の頃　あの巨大な都市の
ど真ん中で　あなたの住《すま》いであり　学舎《まなびや》でもあった
あの大きな建物の　鉛葺《なまりぶ》きの　屋根の上に　よく
仰向《あおむ》けになっては　見つめていたものだ　雲が　大空を
流れて行くのを。或は　たまたま　これに飽きると
眼を閉じて　内なる光によって　見たものだ
木や　牧場や　遠い　遠い　あなたの古里などを。
このように　眺めたものだ　来る年も　来る年も
あなたの長い　流浪《さすらい》の日々を。私が忘れることが
できないのは　わが物語の　この後《あと》の部分で
私が　あの大学の森で　いろいろな権利を
やっと放棄した　ちょうど　その時　あなたが
そこへ　導かれて　来たのだった。ロンドンの
(学校)
真中の　あの僧院から　あなたは　やってきて
席についた　落着いて　静かな　きりっとした学生。
何という嵐の行路が　それから　続いたことか
おお！　あの苦しみ　吐出《はきだ》さずに　いられるか
考えてもみよ　どんなに　僅かな　状況の変化でも

あなたに有ったなら　あんなに多くの苦しみは
しないで　済んだのに　永遠に　凋《しぼ》んでしまった
無数の希望を　実《みの》らせてやれたのに。こんなふうに
自分の大学生活を振り返ってみると　全《まった》く同じ場所に
あなたが少し遅れて来るようになるなんて　いまでも
鮮やかに　眼に浮ぶ。私は遊んでみた　時間と
（つまり　心の中で　密《ひそ》かに　考えてみた）
色々な出来事を　子どもたちが　トランプでやるように
或は　大人が　家は　出来て　骨組も
木や石で　固定され　動かなくなっていて
もうどうしようもないのに　囲炉裏《いろり》の傍で　自分の
好みに合せて　建てかえているように。私は色々考えて
きた　あなたの事を　あなたの学識　華やかな弁舌
総《すべ》て　力や装《よそお》いに美しく包まれた　あなたのあの青春
あの繊細《せんさい》な思索《しさく》を。目に見えない努力
スコラ哲学者のなか　プラトンの　表現形式の
気ままな　観念上の　華やかな行列　それを作って
いる物は　調和したり　しなかったり　言葉は　物の
代りとなり　自ら創り出した　命の源なる　一つの心
自然の生きた形象から　引き離され
心　自らの　命となるよう　強いられ
容赦なく　取付いたのは　渇望してやまない
偉大さと　愛と　美しさ。それだけではなかった
ああ！　きっとあのように　唯一人だという心で眺める
ことはなかったでしょう　夕陽の光が薄れていくのを
静かなカム川の上に　もし私たちが会ってたならばもう
少し早く　あの頃に。どうしても　望まざるをえない
感ぜざるをえない　信ぜざるをえない　私が少し《（二歳）》年上で
あなたより　動揺しにくい　気質《かたぎ》で
より穏やかな性質で　より落ち着いた声《ことば》などで
良い影響を及ぼし　和《やわ》らげたり　追い払ったり
してやれただろう　あなたの青春を　食い物にした
実体のないあの惨《みじ》めな生活を。が　あなたは歩んできた
注意深く瞑想《めいそう》しながら　あなたは　歩んできた
栄光の道を　それを思うと　恥《はず》しくなる　こんな無益な
後悔の思いなど。あなたは　健康を　損《そこ》ねている。

でないと　あなたへのこんな悲しみなど最も愚かな思い
人間の胸の中に　かつて宿ったことのないほど。

　少し前に　ついでに　軽く　触れておいたが
私自身の放浪について。今　そのことへ
私の詩が　導いてくれる　いっそう軽い気分で。
私が学生のガウンを着ていた　三冬《ねん》の間
どんなふうに過したかは　すでに　話したし
或は　仄《ほの》かに　示してきた　必要に応じて　だが。
三度目の夏が来て　自由に　なると
仲間の学友と私とは　彼もまた
山好《ず》きで　一緒に　勇んで　出かけた
杖を手にし　徒歩で　われらの道を　進む
あの遠い　アルプス　目指《ざ》して。大学の配慮や
（卒業前の暑中休暇だから）
勉学への　あからさまな侮辱《ぶじょく》だった　この計画は。
立身出世を期待している　人々のことを
考えないで　計画したわけではなかったが。しかし
自然が　その頃　絶対だったのだ　わが心の中では
壮大な姿に　捉《とら》えられたのだ　若者の空想が
特別の許可を　与えていたのだ　斑気《むらぎ》な　希望に。
どんな時代でも　国々の動きや出来事から
起る　突然の刺激など　なくても　私は
取付かれていただろう　同じような望みに。
しかし　その頃　ヨーロッパは　歓喜に沸立《わきた》ち
フランスは　絶頂の　黄金時代で
人間性が　生れ変るかのように　見えた。先に述べた
ように　アルプスに向ったわれらは　思いがけず
（一七九〇年七月一四日）
あの大連邦記念祭の　まさに　その前夜に　カレーに
上陸することになった。そこで　見たのだ
こんな貧弱な都会《カレー》の　僅《わず》かな人々の間に　どんなに
輝かしい顔があったか　その時は　一人の喜びが
何千万の喜びとなる。それから　南へと　まっすぐ
歩みを　進め　村や町を　通り抜け
けばけばしい　あの記念祭の　名残　勝利の
アーチの上で　凋《しぼ》んだまま　残された　花々や
窓辺の花輪など。大通りに出　ある時は

三日間も続けて　小道を通り抜けて
われらの骨の折れる旅を　短縮しようと
片田舎《かたいなか》の　村々の中を　歩いていき
気がつくと　優しさや　祝福が　至る所に
素的な香りのように　広がっていた　まさに　春が
地上のどんな隅までも　触れずにはおかないように。
楡《ニレ》の木は　何キロも　何キロも　行列をなして
まばらな陰を　あの偉大な王国《フランス》の　堂々たる
道の上に落し　私たちの頭の上で　ざわめき
いくら歩いて行っても　いつも　われらの近く。
何という楽しさ　そんな時は　そんな歓びが
あたり　いっぱい　今を盛りの　青春の力
それに育てられ　詩人の　感じ易い　深い物思い
優しい思いの　何となく沈んだ心　楡の木の　たてる
ざわめきや　穏やかな　うねりに　合わせて。
宿もなく　宵の明星の下《もと》で　われらは見た
自由を祝う　ダンス　陽《ひ》が暮れて
遅くなっても　戸外での　ダンス。

葡萄畑に覆われた　ブルゴーニュの　丘の中
穏やかなソーヌ川の　まん中を　私たちは
滑るように　進んで行った　川の流れにのって。流れの
速いローヌ川よ。あなたは翼となり　それに乗って
われらは切り抜けた　高い岩山の間を！　うっとり
するような光景を　あの森や　畑や　果樹園が　示して
くれた　点在する小さな家　待ち伏せている町が
曲り角ごとに　続く　果てしない　深い
堂々たる　谷間。さみしい　二人連れの
イギリス人だった　私たちは。そして　群をなして
川を下って行ったのは　大勢の　陽気な
あの解放された人たち　多くの　旅人
主に　代表委員たち　あの大誓約式から
帰るところ　それは　新しく　厳粛に　行われ
彼らの首都《パリ》で　天に見守られながら。蜜蜂のように
彼らは群がり　華やかで陽気なのも　蜜蜂のよう。
ある者は　気焔をあげ　手に負えない　喜びよう
また　剣《つるぎ》を振り回し　小癪《こしゃく》な空気を　斬《き》りつける

かのように。このように　快活な仲間たちと
上陸し　一緒に　夕食も　とり　客たちは
歓迎され　ほとんど　天使が　昔　アブラハムに
持て成されたように。食事が　すむと
溢れる杯《さかずき》で　意気盛んになり　愉快な気分で
合図と共に　立ち上り　輪になって
手に手を取って　食卓の周りを　踊り回った。
心はすべて　打ち解け　声はすべて　高まり
親しみと歓びで一杯になり　私たちの名前は
フランスでは尊敬されている　イギリス人という名前
それで　手厚く「万歳」と　歓呼して　迎えられ
自分たちの　輝かしい進路の　先輩として
また　食卓の周りを　踊り回った。この同じ仲間と
一緒に　われらの　船旅を　続けた　翌朝早く。
修道院の　鐘　心地よく　響き
われら　若者の　耳へ。素早い　川
音も　なく　流れ。岩間に　見える
尖塔の　話しかける　声　みな

安らぎの　感じ。時に　心に
触れ　騒々しい　連中に　囲まれて
いながら。この陽気な群と　別れてから
シャルトルーズの（男の）修道院に
二日後に　迎えられ　そこで
休んだ時の　恐ろしいほどの　寂《さみ》しさ
それから　スイスの国へと　進んでいった。

これが　私の現在の　目的ではない
あの変化に富んだ旅を　一歩一歩　辿っていくことが。
あれは　まさに行進だった　軍隊の速さだ
そして　大地の変化　その姿や　形
われらの前に　その速さ　雲が大空で　変るよう。
来る日も　来る日も　早く起きて　遅く寝て
谷から谷へ　丘から丘へ　と進み
地方から地方へと　過ぎて　行き
まさに厳しい狩人　十四週間も　追い求め
その熱心なこと　猛禽《もうきん》のよう　或は

順風満帆で　全速力のときの　船のよう。
心地よい　隠れ家《が》を　過ぎ行く　田園生活。心を引く
ような谷間　それらに挨拶はするが　去ること
余りに早く　正に　煌《きら》めきや　輝きのような　素早い
挨拶がまだ終ってないというのに。おお！　何と悲しい
ことか　この青年達　仮令《たとえ》眺めることが出来たとしても
心　清められず　抑《おさ》えられず　畏敬《いけい》の念もなく　心
奮い立たせることもなく　あの心の　崇高な威厳や
清らかで　素朴な　希望や意志に対して
安らかな人間の　あの神聖な　住いを。
私の心は　躍《おど》った　初めて　見下《お》ろした時
この深い谷間に来て　初めて見ることが出来た物を
緑の奥まった所　原始の谷間
ひっそりとし　そこに君臨し　占有しているのは
むき出しの小屋　木で造られ　点在していた
新鮮な芝地の上や　川の辺《ほとり》の　テントや
インディアンの　小屋のように。あの日(八月二一日)　初めて
モンブラン(四八〇〇メートル)の頂《いただき》を　眺めた　そして　悲しいことに

目にしたのは　魂なき姿
それに侵害された　生ける思い
もはや　存在し得ず。シャモニィ(モンブランの麓の山村)の
あの素晴らしい峡谷《きょうこく》　次の日(八月二三日)の夜明け前
物言わぬ滝　氷の流れ
強大な波の　動かざる隊列　幅広い
巨大な五つの川が　してくれた豊かな償いが
われらを　現実と　和解させてくれた。
そこでは　小鳥たちが　木の葉陰で
さえずり　鷲《ワシ》は　大空　高く　舞い
そこではまた　刈り取る人が　黄色い束を
たばね　乙女は　干し草の山を　日向《ひなた》に　広げ
一方　冬は　馴らされたライオンのように　歩み寄り
山から降りてきて　戯《たわむ》れている
小屋の辺《あた》り　花壇の近くで。

　このような広大な旅で　私たちの見《み》聞《き》き
したものは何でも　ぴったりしていた　未熟な状態の

知性や心には。飾り気のない　張りのある心情
清らかな息吹《いぶき》の　真の生き方に　私たちは
感動せずには　いられなかった。そのような本を
目の前にして　読まずにはいられなかった
度々繰返される教えの　しっかりした優しさ
人類の　万人《ばんにん》に通じる　道理　老若《ろうにゃく》
総ての人の　真理を。また　相《あい》並びながら　進み行く
兄弟のような　二人の巡礼者　或は　一人になり
各《おのおの》が　自分の気分に従って　忘れずに　耽《ふけ》ったものだ
(そのやり方については　前に触れたが)
夢想や作り話に　物思わしげに　創《つく》られ
元気のない気分に　楽しむために　取り上げられ
美しく見せる　哀《あわ》れみの心などに。柳《(悲しみ)》の花冠《はなかんむり》
これらの人里離れた　崇高な所にあっても
落ち着いた　葬送の　花束
悲しみの淑女の　花園《はなぞの》から　摘みとられ
清めてくれた　思いに耽《ふけ》った　多くの時間を。

　それでも　私の中には　これら歓びに　交《ま》じって
何か　きりっとした気分　力に対する
密《ひそ》かな渇望が　すっかり眠った訳ではなかった。
これまでとは　遥かに違った失望が　一度　私にあった。
深い　心からの悲しみを　その時　感じた。
その時の状況を　ここに　述べてみよう
まさに　ありのままに。イタリアに　通じる
道にそって　登ってきた　ヴァレ《(スイス南西部の州)》から
一団の旅行者と一緒に　引返し
数時間のあいだ　彼らを先導にして
私たちは　登って行った　山の中の宿屋に
到着すると　みんな一緒に　昼の
食事を取った　それがすむと　旅行者のほうは
私たちを食卓に残して出発した。暫くして私達も続いた
踏みつけられた道を　まっすぐ　小川の
縁《ふち》まで　下《くだ》り　そこから　曲って行った
その時　見えた道は　ただ一本だけ
ちょうど　反対側の　ずっと向うにある

高い山の上に　通じる道。この道を取った
ちょっとためらい　少し立止ってはいたが
それから　ひたむきに　登って行った　が　ついに
驚きや何か不安が　ないわけではなかったが
分った　前に行った仲間に　追いつけないな
ということが。幸運にも　刻一刻　その時
増していったのが　われらの不安　その時
一人の農夫に出合い　聞いて　分ったのだ
初め　私たちが　まごついた所まで　降りて
行かねばならず　すると　そこに　道があり
そこの　石ころだらけの　渓流の　水路の中を
二・三歩　行って　それから　川添いに行くこと
さらに言うには　そこからの道は　ずーっと
下り坂　その川の流れと一緒に　とのこと。
信じかねて　私たちは　聞返したが
いくら聞いてみても　その男の返事は
みな同じ　その意味や趣旨において
私たちの持った印象で　翻訳してみると　こういうこと

われらはすでに　アルプスを　越えた。
　想像力よ！　ひとりでに　沸上《わきあ》がり
わが詩の　進行する眼の前に　どこからともなく
沸出る煙霧のように。ここに　その力が
与えられた才能を　すっかり振絞《ふりしぼ》って　私　目掛けて
やって来た。雲の中にでもいるように　途方に暮れて
立ち止まり　踠《もが》いて　打ち破ろうとも　しなかった。
が　今は　すっかり立ち直り　わが魂に　言うのです
認めますよ　あなたの栄光を　と。あのような力強い
強奪《ごうだつ》と　畏《おそ》るべき約束の　あのような
訪れの時　感覚の光が　消えて　一瞬の
煌《きら》めきとなり　われらに　見えざる世界を
示してくれた　その時　偉大さが　宿り
そこに　潜《ひそ》む　人間の老若《ろうにゃく》を　問わず。
われらの運命　われらの本性　われらの住処は
無限と共に在り　しかも　そこにのみ。希望と
共に　それは在り　決して　死することのない希望

努力と　期待と　願望と　何か　いつも
これから　存在しようとしている物と。人間の精神は
このように闘志に溢れた旗の下で　考えることはしない
戦利品や　戦勝記念物も　また　その勇敢さを証明する
物は　何もなく。祝福しているのは　思いのみ
自らが　完全であり　報酬なのだ。
それだけで　力強く　爆発的な　喜びに
自らは　覆い隠され　氾濫《はんらん》する　ナイル川のよう。

だるくて　重い　気の緩《ゆる》みが　起きたのは
農夫から聞いた　あの知らせのせいだが　それも
間もなく　追い払い　大急ぎで　降りて行き
先ほど　見間違えた　道のところから　狭い岩の
裂け目の中へ　入っていった　渓流と道とが
この薄暗い道の　同行者と　なっていた。
それで　彼らと共に　私たちも　数時間　歩き続けた
ゆっくりした　歩調で　ね。その高さ　計り知れない
森　朽ちつつも　決して　朽果《くちは》てる　ことなく
変ることのない　滝の　響き。
空ろな峡谷の　至る所で　風は
風に逆《さか》らい　当惑し　侘《わび》しく見捨てられ
奔流《ほんりゅう》は　澄渡《すみわた》る青空から　迸《ほとばし》り
呟《つぶや》く岩は　われらの耳　近く　黒い
霧雨《きりさめ》の降る　ごつごつした岩　道端《みちばた》で　語り
声が彼らにあるかのよう　荒れ狂う流れの
むかつく光景　目眩《めまい》する眺め
束縛から解放された雲　天国の領域
狂乱と平和　暗黒と輝き　これらは総て
一つの心の　成せる　業《わざ》のよう　同じ顔の
目鼻《めはな》立《だ》ち　一つの木に咲く　花々
偉大なる　黙示録の（神が人に真理を示す事）　文字
永遠の　典型であり　象徴
最初にして最後の　中心の　終り無く。

その夜《よ》の　私たちの宿は　アルプス山中の家
宿屋　或は　旅宿《りょしゅく》と呼ばれているもの

あの同じ谷間に　ポツン　と立っていた
二つの流れの　合流するあたりの　すぐ近く。
侘《わび》しい　大きな家　必要以上に　広く
天井《てんじょう》も高く　広々とした部屋　耳を劈《つんざ》き　ぼうっとさせ
渓流の音　無心の眠りを　悲しく
横たえ　疲れきった　骨の中。

　翌朝　早く起きて　また　旅を続け
導いてくれる　あの渓流　昼前には　大きくなって
堂々たる　大河となり　広く　深く
さざ波立てて　流れる　静かな　威厳
山々を　隣人に従《したが》え　見えてくる
遥かな山々　雪をいただく　峰々
こうして　進む（渓流）　ロカルノ湖へ（八月一九日）
そのような訪問客には　うってつけの憩《いこい》の地。
――ロカルノ湖よ　大空のように　広く　広がり
（八月二〇日着）
コモ湖よ　あなたは　大地の　宝　秘かに
隠され　まさに寵児《ちょうじ》　アビシニア（エチオピア）の
秘境に　抱《いだ》かれて。あなたのこと
語ったことがある　あなたの栗の森　庭先《にわさき》で
玉蜀黍《トウモロコシ》の仕事をしている　黒い瞳の乙女たち
聳《そび》え立つ絶壁　通路の屋根となる葡萄《ブドウ》
うねり行く　家から家へ　町から町へと
唯一の絆　これらを互に　結び合い　散歩道
何キロも何キロも続き　修道院の　並木道
そこにあるのは　静けさのみ　音楽が　なかったなら。
まだ若かった頃　詩を作るには　まだ未熟だったが
わが心の　独り善《よ》がりの　野心から　語ったのだ
あなたがたの賞賛を。今なら　近づき得ないだろう。
もっと調子のよい歌で　迎えられなければ　そこでは
磨《みが》かれた技術と自然とが　一緒になった調べが
作り出すのだから　永続する言葉を。そよ風のように
或は陽《ひ》の光のように　あなたの領土の上を過ぎて行った
休みもなく歩き続けて。なのに　あなたは残してくれた
私に　あの美しさを　あの感動的な光景の
色彩や形象を。その力は　心地よく

なにか有難《ありがた》く　もう　あえて言いたいのだが
美徳のよう　善行のよう　その心地良さ　愛のよう
思い出深い　あの気高い行為
静かに　静かに訪れてくる　あの清らかな思い
そんな時　総ての喜びの与え主なる神に　感謝する
心から　静かに　神の恵みを受けて。その心地良さ
この最後の祝福のようあの光景自体が　正にそうなのだ。

　あの楽しい小道を　進んで行った
二日の間　いつも　その湖の傍を　だが　それも
アルプスの山の中を　曲りくねっているうちに　今や
ゆっくりと変えていった　あの愛らしい姿を。そして
次第に　厳《いかめ》しい姿となっていった。二日目の夜は
直向《ひたむ》きになっていたこともあり　また　われらのとは
違ったやり形で　時を報《しら》せる
あのイタリアの時計を　勘違いして　私たちは
月明りで起き　少しも疑わずに　夜明けも近いと
それから　今までのように　水の傍を
進み行き　分り易い道を　案内者
として行けば　最も深く休んでいる　光景を
眺められるかもしれない――こんな望みを　抱《いだ》いて
私たちは　グラヴェトーナ（コモ湖の西岸北隅にある小都会）の町を　後《あと》にした　が
間もなく　道に迷い　途方に暮れた　広大な森の中
暫《しばら》く　歩き回ったが　それもやめて　岩の上に
腰を下《お》ろし　夜明けを　待った。
開《ひら》けた　所だった　高い所からよく見下《みお》ろせた
むっつりした水面　下方に広がり
その上に　鈍く　赤い　月の　姿　横に
寝そべっていた　時に　その恰好を　変えるとこなど
落ち着かない　蛇のよう。長い間　座っていた
が　その夜《よ》　一時間とは　経っていなかったのだ
それは　私たちの錯覚のせいだが　こうして　また
旅を　続けたのだった。岩の上に　横になり
眠ろうとしたが　眠れなかった　蚊に　刺されて
蚊の音は　昼と同じように　森中《もりじゅう》
いっぱいだった。見知らぬ鳥の叫び

山々は　暗闇のために　なにか外の光よりも
よりはっきりと　それ自身の姿が　見えた。
息の絶えた荒れ野なる雲
理解できない声で　大きく見当外《はず》れの時刻を
報《し》らせる時計　渓流の騒音
そして時には　すぐ近くの　カサカサという動き
それには　安心してはいられない　身の危険を　感じ
最後に　沈み行く月　われらの前では
見えなくなり　実際はまだ　空高く　あるのに。
これらが　私たちの心の糧《かて》となり　このような
夏の夜《よ》も　あの二日の　黄金の日々に　続き
時折　うつら　うつらと　居眠りし
コモ湖の　辺《ほとり》　あの　同じ　楽しい　湖で。

しかし　ここで　私は　中止　しかも　すぐに
やめなければ　気が進まないけど　この　流浪《さすらい》の記録を。
この主題は　さもないと　引き込まれて　適度な限界を
遥かに越えてしまうかもしれないから。この事だけは
言わせて下さい　別れの言葉としてね　私たちが
上辺《うわべ》だけの感激に浸《ひた》って　他と比較して
大袈裟《おおげさ》に　褒《ほ》め称《たた》えようとしたのではなく　一瞬の
豊かさの為に　永遠に貧しい思いをする　というのでも
なく　威圧されて　ひれ伏したのでもない　あたかも
心そのものが　どうでもよくなり　外なる形象の
卑《いや》しい従者《じゅうしゃ》となり　あの壮大な地方の前に
立ったのでもない。この詩全体の
初めの所で　書いたように　私の心は
このような神殿においては　どうしても違った型の
礼拝《れいはい》を　しなければならない。最後に　また　私が
見　聞き　感じたものは何でも　同じ流れに
注ぐ　ひとつの流れに過ぎず　私を前に
進ませてくれる強風で　仕《つか》えさせたのは
荘厳なものや　優しいものへ。前者には
直接的に　が　後者の優しい思いには　すぐに
その効果がでるような方法ではなく
これらに　私を導いてくれた道は

たいていは　より遠回りだった。

　おお！　最も親愛なる友よ　素晴らしい時
仕合せな時だった　あの時は。勝利の眼差《まなざ》しが
あの時の　すべての眼の　共通言語だった。
眠りから覚《さ》めたかのように　国々は　歓呼して迎えた
それぞれの　大いなる期待を。戦いの横笛は
その時は　じつに　士気を鼓舞《こぶ》する音
春の森の　黒鳥《くろどり》の　鋭い　鳴き声。
私たちが　後《あと》にしたスイスは　隣国《フランス》の運命に
歓喜していた。私たちの巡礼の旅も　速く
縮めて　故郷からも　そんなに遠くない所に来た時
私たちが　すれ違ったのは　ブラバント（オランダとベルギーを包括する名称）の軍隊で
自由を目指して　戦いに出ようと　苛立《いらだ》っていた。
一人の青二才として　その時　社会生活の一家族という
意識は　殆どなく　私の眺めた　これらの事は
なにか　遠くからのよう　聞き　見　そして感じ
心は　動かされても　切実な　関心は　なく
それらの中を　動き回って　いるような気がしただけ
小鳥が　空の中を動くように　或は魚が自分の務めを
追い求めるように　自分に適した水の中で。私には
必要ではなかった　そんな喜びは　私は　必要と
しなかった　そんな助けは。永遠に生きつづける宇宙
純粋な青春の　独立した精神が
私と共にあった　あの時期は　また　歓びも
至る所で　私の足下《もと》の周《まわ》りに　広がっていた
その絶えざること　野原の雑草のよう。

第七巻　ロンドン滞在（二〇秋―二一春）

五年の歳月が　過ぎ去った　私が初めて歌い出してから
迎えてくれたのは　あの命を　甦《よみがえ》らせてくれる　微風《そよかぜ》
それに出合ったのは　あの都会《ゴスラー》の壁から逃れ出てきた時
その時書いたのだ　この詩への嬉しい前書を。声高く
歌った　ひどく熱狂的な詩的熱情から　深いけど
短い命の叫びを。まさに　奔流のよう
張り裂ける雲の腸《はらわた》から　流れ出　スコーフェル（九七九メートル最高の山）　或は
ブレンカスラ（八六八メートルの山）の　岩だらけの側面を　下《くだ》る
天からの土砂降りのよう。しかしそれは長くはなかった
そのうち途切《とぎ》れた流れも　また吹き出し　暫《しばら》くは力強く
流れていたが　やがて　数年間　途切れてしまった。
それが再び聞けるようになったのは　この前の
桜草の季節の少し前であった。親愛なる友よ。
あの時　私に与えられた確信は
あなたが　外国へ旅立って行くことでの　私の何か
重苦しい思いを　紛《まぎ》らしてくれたが　それも　衰えて
しまった。手間どるばかりで　この仕事　なかなか
進まないので。夏はずーっと　何もしないでいた
ひとつには　勝手に自分から怠けていたし　幾分は
外的に　動きにくいこともあった。ところが
聞えてきたのだ　昨日の夕べ　日が暮れてから
部屋の　薄明りの中で　座っていたとき　ひとつの声が
それに　心　かきたてられ。小さな合唱隊
駒鳥《コマドリ》の聖歌隊　私の家の　どこか戸口近くに
集まって　吟遊詩人たち　遠い森や谷間から
やってきた　冬将軍に　派遣され　かの御老体（冬）を
歓迎するように伝え　触れ回るように
工夫をこらし　心をこめて　準備をし
そうだ　その年の一番優しい音楽で
あの荒《あら》っぽい将軍様が　荒れ模様の北国を出て

旅に出られた　と。ひとつの歓びに
この思いがけない　挨拶《さえずり》で　不意に
私は打たれ　楽しい楽しい時が　来るのだ　と。
耳　傾けながら　半《なか》ば呟《つぶや》くように　言った
「お前たち　陽気な聖歌隊よ　お前たちと俺とは
仲間になろう　吹き荒《すさ》ぶ風を聞きながら
一緒に歌おうよ」と。それから　更に薄れゆく
薄明《うすあか》りを頼りに　丘の上を歩いていくと　見えてきた
土《ツチ》ボタル　薄暗い木陰や　まだ葉の
枯れてない　羊歯《シダ》の覆いの下などにいて
鮮《あざ》やかに　光っていた　深い森を通して見える
隠者の細い蝋燭《ろうそく》のよう　今度は　静けさに　心　打たれ
先《さき》に聞いた音に　劣らず。この夏の子は
立ち去りがたく　輝きながら　ひとりで
この声なき虫　人影まれな　山の上
同じ使いに　遣わされてきたような　あの戸口で
囀《さえず》っていた　冬の合唱隊と　こうして
まる一年は　優しさと　愛に　満ちているようだった。

昨夜の心地よい感情が　溢《あふ》れ出る
今日の朝。そして私の　いちばん好きな森　もう揺り
動かして　黒々とした大きな枝を　日を浴び　風の中
私の中を広がりゆく　それと同じような　時めきが
何か　私を　詩人の仕事に　向かわせるようなもの
これからまた　始めるとしよう　希望に　心　踊《おど》らせ
ながら　何かより詰《つま》らないような主題にも　挫《くじ》かれず
われらの前にあり　語らねば　ならないなら。

あの旅から帰ると　間もなく　私は
永遠の別れを告げた　ガウンを着た学生たちの
あの個室に。そこを立ち去る　もう二度と
入《はい》ることはないと　そして　漂泊《さすらい》のテントを　張った
気紛《きまぐ》れな道楽者　また自由な身として
囲《かこ》いのない地方の　社会に。

なのに　人生のどんな方向に　進んだらいいのか

決《きま》ってはいなかったし　それが　自由なのと
完全に命令的なのとの　暫くは　中間的な時間を
持ったほうが　いいように思われ　まずロンドンへ(一七九一年二月)と
向った　落ち着いていた訳ではないが　それでも
度を越した希望で　心　乱した訳でも　なく
一切の個人的な野心には　捕《とら》われず
必要なだけ倹約し　身勝手《みがって》な所はあるが　それでも
節度を　弁《わきま》え　控え目に過し　危険な　激情には
全く係《かかわ》らず。この時期より　少なくとも
二年ほど前のことだった　私が初めて見たのは
あの巨大な所を　束の間の　観光客として。
そして　今　嬉しいことに　わが住いを　独《ひと》り
広大な荒野に　定め　一軒家を　持った
というだけで充分だった（家庭なんて　何だ）
ちゃんと認められてね。家の外で　楽しく　過《すご》し
来る日も　来る日も　空想を　かき立て
わが若き情熱の対象は　総て　戸外《こがい》にあった。

　私には　こんな時があった　空想で創《つく》る物は
何でも　夢のような宮殿　お伽《とぎ》話の精霊が
造った庭園　或は　真面目な
本物の歴史に出てくる　ローマ
アルカイロ(現カイロ)　バビロン(バビロニアの古都)　さらに　ペルセポリス(ペルシアの古都)
或は　巡礼の修道士の語る
黄金の都へ　蒙古の荒野　深く　十ヵ月も
旅につく話など　遥かに　遥かに　及ばず
子どもの頃　ロンドンについて　信じ
考えていたことには。私を繋《つな》ぎとめる
驚嘆の鎖も　強くはなく　歓びも　曖昧《あいまい》だった。
ここで放った矢は　普通の子どもの標的を
越えていたかもしれないが　私は　よく
覚えている　私たち子どもの仲間の中に　ひとり
生れながらの　足の不自由な子がいて　たまたま
学校からロンドンへ　呼び出されて　なったのが
幸運な　羨《うらや》ましい　旅行者！　そして暫《しばら》く欠席してから
帰って来て　私が　真先《まっさき》に　彼の風采《ふうさい》を

見た時　まことに　おかしいな　と　思われるかも
しれないが　完全に　失望しないわけには
いかなかった　見れば　見掛けは同じ
体つきも同じ。何もなかったのだ　どこか変った所
あの新しい所から　こっそり持ち帰った　何か栄光の
輝きのような物が。いろいろと　聞いてみたが
彼の言う言葉は　どれも　私の耳に　漏《も》れてきた
その詰《つま》らなさ　籠《かご》の中の鸚鵡《オウム》の鳴き声　以上
その答え　期待に反して　見当外《はず》れ　そして嘲《あざけ》る
じっと聞いている　プロンプター(せりふを教える人)を。何と素晴らしい
事を　わが空想は　描き出したことか　名所や見せ物
行列や立派な馬車の一行《いっこう》　王侯貴族たち
国王や国王の宮殿　最後になったが　決して軽んじ
られない　天の恵みあれ！　かの有名な市長閣下
これらの夢はその強さで次の夢より少しも劣らない程で
それに目的を変えさせられたのが　若いホイティントン(一匹のネコで富を得三度ロンドン市長になる)
友もなく　項垂《うなだ》れている少年が　石の上に
座っていたら　聞えてきた　あの鐘の音《ね》が　はっきりと

もの言ふ音楽を　語り出すのが。何よりも一つの考えが
納得できなかった　どうやって　暮しているのか　よく
言われるように　すぐ隣りの人たちでさえ　何時迄も
付き合いがなく　互いの名前さえも　知らないとは。

おお　何と言葉の不思議な力よ　何と心地よいことよ
そのもたらす　意味に従って！
ヴォクスホール(十八世紀ロンドンの遊園地)とラニラ　その頃私は聞いていた
あなたの緑の森　無数の街灯のこと
あなたの綺羅びやかな貴婦人たち　優美な滝や
華麗な花火を。また　忘れてはならない　種類は
違っても　あのほかの不思議な物など
度合《どあい》においても　何《いず》れ劣らぬ素晴らしいもの　堂々と
橋を架けられている　あの川(テムズ川)　セント・ボーロ寺院の
目眩《めまい》がするような頂きと　囁《ささや》く回廊
ウェストミンスターの墓地　ギルドホールの巨人像達
ベドラム病院や　その門前の　二つの像
果《は》てしない街路　無数の教会　立像

花咲く庭園のある　広大な四角の　広場の中
大火の記念塔や　ロンドン塔の　兵器庫など。

これらのたわいもない想像も　ずっと前に
適当な時期に　ひとりでに　消え去り
その代《かわ》りに　色々なほかの空想を　残していった
そして今　私が眺めているのは　現実の光景
親しく　毎日毎日　注意深く　見て歩いた
鋭く　しかも　生き生きと　楽しみながら　たとえ
どんなにがっかりしてしまうような所でも楽しみながら
丁寧《ていねい》に自分を抑《おさ》えながら見て歩いた　ちょうど税金
みたいに　物に払うのも　慣例から生れた権利からで
当然のこととしてね。少し身をまかせて
記憶の印象を　写し取りながら
たとえ数限りない物事《ものごと》が　徒《いたずら》に　半《なか》ば
空想の産物のように　思えても　気が向くままに
ここで　書いてみようかしら　気晴しに
あの寄せ集めの想像の　ある部分を

わが青春の　生き生きした　歓び　そして今は
私の好きな　人気《ひとけ》のない　所で　より成熟した
私の心に　今もよくやってくる　白昼《はくちゅう》の夢を。
――それで　まず　あそこの外観や様子
大通りの状況　あらゆる年齢の
外国人を驚かす　色彩や　灯火や
形象の　素早い乱舞《らんぶ》　がなりたてる　騒音
人間の果てしない流れや　動き続ける様々な物
何時間でも　限りなく歩いていく
いつまでも　通りの中　上には雲や空
まさに　富に　活気に　熱望
金ぴかの豪華な馬車　栄養たっぷりの元気な馬に引かれ
屋台店《やたいみせ》　二輪の手押し車　運搬人　通りのまん中では
街路掃除夫　帽子を手にして　物乞いし
精を出している貸馬車　すごいスピードの
遠出の　大型四輪馬車　疾走し　角笛《つのぶえ》を高く吹きながら
一方では　がっちりした　荷馬車屋の一行が
テムズ川の小路を　登ってきて

混み合った大通りに　まっすぐに　突込んでいる
ついに先頭馬は　素早く　上手に　方向を変えた。
どこもかしこも　至る所に　疲れた人の群
来る人　行く人　顔と顔
顔　また　顔。一連の目が眩《くら》む　商品
店　また　店　それには　商標や飾られた店名があり
商人のあらゆる栄誉が　頭上に　掲《かか》げられ。
ここの　家の表《おもて》には　本の扉《とびら》のように
大きな文字が　上から下まで　刻《キザ》み込まれ
入口の上に　置かれ　お守りの　聖者のよう
向うには　比喩的な姿　女か男の
或は　実在の人物の　似顔
陸軍軍人や　国王たち　或は　海軍の提督　ボイルや
シェイクスピア　ニュートンや或は人目をひく顔
スコットランドの　とんでもない医者の　当時有名で。

　その間も　どよめきは　続き　ついに
敵からでも　逃げるように　入っていく

突然　どこか　引込んだ所へ　そこは　静か
風が音高く吹いても　守ってくれる場所のよう。
それから　のんびりと　人通りの少ない所を　通り
名所や物音など　時折　行き当る所を
進んで行く。ここには　覗眼鏡《のぞきめがね》があり
その周りに　子どもたち　集まり　ほかの通りには
踊りを　おどる　犬の　一座
或は　単峯駱駝《ラクダ》　その背には
こっけいな　一対の猿をのせ　サヴォイ人たちの
楽隊　或は　たった一人で歌っている
イギリス人の　民謡歌い。人目につかない路地
棺《ひつぎ》のように　気持を暗くさせ　見苦しい小道に
響き渡る　行商人の　女の　金切り声　恐らく
ロンドンの　物売りの　声の中でも　最も甲高《かんだか》い声
こうして　しばし　われらは　惑《まど》わされ　そんな
迷路を　通り抜けて行くと　いつの間にか
特権のある　神聖な地域(法学院の所在地)に　まぎれこむ
ここの　広々とした　個室から　勤勉な　弁護士たちが

見下《お》ろしている。水の流れ　散歩道《みち》　緑の庭園などを。

そこから　人混みのなかに　戻り　到着する　次第に
減《へ》っていく　人の流れに　ついて行くと　人もあまり
訪れないような所へ。すると　通りも少しずつ広くなり
時折　吹いてくる　郊外の微風《そよかぜ》。ここでは　民謡を
書き束ねた物が　窓のない壁から　垂《た》れ下《さ》がり
ばかでかい広告が　上のほうから　乗出して
あらゆる色で　人目に　つくように　と。これらは
大胆に　作品の良さを　意識して。その下にあるのは
正面に　いかにも　堂々たる言葉を　掲げて
恐らく　見せ掛け　だけのもの。
この広がりゆく歩道を　進んで行く
見ると　ひとつの顔　じっとこちらを見上げ
逞《たくま》しい　顔立ち　が　過労のために　赤くなっていて
多分　その顔には　前にどこかで　会ったことがあり
体の不自由な人　足を根元から切られ　動くときは
両腕を使って　どしん　どしんと。水兵服を着た
もう一人の男は　長々と横たわり　傍《そば》には
色々と書かれた文字　チョークで　書かれ
滑《なめ》らかで　平《たい》らな　石の上。ここには　子守り女
日向ぼっこの好きな　独身男
勤務のない　軍人や　御婦人
その人　野原の方へ　上品に　歩いて行き。

さて　家路へ　次第に増すどよめきの中を通って
行くと　見えてくる　あまり見分けのつかない
人影の中に　イタリア人　自分の肖像の額縁を
頭にのせて。腰に　籠をつけた
ユダヤ人。悠々と　ゆっくり歩く　トルコ人
小脇に　どっさり　スリッパを　抱《かか》え込んで。
要するに　見られるのだ　当てもない見物に飽き
たぶん　あの探究に　わが思いを　向けたら
群集の中で　人目を引こうが　引かなかろうが
歩いて行くうちに　人間のあらゆる見本を。
太陽に与えられる　あらゆる肌の色によって

いろいろな特徴の　体《からだ》つきや　顔形《かおかたち》。
スウェーデン人や　ロシア人　温和な南方からの
フランス人やスペイン人　遥か遠い
アメリカからは　狩猟民のインディアン　ムーア人
マレー人　東インドの水兵やタタール人　中国人
それに　白いモスリンの衣を着た　黒人の婦人たち。

これからは　ゆっくりと　眺めるとしよう　一日
一日と　見せられるままに　屋内《おくない》の　いろいろな
見世物　群なす野獣や　鳥や　動物
色々な性質で　世界の　あらゆる地方から　集められ。
また　これらに次《つ》いで　あの模型の風景
その真似方《まねかた》は　現実の　見事な姿
その表し方は　鏡のよう　海や陸
地球は何であり　何を見せようとしているか。
私がここで暗《あん》に仄《ほの》めかしているのは　あの微妙な技法
洗練された方法で　最も純粋な目的を　達成すること
ではなく　人間の弱さや好みを　素直に表している

甘い気持で作られた　模造品のことなのです。
例えば　画家が　自分の作品を　周囲を取り巻く
実際の　自然の　風景に　合せて
貪欲《どんよく》な絵筆《えふで》で　画《か》き入れる
総ての地平線を　あらゆる方面に　力を込めて
天使か神に派遣された　精霊の力のように
われらを置く　どこか高い　尖塔《せんとう》の上
或は　地上の船の中。そこにあるのは
現実の世界か　現実そっくりの模造物
東に　西に　われらの下に　後《うしろ》に　前に。
或はまた　より熟練した　模型製作者は
正確な物差しで　木材や粘土の模型に
陰影の　色彩の　助けも　借《か》りて
自国の名所や名物だけでなく　外国の自慢する
物までも　模型として　作ってくれた物であろうとも。
(スコットランドの東南部)(介砂層)
フォース川の入江　クラッグの上に　座っている
(スコットランドの首都)
エディンバラ　あの山岳地方に　ぴったりの女王のよう。
聖ペテロの教会堂。更に野心的な物を目指して

顕微鏡でしか見えない光景にした　ローマの都その物
或は外《ほか》の　恐らく　どこか田舎の行楽地　ティヴォリの
滝　また　あの断崖の上に　高く聳える
女予言者の神殿　風景全体にある　一本一本の木
茂み　石　ごく小さな　ひっかき文字
一軒一軒の小屋　岩間に　見え　隠れ
旅人が　そこに居れば　見える　総てのものが。

　このような　物言わぬ静かな見世物に　加えておこう
もっと範囲の広い外《ほか》のものを。そこには　生きた人間
音楽や色々と変化する　無言劇の場面が
さまざまな　救いの手と　一緒になって
魅力を増してくれる。恐れる必要があるかしら
あの名前を挙《あ》げることを　等級では　これらの中で
最低だし　目指す所も　最もお粗末で　それ自身の
誇りで　豪華に　飾られてはいるが　半《なか》ば田舎《いなか》じみた
（ロンドンの北部にある）サドラーズ・ウェルズ劇場の名を。その頃　青春に
ありがちなことだが　私もそれが気に入らないと

我慢できない性格だった。なのに　一度ならず
この劇場に　席を取り　よく退屈な思いを
しながらも　充分　その償《つぐな》いを得て
見たものだ　歌手や　綱渡り芸人　巨人や小人
道化《け》師や魔法使い　曲芸師やハーレキン（無言劇の道化役）などが
野次馬連中が　わめき叫ぶ中で　やる曲芸を。
それは　また　つまらぬ楽しみではなかった。お粗末な
ものが　教養のない人の心に　どんな働きをするかを
観察し　人間の信仰の法則や進歩に　注目することは。
この方面では頑固でも　あちらの方面では
何と心地よく進むことか　しかも　何と遠くまで！
例えば　舞台の上に　出て来たら
巨人殺しの　チャンピオン・ジャック（童話のジャックと豆の木の主人公）が　見よ！
彼は　暗黒のコートをまとい　舞台の上に　歩み出て
不思議な業《わざ》を　やってのける　生ける人間の
目の前で　無事に「がらんとした　月無し期間の
洞窟に隠れた」月のように。何と大胆な惑《まど》わし！
信念は　どうしても　控えめでなければ　どうして

そんなことが出来るのか。彼の身なりは　黒く
「見えません」という言葉を　胸の上に　ギラつかせ。

　それは楽しくないことではなかった　ここで　観る
ことは　古代ギリシアの喜劇や　テスピス（初期の悲劇）時代の
あの実例　生ける人間の　演劇
近頃のことで　まだ暖《あたた》かい　生命あるものなどを。
海戦や難破　或は　ある家庭的な事件
その評判が　国中に　広まったものとか。
例えば　大胆な監督が　最近
上演したのだ　このような劇場には　余りにも
神聖な主題を　疑いもなく　非礼に　扱《あつか》われ
最善の演技で　やったにも　かかわらず。
私の言ってるのは　おお　遥かなる友よ（マルタ島にいるコールリッジ）！　その話は
われらが故郷の　バタミア（ケジックの南西十一キロの寒村）の乙女のこと。
どのように誘惑者（ジョン・ハットフィールド）が来たか　「大胆な悪党め」（スペンサーの『神仙女王』より）
神を裏切り　子どもや妻や家庭も
そして　素朴な山の生娘《きむすめ》に　言い寄り
結婚した　残酷な　ごまかしの　愛とか結婚の
絆などと　言って（一七九九年十一月）。おお　友よ　私が言ってるのは
あの時のこと　優しく思い出しながら
初めて会ったあの時の娘　まだ名前も
聞いてなく　あの田舎の宿屋に
迎えられ　給仕してくれたのも　あの子
二人は感激し　同じ歓びの思い
あの控え目な物腰　立居振舞に　すっかり
感心し　類《たぐい》まれな上品さに　打たれたものだ。
その時以来　私たちは　とても親身《しんみ》になって
彼女を眺め　じっと見守ってきた　あの思慮分別
正しい考え方　女らしい控え目な態度
我慢強さ　それに　遠慮がちな心
どんなに褒《ほ》められても　いくら世間の注目の的に
なっても　汚《けが》されることなく。この思い出の詩は
詩人の心から生れ　彼女に捧げらるべきもの
だって　彼女と私が育ったのは　と言っていいと思う
のだが　同じ山の中だったのだから。同じ頃に子どもで

もしかすると　全く同じ日に　よく　それぞれの
住《すま》いから　遠出して　コッカーの流れの辺《ほとり》で
水仙の花を　摘んでいたに違いない。

　このように　最後の言葉を述べてから
本題に　戻ろうとしたら　色々な形象が
入交《いりま》じって　私が歩まねばならぬ道の
わが前に　立っている。あなたの姿　また立ち上った
バタミアのメアリよ！　平和に　暮している
あの土地　生れ育った所で
悪に染《そ》まることもなく　暮している
静かに　なんの心配も　なく
山の教会の側の　地下に眠る　あなたの
生れたばかりの赤ちゃん　ほっとして　子羊のように
それはそちらへやって来たのだ　どこか何の覆いもない
所から　岩のような　小さな堆積の下に　休もうと
嵐が吹荒れている時。仕合せな　彼ら二人
母と子は！　こういう感情は　それ自身
ありふれたものだが　少しもそんなふうには思えない
あの純真な青春時代のことを　思えば。
あの頃はまだ仕来《しきた》りによって　この世の罪や悲しみを
軽く見ることを　覚えてはいなかったのだから。
あの日々が　今の私の主題なのだ。それが後《あと》に残して
いった多くの情景の中で　ここでまっ先に　私の胸に
去来するのは　二人の人間の思い出　一人は
バラ色の肌の赤ちゃん　たぶん十二ヵ月ぐらい
はっきりと　おしゃべりできる　年頃で
こんなに　可愛い子は　いない
と思える子が　母の膝の上
もう一人は　その赤ちゃんの親だが
その母親の頬の色は　不自然で
お化粧した華やかさ。ある劇場でのこと
この親子を　見たのは。その男の子は
まさに　見る人みんなの　誇りであり　歓びだった
どんな所でも。しかし　こういう所では　どこか
余所者《よそもの》っぽく　雲からでも　降って来たみたい。

元気いっぱいの　もう幼児以上の活力が
その子の手足や顔に　あふれ　まさに三分咲《さんぶざ》きの
田舎屋の薔薇《バラ》。田舎の子ども　しかし
私は見たことはなかった　農家の側やほかの何処《どこ》でも
自然の賜《たまもの》に　こんなに恵まれた赤ん坊を。
劇場の接客係が　軽い食事を　出してくれる
その食卓の上に　この子は置かれていた
そこに座っている　その子を　取り巻く環は
偶々《たまたま》やって来た見物人　主《おも》に　ふしだらな男たち
恥知らずの女たちに　構《かま》われ　可愛がられ
食べたり　飲んだり　果物やコップで遊び
その間にも　罵《ののし》りや淫《みだ》らな話　下品な言葉が
その子の周りに　一杯。まるで　春の俄《にわか》雨の後の
小鳥のさえずりのよう。母親も　その中に
居たのだ！　しかし　彼女については　既に述べた
以上のほかは　何も知らないし　また　今となっては
殆ど覚えていない。ところが　見えるのだ
あの可愛い男の子が　あの時見たように

哀《あわ》れな人々　不誠実な　放埒《らつ》な　人々の中で。
燃えさかる　かまどの中を　髪の毛も焼かずに
歩いてきた人のよう。その時以来　何回となく
私に思えたのは　自然が　香油などで　防腐処置を
施したのではないかと。何かある特殊な　特権によって
成長が止まってしまい　そのまま生き　存在し
存在し続け　来ては去る　一人の子ども　ただ
それだけの物とされ　年月とかかわりは　持たず
われらを　悩みや罪　苦しみや屈辱へと
押しやることもない。美は　多すぎるくらいに
あの子を飾った　あのような惨《みじ》めな所でも。そのように
あの子のことを　何回も何回も考え　それ以外には
殆ど考えられなかった。しかし　あの子も　たぶん
メアリーよ！　今では成長して　眺めているに違いない
羨《うらや》ましく　あなたの名もない赤ちゃんを。山の
教会の側に　眠っている　何物にも　煩《わずら》わされず！

私が今　語っている時期より

三年と　少し前のことだった
初めて　旅人となって　わが田舎の　山々から
南へ　三百キロ余り　出掛けたことがあった。
その時　わが生涯に　初めて聞いた
神を　呪《のろ》う　女の　声を。
見た　恥を　暴《あば》かれ　公然たる　悪の
見せしめの　種として　晒《さら》されている　女を。
ほんとに　この時　心の奥底から　私は
震《ふる》え戦《おのの》いたが　苦痛は　殆ど失われ
吸い込まれ　埋《う》めつくされ　その重大な
結果の中に。その瞬間に　一つの柵が
投げ込まれたように思われ　人間らしさから
切離された　人間の姿　人間の特性を
二つに分《わか》ち　しかも　同じ外形を　残しつつ。
この光景から　心の苦悩が起り
深く考えこんでしまった。それからというもの
このような見世物を見ると　何か　より哀れさが
付きまとい　思いやり　気の毒な思い　悲しみが
その人に対し　また　その魂の美しさの
破滅に対して。あの頃は　これ以上
先には　もう　殆ど　進めなかった。ほんとに　人間の
情欲を　嘆かわしく　思う心が　私をここに留《とど》まらせた。

このような重苦しい主題は　止《や》めよう　もう充分に
話して　示しているのだ　劇場で　私の考えは　よく
どんな物であったかは。そこは　その頃私の歓びであり
そこへの憧《あこが》れの気持を　益々強くしたのは　障害物で
乏しい財布が与えてくれたもの。あの頃　人生は
新鮮だった。感覚は　たやしく歓んだ。燭台　灯火
彫刻や粉飾したもの　塗った物やギラギラする物
その外　そこにある総ての　品《ひん》のない室内装飾が
私の目には　何か生気を与えてくれた。
なおさら　舞台の上の　生ける人物は
厳粛だろうと　陽気だろうと。ある美しい貴婦人が
現れたときの　輝き　深く奥まった所の
厚く入り組んだ森から　まさに雲間を開いて

出てきた月のよう。或は　最高の国王が　前ぶれの
ファンファーレのトランペットと共に　登場した
満開の姿のこの世の偉大さ　吹きながら。廷臣や国旗の
行列　また長い列の　護衛兵を　従えて。或は
捕《とら》われ人が　みじめな身なりをして　貧弱な手錠を
ジャラジャラ鳴らしながら　引きずられていく。或は
お転婆娘が　跳《は》ね回り　飛回り　両手を振り回す。或は
もぐもぐ呟《つぶや》く御先祖様　案山子《かかし》のようにやせた老《おい》の見本
繕《つくろ》っているのは　総て　よれよれの　ぼろ切《ぎ》れ　総て
だらしなく　まといつけ　跛《びっこ》ひきながら　入ってくる。
杖を頼りに　ゆっくり　ゆっくり　歩き　その杖で
時折　堅い台の板を　強くたたき　その板に
知らせようとする　少し高らかに　年齢のあまりの
重さに　堪えかねている者の　居場所を。
しかし　これが　何だ！　笑い　苦笑《にが》い　しかめ面《つら》
総ての　おどけや道化　それらのどんな
些細《ささい》なことも　空しいことはなく　みんな受入れられ
寛大な歓びで。ひと晩中

舞台の上と　多頭の怪物なる
観客の群と　争いや口論したりしている
あちこちの片隅に　なんと熱心に
いわば　何という煌《きらめ》きのように　私の心は向いたことか
こっちだ　あっちだと！　ふざけ　油断なく
注意深く　子猫が　戯《たわむ》れている時のよう
風に吹かれ　草むらや　ざわめく　木の葉の間で。
なんと　魅惑的な　美しい　年頃だろう！
殆どロマンティックだ　間を通して見れば
なんと短い　束の間のことか！　なぜなら
その頃は　確かに　大した進歩はなかった
神聖にして　崇高な　瞑想においては。なのに
何か女の子らしい　子どもっぽい　目新しい　光る物が
このような光景に対して　生き残ったのだった。
時を経て　伝えられてきた　こんな悦び。
田舎の芝居小屋で　夏に　崩れた壁の　隙《す》き間から
捕《とら》えたのは　ちらりと　日の光　その時
自分が　どこに居るかに　気づき

その時の嬉しさ　空想小説に　出てくる
何か　ステキな洞窟でも　目の前に見てる時以上
或は　雨が激しく降ってるのに　夜　ぬくぬくと
自分の床に　寝ている時以上であった。

　今私を　引き留めている事柄は
多くの人には　あまり威厳のない　情熱でもない
ように見えるかも。疑いもなく　それ自体　品もなく
低調ではある。なのに　見下《くだ》されないのは
人々は　不思議な支えを　見て来ているから
それによって　人生の移ろいやすい時間が
互に支えられ　想像の世界が　実在となり
支えられる事になるのだから。もっと高い主題
少なくとも　もっと誇らしげな　表情をしたのを
ここで語るべきかもしれない。だが　そういう物を
考えると　想像的な力が　私の中で　凋《しぼ》んで
いくような気が　するのです。悲劇的な　苦痛に
取り組んでいて　心がいっぱいな時でさえ　それは
眠っていた。咽《むせ》び泣き　涙にくれている時でも
それは眠っていた　わが思春期においてさえ。
というのは　たしかに　私はこの上なく激しく　感動し
場面の変化に付いて行き　とても素直な
気持になれるのだが　それでも　これら総ては
心の周辺を超えて　行くことはなかった。
もし　そこに　何か　本当に壮大な物があったとしたら
あの時だけだったろう　即ち　粗末な現実　つまり
あの偉大な詩人の　美しい作品の世界に　生きている
精霊を具体化したものが　発揮させた
対比させたり　対立させたりして　あのように
はっきりと　分らせてくれたのだった　ちらっとでは
あるが　自分で想像しながらも　想像しきれて
いなかった物　見てはいたが　充分に見切れては
いない物　感じ　考えた物を　孤独の中で。

　話を移そう　公然と　認められている
娯楽から　ほかの　より高い　と言われている物へ

が　少なくとも　若者の目からは　その名の
示す物より　ずっと　さっきの娯楽へ　近づく
つまり　法廷で白貂《はくてん》の毛皮をつけた　判事の前での
弁護士たちの　論争とか　あの素晴らしい舞台《（議事堂）》で
弁舌に恵まれた　代議士たちが　演じる
賞賛と羨《せん》望の中で　おお！　高鳴る胸よ！
これら錚《そう》々たる連中の一人が　立ち上った時
その名を　子どもの頃から　聞いていて
親しみがあり　家庭で使われた言葉　例えば
由緒あるベドフォード　グロスター　ソールズベリー
それらを　ヘンリー五世が（劇中で）言ってるぞ
しっ！　静かに！　これは軽薄なんじゃない　空想の
翼のない人じゃない　草稿を　苦しく　どもりながら
読む人ではない。ちがう！　この雄弁家は　縛《しば》り付けて
いるのだ時間を　若い曙《オーロラ》の女神のように　自分の馬車に。
おお　なんと歓びの　堂々たる態度　このような
栄光で輝く道に　傅《かしず》くのに　忍耐がうんざりしてくる
ということは　有り得るだろうか。素晴らしい！

うっとりした状態が　広がり　高まり。みんな　夢心地
驚いて。空想小説の　英雄のように
彼は吹き鳴らす　決して終ることのない　角笛を。
言葉から言葉へ　意味から意味へと　続くよう。
何という記憶　何という論理！　ついに　あの超越的な
調子も　どんなに超人的ではあっても
退屈となってくる　若者の耳にさえ。

これから述べる事は　重大なる愚行だ。他の公然たる
見世物が　首都にはいっぱいあるが　より軽薄な
ものは　聖なる教会のほかに　どこにあるか。
そこで　私は見たのだ　顔立ちのよい一人者が
化粧室に二時間もいてから出て来て　説教壇に
上がり　天使のような眼差《まなざ》しで　見上げ
苦心して　作り上げた　低音の調子で
始めるが　その声を導くのは　多くの迷路の中
メヌエット《（優雅な）》曲のような運び方　口を窄《すぼ》めて
ときおり　とても華奢《きゃしゃ》な　蛇口《じゃぐち》のようにし

隠れているような　小さな目　小さいが
見えない訳ではないのに　また
見開いて　それから　振撒《ふりま》く　微笑《ほほえ》み
うっとりした　この上なく素晴らしい　輝き。
一方では　福音書の若者たち　イザヤやヨブ
モーゼ　先頃《さきごろ》　アベルの死を書いた男（ゲスナー）や
シェイクスピアや　ヤング牧師　それに
オシアン（古代ケルト族の英雄詩人）だ（疑うなかれ　これは赤裸の真実）　川の
多いモルヴェン（スコットランド）から　呼び寄せられ　それぞれ　みな
代《かわ》る代《がわ》る　飾りや花を　添えて
杖《つえ》なる雄弁に　絡《から》ませずには　おられないのだ。その
杖で　このかわいい羊飼い　総ての平原の誇りは
あちこち引き回すこと　うっとり聞惚《ききほ》れている羊の群を。

　私はちらっと見た　ほんの僅《わず》か　人目を引く者だけ
省《はぶ》いたのは　外《ほか》に無数にあり　それらは　それぞれ
公会堂や裏町の路地　非国教徒の　集会所や商店
待合室や私室　公園や街頭《がいとう》などで
愚かにも　自分自身を　偶像視して
賞賛を捜《さが》しているのだ。愚かな　悪い行ない
行過ぎた　身振り　態度　服装
競い合いは　すべて　奇抜さ
耳には　偽り　あらゆる感覚にとっても　偽り
これらについて　身につけた彼らの生きた姿については
果てしない。人に注目されたいと願うこのような人でも
たまたま居合せれば　悦んでいたものだが
私は後《あと》を追うことなく　そんなに有難くも思わず
密《ひそ》かに　得意になることも　なかった
素早い好奇の眼で　彼らを読みとっても。
しかし　普通の有触れた物　今日《きょう》　有り
明日も　有るだろう　ものとして　考えていた。
たぶん　この時の感じは　なにか　楽しみとか
恋などの用件で　旅する人が　見るような
ほかの　無数の　姿の中に
砂浜に　散在する　貝殻か
六月の野原一面に　波打つ雛菊　などを。

しかし　愚かさや気違い沙汰《ざた》は　行列をなし　自分の
愛すべき　この領域で　とても居心地がよさそうだが
到る所に　散らばり　珍《めずら》しいことは　何もない
学校に入りたての　最も鈍感な　人々にとっても。
おお　友よ！　何か不思議な感じが　そこにはあった
この大都会特有の　何か誰も寄せつけない権利のような。
どんなにしばしば　人で溢《あふ》れる　あの街路を
群集と共に　歩きながら　自分に向って
言ったことが　傍《そば》を通りすぎる
ひとり　ひとりの顔は　神秘だ。このように
見詰め　絶え間なく見詰め続け　私を圧迫したのは
何が　何処《どこ》へ　何時《いつ》　如何《いか》にして　という思い
ついに　目の前の姿は　未来を予知する能力のある
行列となり　例えば　静かな山の上を
滑り行く　或は　夢の中に　現れるような。
日常生活を　安定させてくれる　総ての物
現在と過去　希望と不安など。総ての支え　総ての
法則　行動し　思考し　話す人間の　それらが　私から
行ってしまった　私を知ることなく　知られずに。
ある時　このような気分に　深く浸っていて
普通の言葉では　表現できないような　茫然《ぼうぜん》として
動く行列の中に　あった時　たまたま
突然　打たれたのだ　一人の盲目の乞食を
見たとき　仰向《あおむ》いて　壁に
寄り掛って立ち　何か書かれた紙を
胸につけ　その説明は　その男の
履歴と　自分は何者であるか　であった。
わが心は　この光景を見て　くらくらっとした
水の力にでもよるかのように。それで　私は　こんな
気がした　この札《ふだ》の中にあるのは　一つの型
或は　象徴だ　しかも　われらの知り得る最高の
われら自身と　この宇宙について。
そして　動かない　この男の姿の
固定した顔　見えない眼を　私はじっと見た
ほかの世界から　警告されたかのように。

外界の事物の土台の上に　築かれてはいるが
これらは　主《おも》に　その構成は　心が　自分で
造り上げたようなもの。確かにこれとは違う光景はある
完全な姿をしているから　僅《わず》かに　心の助けがあれば
人間の能力を　持ってるのだから。例えば
夜の安らぎ　荘厳なる　大自然の
中休みの　時間　そんな時
人間生活の　大いなる潮《うしお》も　静まり
来たるべき日の仕事は　まだ生れず
過ぎ去った日のは　閉じ込められて　墓の中にいるよう。
静かで　美しい　その光景
大空　静けさ　月明り　人無き街路
砂漠の中のように　滅多に聞えない音。
かなり遅い　冬の夕方　体に悪い雨が
激しく降り　それでも　人々　ざわめき
かすかな　挨拶　その声
なにか　不幸な女から　時折　聞えて来

われら　通り過ぎる時。が　誰も　振り向かず　何も
聞こうとされず。が　これら　もしかしたら　選び方が
間違っていはしまいか。物は存在したり　しなかったり
ちょうどわれらが　それらを歓迎したり　手を貸したり
乗り気であったり　なかったり　によるのだが。そんな
時には何と言うか　この都の半ばが　爆発して
一つの激情　復讐　怒り　恐怖で　一杯になった時
公開の処刑　炎上する街《まち》　暴徒や一揆《いっき》
或は　お祭り騒ぎの時は？　これらの光景から
一つ取り上げよう　毎年《とし》のお祭であのホールデンの市《いち》を
そこで　昔　殉教者が　処刑され
聖バルトロメオに因《ちな》んで名付けられた。そこに　見よ
一つの作品　手を加える必要のないほど完成されたのが
あり　もし地上の光景に　そんなことができるなら
人間の総ての創造力を　眠らせてしまう！
今度だけは　詩の女神の助けを　お願いしてみよう
そしたら　女神はきっと置いてくれるでしょう　その
翼の上に　ふんわり乗せて　犇《ひし》めく危険な群集の上を

越えて　ある見世物師の指揮台の上に。何という地獄
目や耳には！　何という混乱　騒音
野蛮人　悪魔！　まさに幻影か
怪物のような　色　動き　形　光景　音響。
下には　広い空間　広大な会場の
隅々まで　煌《きら》めき　生きている人の頭
中間や上の方に　群がっているのは
けばけばしい絵　巨大な巻物
見世物の怪物を　ものも言わずに　広告し。
お猿がキャッキャッ鳴きながら　棒からぶら下がり
子どもたち　回転木馬に乗って　ぐるぐる　回り
大人は　首を　伸《のば》し　目を　吊《つり》上げ
声を嗄《か》らして　張り合い　客を
呼んでいる。道化が　道化に　しかめっつら
身をくねらせ　悲鳴をあげたり。ある男は
手回し風琴を回し　ヴァイオリンに合せて　体をゆすり
塩入れ箱をガタガタ鳴らし　ティンパニを激しく鳴らし
またある男は　トランペットで　頬を脹《ふく》らまし

銀の首飾りをしたニグロは　タンバリンを持ち
曲馬師　軽業師　女　少女　少年など
青の半ズボン　ピンクの服　高く聳《そび》える羽《はね》飾りをつけ
――あらゆる所から　持ち運びできるあらゆる不思議な
物が　ここにはある。白子《しらこ》　厚化粧したインディアン
小びと　物知り馬　博学な豚
石食い人間　火を飲む人
巨人　腹話術師　自分を見えなくする少女
もの言う半身像　ぎょろ目を　動かし
蝋人形　ぜんまい仕掛けの人形　驚くべき技術の
総てを編み出した　現代の魔術師　猛獣や人形芝居
総て風変りな　不自然な　異常な物
総て自然の気紛《まぐ》れ　総てプロメシュース的な（きわめて独創的な）
人間の考え　その鈍《にぶ》さ　狂気　彼らの離れ技《わざ》
総てが　ごちゃ混ぜにされて　出来たのが
この議会なる　怪物。天幕や仮小屋は
一方では　全体が一つの大きな水車のように
吐き出し　受け入れている　あらゆる面の　男や女

三歳の子どもたちや　抱かれた赤ちゃんなどを。

おお　何という空《うつ》ろな混乱！　まさに　偽《いつわ》りなき
象徴　大都会《ロンドン》そのものが　何であるかの
ここかしこの　落伍《ご》者以外の　総ての人にとって
ここの住民　総ての人々にとって。
人々にとって　見分けのつかない世界
つまらぬ仕事の　休みなき奴隷
くだらない事物の　同じ永遠の流れの
中に生き　溶《と》けて　変形し
一つの同じ物となり　その違いには
法則も　意味も　目的もなく。
重圧そのもの　その下《もと》では　どんな高貴な心でも
働かねばならず　そこからは　どんな強い者でも
自由にはなれない。しかし　その光景が　眼を疲れさせ
もともと　調整のきかない　視力であっても
全くそうではなくなってくる　落ち着いて　物を見
どんなにつまらない物の中にも　隠れた意味の
偉大なる物をつかみ。部分は部分として　見ながらも
全体の感覚を　持ち続ける人にとっては。
努力によって身につけた　あらゆる物の第一である
これを成し遂げてくれるのは　様々な最も広く違った
形式の教育である。が　あまり楽しくもなく　受けた
あのような教育ではない。まず　注意力が　生れ
次に来るのが　理解力と　記憶力　それが
養われるのは　神の送った物と　幼い頃から
あらゆる地域　とくに　素朴さと力強さが
最もはっきり　現れているような所が　よい。
心に習慣的に　影響を及ぼすことによって
山の輪郭　その落ち着いた姿は
純粋な雄大さを与え　その貫禄のお陰で
物を評価したり　推測する魂には　威厳が
備《そな》わってくる。そのような功徳《くどく》を　持っているのが
永遠の姿の　太古からの山々。同時に
あの山々の表情の　変化に富む言葉は
人間の思いに　動きを与え　どんなに多様でも

秩序と関連がある。これを　もし　今でも
これまでのように　自由に　私が話し
同じく　完全に　開いた心で　願わくば
正《ただ》しく　抑制のきいた　真の謙虚さに
少しも背《そむ》くことなく　このような事を
感じたのだ　あの巨大な避難所《（ロンドン）》の中で。
大自然の霊は　ここでも　私の上にあった。
美の魂と　永遠の命が
習慣のように　存在したし　広めていった
貧弱な顔だちや　色彩や　あの伸《の》し掛《かか》る
自ら滅び行く　果敢《はか》ない事物を通して
心の落ち着きや　心を高める調和を。

第八巻　回想——自然愛から人間愛へ
（幼児からの内面生活）

何の音だろうあれは　ヘルヴェリン《（約九五〇メートルの美しい山）》よ　聞えてますよね
あなたの頂上までも。厚い空気の層を通して
立ち昇り　距離に力でも　あるかのように
その音が　ますます大きくなって。何の人込みだ
あれは　楽しい　緑の野に　集まって。
人込みに見えますよね　あれは　孤独な山よ！
あなたには　ほんの僅かの　人たちなのだが
四〇人ぐらいの　子どもや女房たちで
あちこちに　余所者《よそもの》も　いますが。
それは　夏の祭り　お決りの市《いち》なのだ。
今年はこちら　来年はあちら　というように

自分の領土の谷間で　繰返されるのを
ヘルヴェリンは　静かに休みながら
毎年見ているのだ　嵐が広がらず
霧が立込めても　頭さえ覆われなければ。
その日は楽しい一日で　この人里離れた谷間に
住むみんなにとっては。それで　心から　その日を喜び
迎えるのです。真昼の暑さにならないうちに　もう
見なさい　家畜が　追い込まれているよ。羊たちは
取引きのために　選《え》り分けられ　入れられる
小屋の中　それは平原の上に　一緒に　並べて
建てられ。値段の掛け合いが　始まる
雌《めす》の子牛　モーと鳴く　不安そうに　新しい
主人の声に。メーと鳴く　羊の群　声高《こわだか》に。
屋台店《やたいみせ》は　そこにはなく　露店《ろてん》が一つ二つ　ここに
ちんばの男　或は盲人　一人は物乞い
も一人は　楽《がく》の音《ね》　鳴らし。こちらへ　また
遠くから　籠を　腕に　ぶら下げ
行商人の売物　本　絵　櫛《くし》やピンなど入れて

年老いた女が　また　ゆっくり　ゆっくり　やって来る
毎年　毎年　必ず　やって来る　来訪者！
大きな荷物を　背にした　見世物師
また　何年かに　一度ぐらい
より高慢な旅芸人　いんちきな薬売り　或は
不思議な物を　覆いのある荷車《にぐるま》に　隠し持つ人。
が　ここに一人　これら総ての中で　最も愛すべき人
この谷間の可愛い娘さん　これは如何《いかが》ですかという顔で
辺《あた》りを見回す　それを見るなら誰が買わずにいられるか
父親の果樹園からの果物　リンゴや梨を
（この日だけ　身を屈《かが》めて　そんな仕事を　している
のだが）籠に入れて　持ち運び　歩き回る
人混みの中　半ば嬉しそうに　半ば恥じらいながら
この慣れない仕事を　不安そうに　顔を赤らめながら。
子どもたちは　この日は豊か　老人も　この日は
気前よく。大変陽気な気分が　広まり
老いも若きも　皆　これを楽しんでいる。広大なのだ
この奥まった所は　周囲の世界は

壮麗で　それに彼らは　抱《いだ》かれて。
彼らは　動き回る　柔らかい　緑の　野原の上。
彼らは何と小さく見える事か　彼らとそのやってる事が
その回りの　牛や羊の群《むれ》も　彼ら自身も
人間に　急がされ　妨《さまた》げられたりする　すべてが！
全く弱々しく　かわいそうなくらい　可愛いので
か弱い幼子《おさなご》のよう。なのに　なんと偉大なことか！
だって　総ての物が　彼らに仕えているではないか。
彼らを　朝の光も　愛しているのだ　沈黙せる岩の上に
煌《きら》めきながら　また　彼らを　沈黙せる岩が　今度は
高い所から　見下《みお》ろしながら。ゆっくり休んでいる雲も
人目につかない隠れ家《が》から　密《ひそ》かに流れくる小川も
古いヘルヴェリンも　この騒ぎを　意識している
静かな住いを　覆っている　青い空も。

深い敬虔《けいけん》な心で　自然よ　私は感じたのだ　あの
大都市の中で　どんなにあなたのお陰を被《こうむ》ってきたかを。
神と人間についての崇高な思想　人間への愛が
勝ち誇っているのだ　あの忌《いま》わしい光景の　総ての
惨めさと悪い行《おこな》いに。あの注意深い眼差《まなざ》し
人間生活の外観には　満足せず
内面の心を　読み取らずには　いられない。
というのは　私は既に人間同士を　愛するように
教えられていたから。そのような習性を鍛えられていた
森や山の中で。そこで　私は見出していたのだ
あなたの中に　恵み深い案内者を　私を導いて
くれるよう　わが家族の懐《ふところ》　友人や若い遊び仲間を
越えて。あなたの力のお陰だった
初めて　私の中に生れた　他人を歓ばす心
人目を引くような　優しい心　それ自体では
動物にすぎない物への　人間的愛が。見掛けは
わが通り道に表れた　存在にすぎなくとも
目の前においては　この世の兄弟のよう。あなたは
初めて　このような歓びの身振りで　私に吹き込んで
くれた――私は　今でも覚えている　ある時　家から
遠く　迷い出た時　まだ　ほんの子どもだったが

見たのだ　一つの光景を　その時の何という喜びと愛！
湿気の多い日で　山の上　一面が
霧や蒸気のような　濃霧となり
至る所に　沸き立ち　濃くはなかったが
静かで穏やか　緩《ゆる》やかで美しく
幽《かす》かな陽の光　丘の小さな覗《のぞ》き穴や
狭間《はざま》のような所へ　どこでも　見られ
静かな流れに　隠され　が　すぐに　また
現れ　また　すっかり　隠されて。
狭い　が　奥深い　谷間に　沿って
歩いて行くと　私の頭の　上高く
出て来た　銀《しろがね》色の　霧の中から　ホラ！
羊飼いと　犬が！　遮《さえぎ》る物のない真昼間《まっぴるま》。
周りを　霧に取巻かれて　立ち　見回していた
あの狭い　囲い込みから。まるで　漂う
空気のような　島の上に　住んでる人のよう。
彼らの居るその住いの　少し張り出ている所の
灰色の岩が　幽かな微風に
前の方へと　そよいでいるように見えた。
穏やかな　と言っていいような嬉しさで　ある夕べ
目にした　同じように　幼い年頃に（その光景は
有触れた物だが　私には　その時　初めて見た物）
一人の羊飼い　谷の底で
中央に向って　立っていた　彼は　大声で
必要に応じて　手を左右に　振りながら
犬に　合図をしていた　こうして　指示していたのだ
険《けわ》しい岩山の　迷路にそって　追うように
犬には　見えない　羊の群を。そのように動く畜生
何と可愛い動物！　人間の知恵に　したがって
前に進んだり　後《うしろ》に退《しりぞ》いたり　自分の道を
どんな狭い道でも　右へ　左へ　と　縫《ぬ》うように
通り抜ける　まごつくこともなく。一方　羊の群れは
上へ上へと逃げていく　犬の吠え声が　怖《こわ》いから
岩間や芝地の継ぎ目を通って　そこに　澄みきった
輝く黄金《おうごん》の光　あの深い　別れの光　それで　沈み行く
太陽は　宣言しているのだ　自分の抱《いだ》いている愛を

山嶽地帯に。
　美しかった　あの土地
そこで　美の感覚に　初めて　私の心が
開かれたのだ。その地域のなんという美しさ
一万の樹木を植えた　あの楽園　即ち
チェホール（中国の承徳府）の　あの有名な庭園以上　最大の
王国の中から　選ばれた土地に　タタール（清朝）人の
王朝の楽しみのために　造られ。（あの巨大な
城壁の向う　伝説などではなく　中国の途轍《とてつ》もない
防御用の土塁！）無数の人間の　忍耐強い
技術と　温和な自然の　惜《おし》みない助けにより
風景は風景と　繋《つな》がり　絶えず　移り変り
穏《おだ》やかに　壮麗に　鮮《あざ》やかに！　宮殿や悦びの
館《やかた》　光り　輝き　陰なす小さな谷間は
東洋風の修道院のため　日の当る小山の上には
寺院が　聳《そそ》り立ち　橋　ゴンドラ
岩　洞窟　森の木《こ》の葉は　慣《なら》されて　お互に
溶け合い　自分たちの　素直な色となり　それが
消えかかり　消えてしまうと　追っても　捉《とら》え難く
余りに微妙なので　追いきれない。或は　目前に聳《そそ》り
立っても　不調和な対照にはならず　強烈で
とても華《はな》やか　色彩が　相並んで
植えられた　熱帯の鳥の　豊かな羽毛の中のよう。
その上の山々　すべてを抱擁《ほうよう》し
総ての風景を　永遠に　豊かにする
水　流れたり　落ちたり　眠ったり。

　しかし　これよりも　更に麗《うるわ》しいのが　私が育った
あの　楽園。大自然の　本来の賜《たまもの》も　それに劣らず
恵まれていたし　あらゆる感覚にとって　もっと
香《かぐわ》しいものだった。こんなことが分るから　太陽や空
四大《しだい》要素や季節が　その変化の時に　見出すので
そこに　最も愛《いと》しい　仲間の働き手
人間の心　ひとつの地方　そこでは　至る所に
人間らしい　芳《かぐわ》しい　息吹《いぶき》があり
自由なる人　自分のために働く人を　時間や

場所や対象を　選んで。自分の欲望
自分の楽しみ　元々の仕事や心遣いによって
個人　或は　社会の目的へと　導かれ
いつもそれに付いて来るのが　一連の　求めもせず
考えさえもしないような　飾り気のなさ
美しさ　その結果　必ず生れる　淑《しと》やかさ。

そうだ　疑いもなく　このような　綺羅《きら》びやかな
庭園を　堂々たる枠組と　手のこんだ飾りと共に
若い頃　ちらっと見るだけでも　子どもにとっては
大変な　大変な　有頂天となることだろう。
このような所を　ほんの半時間　歩き回るだけでも
躍動する映像が　後《あと》に残り　その後《ご》　何週間も
眠りの中に　割り込んでくるだろう。こんな時でさえ
緑の大地の　よく行く遊び場にも　普通の
人間的関心を　唆《そそ》る物があり　それを　子どもたちは
大切にし　が　これら両方に　全く関心を
示さないように見えるが　気付かずに　心に
しっかりと結びつき　互に　助け合い　それで　愛する
ようになるが　愛してる事も知らず　感じるようになる
が　知りはしない　その感情が　どこから来るかなどは。

このような同盟関係を結んでいるのが　これら二つの
喜びの原理　われらの感情の中で。私が選び出したのは
ある特定の時期　できるだけ　最初期のものから
その中で　幾つかの流れが　合流して　一つとなり
初めは　弱いが　いつの間にか　集まって
流れ込み　奔《ほん》流となる。私の最初の人間愛が
前に述べたように　向いたのは　こういう人々
その人たちの仕事や関心を　最も輝かしく
美しいものにした　あの大自然が。羊飼いが
私を最初に　歓ばしてくれた人だった。
それは　アルカディア(古代ギリシアの理想的な生活の地)の　天然の城塞《じょうさい》の中に
引きこもり　彼らに　伝え　継がれた　古代の
詩人たちが歌った　黄金時代のようではなく
また　これらに関連した　第二の子孫として

シェイクスピアが　アーデンの森の中で（「お気に召すまま」の舞台）　描き　そこで
フィービが　偽《にせ》のガニメデに向って　吐息をつくとか
或はそこで　フローリゼルとペルディタが　祭の日の
女王と国王の役をして　共に踊る　というのでもなく
またスペンサーが描いたようなのでもない。確かに
聞いたことがある（たぶん彼は見たのだろうが）
あの乙女たち　日の出と共に　遠い所から持ってくる
山査子《サンザシ》の花束を　通りにそって　群をなして
歩きながら　冷《ひや》かし半分の　リズムの歌を　うたう
狙《ねら》いは　家《うち》の中で　うとうとしている　怠け者。
また聞いたことがある　今もその名を覚えている人から
五月祭《メーデー》の柱の周りの踊りの話を　その柱や教会の柱を
飾りつけた花のこと　それからまた　若者たちが
それぞれが　自分の彼女を連れて　夜明けに
例年の仕来《しきた》り通りに　群をなして　繰り出し
ある　お気に入りの　泉の水を　飲み　その周りに
花束を飾る　という話も。これは　ああ！　単なる
夢に過ぎなかったのだ。時はすべて追散らしてしまった

これらの　より明るい思いやりを。田舎の風俗
習慣は　たまたま機会があって　子ども時代に
見たのだが　厳しく　飾りなく
贅沢などには　ほど遠い生活　実際に
必要な物以外には　殆ど心は向けられず
それでも　美しく　美が感じられたのだ。
しかし　心の中の　危険と苦悩
恐るべき権力と形式の中で　苦しむ人間。
これを　私は耳にし　目にしたので　想像力を
休ませることなど　できなかった。私自身も　また
屢《しばしば》　危険な思いを　しなかった訳ではないし　また
物語を知らなかった訳でもない　昔の悲劇
冒険談や逃避行の話など　それらを
散歩の時など　絶壁の上や森や山の中などに
持ち歩いた。その中から　ここに一つだけ記しておこう
それを話してくれたのは　あの宿の老婦人だが。

秋の雪が　初めて　ちらついてきた時

羊飼いとその息子が　ある日　出掛けて行った
（このように　老夫人の話は　始まった）群から逸《はぐ》れた
一匹の羊を捜《さが》しに。二人は　捜し回っていた
この仕事で　前の日に　自分の
牧場全体や　その向うまでも
そして今　日の出と共に　勇んでまた出掛け
再び捜し始めたが　あんなに優しい鳥にとっては
良い住処《すみか》とはいえない　険《けわ》しい鳩山から　見下《おろ》ろした
深い谷間の奥《ディープデール・ヘッド》や小さな兄弟池《ブラザーズウォーター》を　この名の由来は
そこで溺れ死んだ　あの二人の兄弟から。
そこから北へ進み　アーサーズ・シート（約八四〇メートル）を過ぎ
フェアフィールド（約八七三メートル）の頂上へ。右側の聖サンデーの
尖《とが》った山を後《あと》にして　グリスデールの小さな湖へと
突き進み　あの雲の好きな山の　シート・サンダル（約七三六メートル）
という　雲が好きでたまらない山を　越え　それから
あの一際《ひときわ》高い山の　ヘルヴェリンに　登り　そこから
見渡す　下に　ストライディング・エッジや
ルセットの山陰の縁に沿った　グリスデールの
家無き谷間を　さらにほかの　二つの谷間も。
それは　険しい岩山の　巨大な骸骨で　昔からの
ヘルヴェリン山の胴体から　両腕を外へと広げ
風に対して　嵐の港となっているのだ。
遠くまで　この羊飼いの親子は　あちこち捜しまわった
山の尾根から　通りかかった時に　下のあらゆる谷間を
覗《のぞ》いてみたりして。ついに　少年は
言った「父《とお》さん　いいかな　オレ　もどって
もう一度　見てくるよ　今まで　見た所を」
こう言って　南のほうへ　山を下《くだ》る　若者　突風の
ように　跳《と》んで行った　大声で叫びながら「分るんだ
オレ　どこへ行ったら　見つかるか」「いいかい」と
ここで言った　白髪の老婆。たとえ嵐が　この
可哀そうな　一匹の生き物を　何キロも何キロも
追立てても　たとえ這ってでも　また帰ってきますよ
自分の山へね。だって　そこは　子どもの頃　初めて
草を食べれるようになった所だから　母親のそばでな」
大変長いこと　苦労した後《あと》に　突然

このことに　思い当《あた》り　少年は　小川のほうへ
道を　辿《たど》って行った。その流れは
囲いなど何もしてない所の　あの山林を通り
そこは　父の小さな農場に　所属していて　羊たちの
住処《すみか》であり　昔から生れながらに持っている権利の所。
その流れの　深い水路を　下《くだ》って行き
くまなく　覗《のぞ》き込みながら。そのうち　雨が
山の頂《いただき》のほうから　降り始め
ひどく激しい　嵐となり　三時間も
止《や》まずに　続いた。その間　ずーっと　少年は
忙《せわ》しく　捜し続けた　そして　ついに
見つけたのだ　その羊を　草地の
川中の　小島の上に。その場所は　離れていて
水も深く　周りは岩に　囲まれ　そこへは　人間や
動物でも　滅多に足を踏み入れたことのない所。
しかし　今は　至る所で　夏草は　なくなり
この一匹の冒険家は　空腹のあまり
仲間を離れ　独《ひと》りで　歩いて行った

川の中の　あの緑の牧草地へと。
少年は　見付けた物を　よく弁《わきま》えもせず
その島へ　飛び移った　得意になって
予言者のような喜びで。すると直《す》ぐに
羊は　向《むこ》うの岸のほうへと　飛んだ　そして
真逆《まっさか》さまに　運び去られた　あの轟《とどろ》く洪水に。
これを見て　少年は　辺《あた》りを見回し　心は
恐怖のあまり　怖《お》じ気《け》付き　再三　両岸を
振向いてはみたが　どうしても　勇気を　奮《ふる》い起して
あの荒れ狂う急流を　飛び越えて　戻ろう　という
気にはなれなかった。それで　じっと立っていた
正に　島の上の囚人《しゅうじん》　一度ならず　考えずには
いられなかった　死　自分の最後の時間を。
その間　父は　ひとりで　帰ってしまっていた。
自分自身の家へ。が　夕べも近付いたので
息子を迎えに　出て行ったが　どうしたのかなあ　と
むなしく　心配しながら　息子が　こんな
遅くまで　いるなんて。羊飼いは　自分の

山林のほうへと　行ってみた。そこを歩いて行き
流れの上に覆い被《かぶ》さる　険《けわ》しい山沿《ぞ》いに来たとき
声が聞えるような気がした　それが　また
繰返された　鳶《トビ》の叫びのよう。
これを聞いて　何故かは分らないが　と　よく
ずっと後《あと》になってからも　話してくれたのだが
川のほうへ降《お》りて行き　それから　その水路を　上の
方へと登って行った　上に張り出している岩の間を。
こうして　そんなに遠く迄行かない内に　見つけたのだ
少年を。そこの　あのほんの僅《わず》かな地面の上に　立って
いたのだ　あのどよめく　奔流《ほんりゅう》の真直中《まっただなか》に　その時
刻々に　強くなり　益々《ますます》　激しくなって行く時に。
その光景たるや　見る人は誰でも　悲しみと恐怖で
一杯になるようなもの。羊飼いは　聞いた
息子の大きな叫び声を。先の曲った杖を　息子のほうに
差し出し「飛べ」と言った。その言葉の終わらぬうちに
少年は　無事に　父の腕の中にいた。

平穏な暮しを　羊も羊飼いも　したものだ　昔は。
永い春　温和な冬を　麗《うるわ》しいガレサス川の
辺《ほとり》で。また　同じように　群《むれ》が散らばっていた
アドリア《(イタリア)》海の　天人花の　咲く岸辺に。
平穏な暮しを　羊飼いも　雪のように白い群も
勝利や生贄《いけにえ》の儀式に　捧げられ
聖なる流れの　肥沃な　クリトゥムナスの
辺《ほとり》で。そして　山羊《やぎ》飼いの生活も　心地よく
ひんやりした　ルクレティリス《(イタリア)》の丘の　気持のよい
突き出た所の下。そこで　聞える笛の音《ね》
パン《(森の神)》の　目に見えない神の音　岩に響《ひび》かせ
守護神の調べ　すべての害から　羊の群を
守ってくれる。私自身も　それから　成長して
大人《おとな》となり　これとよく似た　牧畜に適した土地を
見てきた。そこでは　空想が　逞《たくま》しくなり　空は
イタリアほど　惜しみなく　晴れ渡ってはいなかったが。
それでも　自然自身は　というと　作っているのだ
一つの遊園地を　そこに広がっていた　広々とした

美しい　平らな　牧草地　島のように点在する　森
土手なす　木立の丘陵　が　平原は　果てしなく
こちらでは　広く開かれ　あちらでは
閉《し》められ　より小さな湖や　芝床となり
入り組んで　奥まった所は　入江や湾となり
隠れ場に　隠され　そこでは　自由に　羊飼いは
ぶらついては　揺れる小屋を　わが家とし。
春になれば　あちらへ行き　そこで　ひと夏
過し　日の出になると　聞えてくるだろう
横笛や縦笛が　遠くまで鳴り響くのが。
あの広大な空間には　隠れ家《が》も　避難所も　なく
人の通れる　小道もない　なのに　次々と　ここを
訪れる者　絶えず　そこで　のんびり　時を過し
骨の折れる仕事もせずに楽しんで行く　仕事といっても
泉や湧き水を汲む　山毛欅《ブナ》の椀を作る　労力ぐらいの
もの。そんな椀を　旅人は見つけるのです
その地方の　曲りくねった道を　気の向くままに　歩き
回っている時。このように楽しそうな生活を　ちらっと
私が見たのは　ゴスラーの町の　物悲《ものがな》しい　城壁から
かつては帝王の住んでた所！　そこで　再開したのだ
毎日の散歩　あの気持のいい野原に沿って。そこは
町の城門に着く頃になると　広がっている　東や西へ
また北のほうへも　ハルツの森（古代ローマ時代のドイツ南東部）のあの起伏の多い山の
端《は》の麓《ふもと》の辺《あた》りから。だが　ようこそ　あなたがたよ
わが古里の岩よ　断崖よ　あなたがた　わが心を
捉《とら》える　よりしっかりとした力強さ！　あの雪や流れ
始末に負《お》えず　それに　あの恐ろしい風
ヒューヒュー唸《うな》る　物凄《すご》さ　そんな時に
連れもなく　あなたの孤独の中で。
そうした所で　羊飼いの仕事　永い冬の間
仕えるのだ　嵐に。その接近には
敏感で　山から　羊の群を　追って　下の
避難小屋に入れ　そこで餌《えさ》を　あげ　辛《つら》い時を過し
どんなに長く　嵐が閉じ込められていても（そのように
彼らは言うのだが）羊小屋から　運び出す
骨の折れる餌の荷を　岩だらけの道を　登って

それを雪の上に撒《ま》く。そして　春が　顔を出し
山々のすべてが　小羊と共に　踊り出すとき
羊飼いは　険《けわ》しい荒地を　作り替《か》えた囲い地や
低いほうの台地の中などを　巡回してくる。
そして　羊の群は　陽気が暖かくなってくると　上へ
上へと　登っていく　そんな時の　彼の役目は　自分も
彼らの中に　入るようにし　散在する山々を　歩き回り
彼らの行動を　見守ること　どんな方向へ　一匹一匹の
放浪者が　勝手に行こうと。こんな仕事が
続くのだ　夏の間　ずーっと。夜明けと共に
家を出て　太陽が　炎のような熱を
彼に　投げかけ始める頃には　どこか
明るい所に　横になって　犬と一緒に
朝食をとる。大抵の場合　そうなのだが
予定の時間を超《こ》えて　長居した時は
さっと　飛び起きて　それから　立ち去る!
長い棒を手にして　急いで　登って行ったり
岩山の間を　出たり　入ったり　しながら。彼の一日の
行程で　何をしたり　見たりするかを　いちいち辿《たど》る
どんな必要があるだろうか。彼は感じているのだ
自分の仕事のある　あの広大な土地で　俺は　自由人
なのだと。希望や冒険と　激しい労働とが
入混じっている　自分の生活と　一体となっているのは
自然人には　とても大切な　あの堂々たる怠惰。
ぶらぶらしてた　小学生の頃　こうして　あの羊飼いを
見たということは　何故かその理由は　分らなくとも
感じたのだ　彼の存在を　彼自身の領土にあってね
なにか領主か　主人のような。或は一つの霊的な力
守り神　自然の下《もと》で　神の下で　取仕切りながら。
どんなに厳しい　孤独感も　より抑制できるように
思えた　よく彼がそこに　居る時には。
大鴉《オオガラス》の巣を捜《さが》している時　突然の
霧に　驚いたり　雨の日に　寂しい渓流で
魚釣りをしていた時　わが眼は　よく
見上げたものだ　あの羊飼いを　数歩離れた所を
巨人のような体して　ゆっくり　ゆっくり歩いて

行くのを　霧の中を　彼の羊　（巨大な白い）グリーンランドの熊の
よう。ほかの時に　陰になっている　ある岬の周《まわ》りを
回った時　羊飼いの姿　ぱっと私に光を　放った
その美しさ　沈みゆく太陽の　深い輝きで。或はまた
うっすらと　見たこともあった　遠い　遠い　空の中に
孤独な　崇高な存在として　総ての上に　高々と！
空中に　聳《そび》える　十字架のよう。それが
据《す》えられたのは　シャルトルーズの　ある尖《とが》った
岩の上　礼拝のために。このようにして　人間は
私の眼の前で　外面的に　高貴なものとなり
こうして　わが心　初めて　導かれ
無意識の　愛や尊敬に　人間性に対して。
そこから　人間の姿が　私には
写し出しているのだ　歓びを　淑《しと》やかさや
尊さ　力強さや　価値などを。一方
このような人間は　殆ど　精神的なものとなり
本の中の存在のよう。いやもっと遥かに気高く
遥かに　想像力に富んだ　姿をしているが

あの森の中の　（牧歌に出る羊飼いの名前　次のフィリスも同じ）コーリンでもなく　（コーリン）この男は
自分だけの空想に生き　フィリスを　中にして
何時間でも　花の冠を被《かむ》って踊るのだが　そうではなく
人間という種族の目的のために　最も普通の
性質を備えた人間　夫や父　物を学び
教え　諭《さと》すこともでき　外《ほか》の者と共に　悩み苦しむ
悪や愚かさ　惨《みじ》めさや恐怖に。このことは　私は
殆ど知らず　また気にもかけなかった　が　何かを
感じていたにちがいない。
　　　　　好きなように　叫ぶがいい
若い時　私の見た羊飼いの　これらの姿を
自然が　人間に与えた　この神々《こうごう》しさを
幻だ　錯覚だ　などと。あなたがたよ　育てられたのは
死せる文字にか　物の真髄《そこ》を　捉《とら》え損って
そんな連中の真理なんて　生き生きした活力一杯の
動きや姿ではなく　自分で作った
木石《ぼくせき》か蝋細工《ろうざいく》の偶像で　それを
崇《あが》めているのだ。しかし　幸いなるかな

自然と人間の神は　こういうことだから　即ち
人間が　初め　私の無知な眼の前に
現れたときは　こんなにも　清らかで
隔《へだ》てられ　しかも　適度の距離に。われらは
みんな　こんなふうに　程度の差はあるが
真の知識へと　導かれていく　どこへ　どのように
導かれようとも。もしそうではなくて
まだ幼い頃から　良い事に気がつくのと同じように
速く　悪にも気がつき　或は気がついたと思ったら
一体どうして　汚《けが》れのない心は　耐え生きていけるか！
が　二重の意味で　幸運だった　私の運命は。
こういうことだけでなく　もしそこへ入って行けたら
多くの人が　特権と思う以上の　何か良い生活が　私の
周りにあったようだが　それだけではない　まず人間を
見れたのは　偉大で美しい物を通してであり　人間と
最初に触れ合ったのも　それらの助けのお陰だった。
こうして築《きず》かれたのが　確かな安全装置と守り
われらを苦しめる　あの意地悪　身勝手な関心

粗野な振舞い　下品な情念に対して　これらは
あらゆる面に　襲《おそ》いかかってくる　われらの関係する
日常の世界から。この点から　出発して
顔を　真実のほうへ向け　始めから　有利な
立場にあった。まず恵まれていたのは　前もって
そのような好感があったこと　もしそれがなければ
魂は　善を生み出せるような　認識は　受け入れられず
真の洞察力も　生れなかっただろう。このことは
なんと仕合せな　私は自然と共に　歩み
とっても早い時から　染まらずに　すんだのだ
歪《ゆが》められた　多くの人々との生活　そこから
結果として起る　災《わざわ》いや　自己満足的な
軽蔑の思いなどに。そのようなことは　たとえ
私たちが　人間について　賞讃と尊敬をもって　考え
ようとしても　そうさせないだろう。むしろ付纏《まと》うのだ
心から　信仰にまで高めたい　と思い
神の宮居《みやい》　官居の中心になろう　とする心に。

　それでも　思わないでくれ　わが友よ　このように
人間について　話してはきましたが　私の心の中に
こんなに早くから　占めている場所が　殆ど抜群である
かのようにみえたかもしれないが　実際にそうだった
などとは。自然そのものでさえ　この未熟な年頃には
ほんの二次的なものにすぎなかったのだ　私自身の
気晴らしや動物的な活動　そのほか総べての　些細《ささい》な
楽しみごとに比べれば。それから　ずっと後《あと》になって
これらが　すっかり消え失《う》せて　大自然が　とにかく
私の喜びとなったが　その時でさえ　それから
更に　青春の後半を通して　ついに　少なくとも
二十三年の夏が　告げられるまで　人間は
私の感情や関心の中では　下に置かれていた
あの自然より　あの荘厳な姿　目に見えない
力　などより。ひとつの　情熱だった　自然は！
時には　恍惚《こうこつ》　また　直《じか》の喜び　いつも側にあり
人間は　離れていて　が　時たまの　恵み
ふと考えるくらい　人間の時期は　まだ
来ていなかった。その頃は　遥かに少なかった
下等な生き物の　動物や鳥などは　私の心を引き
あの優しい心の愛に　調子を合わせたりすることは。
また　優しさについての　あの細心の会釈《えしゃく》を　私から
勝ち取ることも。今では　それを　数《かぞ》えているのだ
私の最大の歓びと。それでも　これらの上に
美の光が　空しく　注いでいたわけではなかった
壮麗さが　無駄にこれらを取巻いていたのではなかった。

　何故語らねばならないのか　あの大地を耕す人々の事
犂《すき》をとる人とそれを引く牛馬　或は　大人や子どもたち
お祭気分の夏も　草掻《か》きを　手に　忙しく
老人や　赤ら顔の娘　それに　子どもたち
みんなそろって　外に出て　日向《ひなた》や　木陰《こ》に
散らばって　榛《ハン》の木に　縁どられた　牧草地の中。
石切り工は　遠くまで聞え！　岩を爆破するから
一組の漁師　一人は　漕《こ》ぎ
一人は　網を張り　仕事に精を出し

「波立つ湖《みずうみ》に　揺れる舟の中」（出所不詳）　そして　風が
ヒューヒュー。あの鉱夫　憂鬱《ゆううつ》な人間！
ランプの明りで　働き　山々は　すべて
真昼の栄光に　輝いているのに。

しかし　あの最初の　詩的能力の
簡素で　地味な　想像力が
最早《もはや》　魂に　無言の影響力を　与えるだけの
生来の　内的自我の　一つの要素では　なくなり
なにか　刺激を受けて　目に見える形を
取り始め　芸術作品や
本の中の　観念や　影像に　意識的に
自己を　順応させるようになり　これらによって
燃え上り　誇りに思うようになる　あの新しい歓びを。
その時に　あの人間生活の様々な形態の中に生れたのが
思い通《どう》りにやろうとする　空想や奇想だった。
それが形態に対して　心にとっての新しい意味を与え
そして　自然や様々な事物が　美しくしてくれる
これらの　作り事を。ある時は逆に　空想が　自然を
光らせたりもしたが。この新しい力に　触れられると
安全なものは　何もなかった。接骨木《ニワトコ》は　有名な
納骨堂の側《そば》に　生えていたが　あの頃　陰気な
表情をしていた。水松《イチイ》の木には　幽霊が　住み
飾りのように　そこへ　居着いてしまう。だから
平凡な死も　平凡な不幸も　なかった。どこにもある
このような　気分の素材　悲劇的な　超悲劇的な
ものだけを　でないものは　素気《すげ》なく　捨てておいた。
それで　もし一人の未亡人が　嘆きの打撃のあまり
よろめきながら　夫の眠る　冷たい墓に
ひと晩か　せいぜい　ふた晩ぐらい　苦しみながら
半ば理性も失った　放心状態で
出かけて行ったこと　知らされると
その事実を　貪欲に　捉え　そこへ
彼女は　まる一年も　通い続けることになり
つきることない　涙で　芝生を　濡《ぬ》らし
あらゆる天の嵐が　彼女を　打たねばならなかった。

かなり荒っぽく　捻《ひね》た見方から　私は　野原や森の
あらゆる事物の中に　こうした私の欲しい物を　追い
求めることができた。ジギタリスが《(狐の手袋)》　一つまた一つと
上へ上へと　一段ずつ　その高い茎から　その鐘形《かねがた》の
花を　落していき　道端に　立っている。すっかり
上衣を　剥ぎ取られて　たった一輪だけ　たぶん　その
茎なる梯《はしご》の頂上に　取り残され　その為に　この植物が
項垂《うなだ》れているように見えた　まるで草のほっそりした
葉の先に　ひと滴《しずく》の雨か霧が　降《お》りたよう。見なさい！
そんな光景が見られたら　空想は　そこへ　赤ん坊を
連れた何人かの流浪《さすらい》の女の人を　つれてきて　座らせ
同情して項垂れている　堂々とした立派な花の下の
芝地の上に。そして　その侘《わび》しい人の
頭の上に　悲しく　花の前立《だ》ても
項垂れさせ　一方　子どもたちは
みんな　母親の不幸な有様などには　無関心で
地面に　散らばっていた　紫の花びらで
遊び回っていた。

　雑木林が　ひとつあった
高い土手のような　木立《こだち》と　木の茂った岩山
その向い側に　私たちの田舎家《や》が　あった。
その中に　ある一角の　ダイヤモンドのように
煌《きら》めく光が　晴れた日には　きまって　見られた
夏の午後　森の中の　同じ場所で。それは
疑いもなく　黒い岩に　過ぎないのだが
それが　断えず　湧き出る泉に　濡れると
遠く隠れた　所からでも　きらきら輝いて
見えるのだった　傾く太陽が　それに当ると
すぐにね。われらが家の　炉辺に　座り
戸を　開けたまま　何百回となく
この輝きを　見つめたものだ。それには　何か
意味が　ありそうだったが　私には　分らなかった。
ある時は　それは　磨《みが》かれた盾《たて》だと　空想し
それが　一人の騎士の　墓の上に　掛けられ　その騎士
名もなく　横たわり　仄《ほの》暗い　森の中に　埋葬され。

今度は　入口では　どこか　魔の洞窟か
岩の　妖精の　宮殿の。その輝きの原因は
何処か　確かではなかったが　どうしても
そこへ　行く気には　なれなかった　高価な
賄賂《わいろ》でも　なかったら。それで　来る日も　来る日も
来る月も　来る月も　その光景を　見ていた　なのに
一度も　その場所へ　行ったことは　なかったのだ
今日《こんにち》に至るまで。こうして　時々　気紛《まぐ》れな
空想の形象が　想像力の感情に
接《つ》ぎ木され　その結果　それらは
価値を高めるのだった。私の現在の主題は
辿《たど》ること　私を導いてくれた　道を
自然を　通して　人間愛へ　と。こういう
目的を持つと　見過すことが　できなかった
この力の影響を　それが　本能的に変って
人間の感情　最も理解されがたいものと
なっていった。物を混合させる　この力
と　そう呼んでいいだろう　間違いなく

あの最初の力（気紛れな空想）と比べれば。それでも　こうした
気紛れの最中《さなか》でも　豊かな眼に　恵まれ
私のように　偶然のお陰で　無駄なことなく
あのように　壮麗で　美しい地方で　育てられ
はっきりした　物の輪郭を持って　それが私を
安定させてくれた。こういう思いは　よく回《まわ》る
ある明らかな中心の周《まわ》りを。それが　すぐに
空想を　刺激して　動かすが　抑《おさ》えもし
こんな気紛《まぐ》れが　どんな姿を　とろうとも
それが　どこから　来ようとも　私にはなおも
つねに　わが周りに　本当の確かな　影像の
世界が　あったから　思い焦《こが》れることも　なかった
都会育ちの人が　よくやるように。あなたが
愛しい友よ！　私に話したように。確かに　あなたは
偉大な精神ではあるが　病的な　果《は》てしない
夢想の中で　物事を　分解したり　結合したりした
認識の光もなく。どこに　害が　あるだろうか
樵夫《きこり》が　森の中の　インディアン風の

土造りの小屋の中で　毎晩毎晩　眠った
ために　病《やまい》になり　やつれていく時に
たとえ　私が　失恋の苦しみや　そうした思いの
長い物語の総てを　思い起させ　彼の墓場
行きを　助けたとしても。一方　もしその人が
家で死のうと　森からまだ引き揚げていないうちに
たまたま私の知ってるように　ただ　ひとり
思い焦《こ》がれながら　そよ吹く風や　小鳥たち
流れる小川や　黄金《こがね》なす夕暮の　こんなにも
美しい山々の中で　その時　山積みの木炭《もくたん》が
立ち昇らせる　その煙のその姿　彼の霊か
魂か　すぐに　飛び去らねばならぬ　としても。

　こうして　やって来たのは　より大いなる厳粛な時
それは　ゆっくり準備されて来たのだが　今では　翼に
乗ったかのように　飛び込んで来た　正に　その時だ
存在の脈搏《みゃくはく》が　あらゆる所で　感じられたのは。
この時　事物のそれぞれの　輪郭の総てが　星の
ように　各《おのおの》の　大きさによって　見分けられるが
互の輝きの中に　半ば　混じり合いながら　生と
喜びの　一個の銀河となった。それから　現れた
人間　心の中で　じっくり考えられ　私自身の
存在の中に在《あ》り　ますます　高遠な高さとなって。
目に見える　自然の総ての物の中の　王者のように。
感じることとの出来る物を　感じる能力において
第一級となり　また　神聖な感銘を与える
力と愛に　浸《ひた》ることにおいても。
われらの知る　何物よりも　満ち溢《あふ》れている
神聖な　性質。また　理性や意志によって　崇高な
依存関係を　認めているような　人間が。

　間もなく　ここから　移動させられ　夢のよう。（ホークヘッドからケンブリッジ大学へ移ったこと）
気がついたら　私は　取り巻かれ
儚《はかな》い姿の悪や愚かさ　私の目前に　突きつけられ。
からかい　冷やかし　嘲《あざけ》りの対象
別《わ》け隔《へだ》てする　作法や　地位身分

全く活気のない情熱が　覆い隠してしまう
当然のことだが　理想化された思想
人類の観念や　抽象的な概念を。
あの大学の　森の中での　ひとりの　怠け者
それが　私の新しい状況だった　それについては
既に詳《くわ》しく述べてありますが　ここまで来ると　現在の
実際の　表面的な生活の　一般庶民の明《あか》りの
輝《かがや》きは　ほかの時代の　色彩であったし
習慣も古く　特権も　この大学特有で　それによって
和《やわ》らげられ　殆ど　荘重なものにまでなり
それだけ　見易く　気持のよい　眺めとなっていた。
こうした事にも拘《かかわ》らず　その時の私がそうだったのだが
罪や惨《みじ》めなことに　より近く　引き寄せられると
私は　震《ふる》え　時々　人生というものを
はっきりしない　恐ろしさと不安な気持で　考えた
それは　嵐や烈《はげ》しい雨風が　私の中に　育てた
ようなものだが　それよりも　遥かに　陰気で
ぼんやりと似ていたのは　動乱か無政府状態

不穏　危険　不可解さに。

こう　言っても　よいだろう（が　誰にも　よくある
ことを何故言うのか）このようなことを見て　安心
させようとし　自分を　道徳の代理人と
考えるようになり　善と悪の　判断をしたり
心の　歓びの　ためではなく
心の　安全の　ために。時々　微力ながら
最善を尽して　行動する　者として
実際行動した　人間的同情に　促《うなが》されて。
嫌《いや》な思いや　この上なく不快な苦痛を　通して
真実へと導かれて行った。この信念は　決して
見捨てられることなく　正しい行《おこな》いをし　物事について
深くはっきりした知識を持つことによって　人生の目的
われらの知る総ての物を　愛せるようになった。

厳《きび》しい女教師　次に私に教えてくれた
ロンドンよ！　あなたに　私は進んで　帰っていく。

少し前に　私の詩が　楽しんだのは　あなたのゆったり
した上着に　織り込まれた　花々だけ。満足したのも
こんな楽しみだけ。子どものような　物問いたげな
無邪気な表情　時々　あなたの目を　見上げては
読み解こうとする　なにか内なる意味がありはしないか
と　そこに　宿っているかもしれないから。それでも
こういう軽い気分に負けて　完全に騙《だま》された訳ではない
より高尚な物などは　分らず　周囲に　高尚な物が
あることを　知らなかった　人のように。
決して　私は　忘れはしない　あの時を
否むしろ　あの瞬間を　と言おう　郊外の
村々の迷路を　通り抜けて　私が　ついに
生れて　初めて　と思われたが　あの大都会に
入《はい》った時のことを。巡回馬車の
屋上《おくじょう》に　私は　座っていた　周りは
一般庶民と　共に。庶民風の　家々
舗装道路　街路　人間や事物などの　ありふれた
物など　あらゆる所に。しかし　あの時　私に
とっては　こう言っても　全く差支《さしつか》えないだろう　正に
あの瞬間　分ったような気が　したのだ　いま一つの
敷居を　乗り越えた　と　大いなる神よ！
何か外面的な事が　生ける精神にとって　これほど
大きな影響を与えようとは！　でも　それは事実で
あったし　時代の重さが　直《ただ》ちに　私の心に
伸《の》し掛《かか》り　いかなる思いも　具体化されず
はっきりした記憶は　ひとつもなく　ただ重苦しい力
その力　重みと共に強くなり　ああ！　ただ感じるのみ
自分の詰まらなさ　正に一瞬の躊躇《ためら》いだった。
私の中に起った総ては　現れては　消え去った
あたかも　一瞬に。そして　今になってやっと　気が
つくのだ　それが　神聖なもので　あったと。
　まるで　一人の旅人が　昼日中《ひるひなか》
松明《たいまつ》を持って　地球の　或る洞窟の中へ
（エーゲ海のパロス島の西にある）　（ヨークシャー西部）
アンティパロスの洞窟か　或は　クレイヴン山地の
（一八〇〇年五月弟ジョンと行く）
ヨーダスの洞穴へ　入って行く時のように

よく見たら　見えてきた　その洞窟が　広がり行き
四方八方に　拡大してゆくのが。見ては　考える。
見ていると　間もなく　頭の上の　屋根が
忽《たちま》ち　ぐらつき　引下がり
実体と影　光と闇　すべてが
入り乱れ　出来たのが　一つの天蓋となる
姿や形　姿への傾向　それは
移り行き　消え去り　変り行き　入れ替《か》わり
正に　亡霊のよう　その興奮　静かになり　崇高になり
しばらくすると　その活動も　次第に弱まり
ついに　あらゆる努力　あらゆる運動も　終り
光景は　彼の前に　完全に　見えるようになり
露《あらわ》に　生命《いのち》なく　書かれた本のよう。
しかし　彼を少し休ませて　また見るとしよう　すると
新《あら》たな蘇《よみがえ》りが　次に始まり　先《ま》ず
初めは　おずおずと　それから　素早く　忍び込む
自分の見ている　総ての物の中に。感覚のない
大きな塊《かたまり》は　突出部　皺《しわ》　空洞の中に
その表面すべてに　あらゆる色が流れ
魔法使いの　幻想的な　行列のように　分離し
結合し　具体的に表現する　至る所に　或る印象や
映像　覚えている物や　新しい物　或る型や
姿の　この世を　映《うつ》し出す。森や湖
舟や川　塔　鎖帷子《くさりかたびら》を身につけた武将
躍《おど》り跳《は》ね行く駿《しゅん》馬《め》　杖を手にした巡礼
法冠をかむった司教　王位についた国王
これらの光景　果《は》てしなく。

全《まった》く同じように　最初　私は　感動した
あのように　心が　高ぶって。が　間もなく
続いたのは　空ろな感情　偉大な物は
過ぎ去る　と。その後《あと》にも　感動し続けた
あの広大な　首都の前に　立つと。
まさに源泉だ　わが祖国の　運命の
いや　地球自体の　運命の
あの偉大な商業の　中心地　同時に　年代記

激情の　墓場　また　公務員の　住処
主なる　生活の　場なのだ。

過去と現在の　強烈な感動で　実際満ち溢《あふ》れていた。
こうした場所は　どうしても　あの当時の　私を
悦ばせずにはおかなかった。あの頃　私が求めたのは
知識ではなく　力を　切望した　あらゆる物に
見出す力を。制限された　狭い影響力など
何物も持たず　総ての物には　それ自身
大きな包容力があり　また　私の中に　見出して
くれたのだ　包容力のある　豊かな心を。
これこそが　わが青春の　力であり　栄光なのだ。
人間性　それは　私にあっていいと　思っているもので
それを　心から大切に思い　畏敬の念で　接してきた。
それは　ただ一点に　存在する物ではなく　時間と
空間に生き　遥か広く行渡《ゆきわた》っている一つの霊なのだ。
この中に　私の喜びが　この中に　私の尊厳が
あったのだ。外なる宇宙が　心の内なる物と

出会った時　私に与えてくれたのだ
このような考えを。それを助けてくれたのは
本であり　その本が描き　記録してくれた物であったが。

たしかに　わが祖国の歴史は
ギリシアやローマ人の歴史に　比べれば
事件は　素晴らしくもなければ　高潔でもない。
それ自身　粗暴で　少しも　心　動かされず
今日《こんにち》の入念に仕上げた　歴史的説明にしても
剥《は》ぎ取られていた　事件の調和的な魂
生気を与える　風習や親しみある　出来事なども。
それでか　少しも面白いと思ったことはなかった。
それに　外《ほか》の人以上に　私は慣れていなかった
場所や物事の中に　見出す悦びは　それとは
関係のない　一時的な事件　その記録や伝承
などのお陰なのだ　ということに。それでも
幾世代にも渡って　ここで行われた事　ここで
苦しまれた事　今も行ない　苦しんでいると思うと

尚もそれが私に重要であり　考えることの試練に
耐えられ　不朽の威厳や力のある
独立した　自然のようであった。そして
しばしば　一つ一つの思い出さえも
目の前の姿に　働きかけると
生き生きとした働きのする　魂のようになってきた。
かつてあった物や　今ある物から　その場所は
心に染《し》み込ませる力のある物で　混み合っていた
あの荒野のよう　そこで　私の幼い感情が　養《やしな》われ
むき出しの谷間　洞窟や岩で　いっぱいの
音の聞こえる隠《かく》れ家《が》　激しく波立つ湖
木霊《こだま》と瀑布《ばくふ》　先のとがった絶壁《ぜっぺき》　これに
当って　楽《がく》の音《ね》となる　吹き過ぎる　風のよう。

　このようにして　ここ《ロンドン》でも　想像力は　また見出す
自分を喜ばす　基本要素を。自分の力を試す
新しい事物の中で　簡素化され　整理されて
わが知識を　染《し》み込ませ　それを生かし

その結果　人間性を　高めてくれる
思想となった。罪も　悪も
体や心の　堕落《だらく》も　どんな悲惨な事も
わが見方に　押し付けることなく　それが軽く
見過ごされたのでもなく　むしろ　よく　最も　心を
こめて調べられ　何になるかも　分らない事に対する
わが信頼を　覆《くつがえ》すことはできなかったし　信じる気にも
なれなかったのは　私は無知で　誤って　教えられ
人との交際を避け　愚《おろ》かな自惚《うぬぼ》れを　吹き込まれ
夢見心地《ゆめみごこち》に　歩き回ったから。雲で　覆われ
光彩《こうさい》を失った　あの恐ろしい　様子から
わが黙想を　転じた時　見よ！　本当に
神聖であった　あらゆる物が　その清らかさ
汚《けが》されず　侵《おか》されず　保《たも》たれて
いやむしろ　遥《はる》かに　明るく　見えたのだ
反対意見の　この深い陰　反対の　あの
暗がりの　お陰で。こんな光景が　映ったのだろう
アダムの眼に　まだ　楽園に居て　無上の幸福から

落ちてはいたけれど。その時　東方に見えたのは
暗黒　真昼前に　そして　朝の光が　燦然《さんぜん》と
輝く　西の雲の中　そこから引かれて　「青い　大空の
上に　きらきら輝く　白い光　それに乗って　ゆっくり
降りてくる　何か神々しい物が」（『失楽園』より）

　また　つけ加えよう　あの大都会の
群集の中に　しばしば見られ　感動的に
示されたのだが　ほかの何処《どこ》よりも
可能性があるのは　人間の統一性
一つの精神が　無知と悪の上に
優位に支配し　良い心と悪い心の中にも
道徳的判断には　一つの感覚　それはちょうど
太陽の光に対し　同じ一つの目のように。この感動が
強く吹き込まれると　それが何処から来ようと
結合とか　心の交《まじ》わりで　魂の歓びは
まさに　絶頂となる。それは　そこに
そこにこそ　主に　感じるのだ　自分の在処《ありか》を
そして　全自然を　通り抜けて　神と　安《やす》らう。

　そして　また　人類の　あの広大な
住処《ロンドン》は　どちらへ　振り向《むこ》うとも　豊かに
蒔《ま》かれてはいないだろうか　独特の光景となる
勇気　誠実　正直　優しさ　などが。それらを
ここで　際立《きわだ》たせるのは　引き立て役がいるから
ますます感動させるように見える。心優しい情景が
何よりも　私の歓びだった。その中の一つは
決して　忘れられないのです。一人の男がいました
見ると　彼が座っているのは　広々とした広場
鉄製の柵《さく》のすぐ近く　それは　広い芝生を
囲《かこ》っていた。しっかりと　杭《くい》の打たれた
低い壁の　隅の　石の　上に　座っていたのが
この一人の男。病気らしい赤ちゃんを
膝の上。その子を　そこへ　連れ出して
日光浴をさせ　新鮮な空気を　吸わせていた。
通りすがりの人や　彼を見ていた私にも

気も止《と》めず　が　その逞《たくま》しい　両腕に
（この職人は　肱《ひじ》まで　剥《む》き出しで
仕事から　この瞬間　抜け出して来たのだ）
しっかりと　赤ちゃんを抱《だ》いて　その上に　屈《かが》み込む
太陽や外気を　気にかけてでも　いるかのように
それを求めて　わざわざ　出てきたのに。それを
見つめる彼の目には　言葉にならない　愛でいっぱい。

　こうして　ごく幼い頃から　おお　友よ！
私の思いを　次第次第に　引きつけていった
変化はゆっくりではあったが　人間のほうへ
善や悪の　人間生活のほうへ。
自然に　導かれていたが　今では
自然の助けとは無関係に　旅してるみたい
自然なんて　もう忘れたかのように。だが
それは違う　仲間の人間は　自然より　まだ遥かに
浅いものだった。愛の秤《はかり》は　どんどん
増えてはいたが　まだまだ　軽かった　自然の
壮大な事物の乗っている　秤に比べれば。

第九巻　フランス滞在（二一冬—二二秋）

時々　川というものは　こんなふうに見えることが
あるものだが　一部は　古い思い出に負けて　また
一部は　総てを飲み込む海へ　真直《まっす》ぐ導く道を
これから辿り行くことの恐れに　揺《ゆ》れ動き
道を逸《そ》れ　もと来た道を戻り　遥か後《うしろ》の
ごく初めの頃　横切った正にその地域にまで
遡《さかのぼ》る。このように　われらも　永い間
後《うしろ》向きに動いてきて　同じような道行きに
手間どってしまった。しかし今　新たに出発しよう
この詩を　早めねば　という気がするので。
素的な感謝の言葉が　この形なき直向《ひたむ》きな心へ
それがいつ来ようとも　必要なんです　この長い
仕事には　三倍も必要なんです　今われらを待っている
この主題には。おお！　何と過去とは　異なることよ！
前途はどんなに輝《かがや》かしくとも　それは分ることだろう
あまり進まないうちに　自分の性《しょう》に合わず　取り扱い
憎《にく》く　それ自身が　人を寄せつけないものだと。

　丘の上の　牧場の　小馬のように　自由に
当《あて》もなく　さ迷い歩いた　あの大都会の中を
来る月も　来る月も。人目につかないように　私は生き
人との付き合いを　求めずにすんだのは
文学とか　優雅なものとか　気品のある
身分のお陰だった。色々な事柄の中にいると
私の周りを動き回る世界を　遠くから
眺めているようなものだった。なのに　何時《いつ》の間にか
間違った先入観は　訂正され　こうして
空想の誤りは　修正されていった。
同じように　人間や事物についても　そして　時には
どの方面からも　注ぎ込まれて来たのが

新しい　深遠な　想像力だった。一年はこうして
過ぎていった。この場所を（余り名残惜《なごりお》しいことも
なく　ただ別なのは　街の　古本の　屋台店（露店のこと）　まさに
野生の産物　生垣の果物《くだもの》　到る所に　ぶらさがり
そぞろ歩きの旅人を　道から　誘《さそ》い出す）
私は立ち去り　フランスへ　向かった。（一七九一・一・二六）
そこへ行く気になったのは　主に個人的な望みで
フランス語を　もっと流暢に　話したいと思って。
そんな気持から　私の選んだ　住《すま》いは
ロワール川の　辺《ほとり》の　ある都市《オルレアン》。

パリを通って行くのが　私の一番手っ取り早い道で
そこに　二三日《にさん》　居て　急いで　訪ねた　昔からの
また　最近　有名になった所も　一つ一つ。
新しいのは　主に　西は　マルスの広場から
東の聖アントワーヌの　郊外まで　北は
モンマルトルから南へ　聖女ジュヌヴィエーヴの
聖堂まで。国民議会や　ジャコバン党の
両方が集まった　騒々しい　集会堂で　私は見た
革命的勢力が　錨《いかり》を降ろしている　船のように
上下に揺れ　嵐で前後左右に揺れていたのを。
アーケードを　横切り　それは　オルレアン家の大きな
邸宅の中。私は当《あ》てもなく　歩き回った　一列に
並んでいる　酒場　売春宿　賭博場《とばくじょう》や商店など
最善につけ　最悪につけ　大変な溜り場　目当てが
有る無しに　かかわらず　みんなが　歩く所を。
私は見つめ　余所者《よそもの》の耳で　聞き入った
呼び売り人や熱弁を振《ふ》う人　野性的な騒ぎに！
激しい目つきで　シーシー罵《ののし》り合っている徒党の輩《やから》に。
群になり　二人となり　一人となり　蟻《アリ》のように群がる
建築者や　破壊者たちの　どの顔にも
希望や　不安の色が　現れ
喜び　怒り　腹立たしさが　お祭り騒ぎや
ふしだらに　のらくら過す　まっただ中にも。

静かな微風が　バスティーユの埃《ほこり》と

戯《たわむ》れている辺《あた》りに　日差しを浴《あ》びながら　座っていた。
そして　瓦礫《がれき》の中から　石を一箇　拾い上げ　思い出の
品として　ポケットに入れた　狂信者でも
あるかのように。しかし　本当の所　何か強い義務感
嬉しいような感じも　なくはなかったが（生きている
人間だったら　それ以外は　ありえなかったろう）私は
探し求めていたのです　自分では見つけられない何か
自分が感じているよりも　もっと強い感情を動かす物を。
だって　それは本当に　確かなのだから　これら
様々な事物すべての　最大の力は　当時の　わが心の
気分を　あるがままに　示してくれますが　旅人（私）の
苦痛を　償《つぐな》うこと　少なく　私をあまり　感動させない
ように思われ　受ける歓びも　事実よりは少なかった
ほかの見物の中でも　ル・ブランのマグダレーヌの絵
あの美しさ　申し分ない仕上り　美しい顔
悲しく　その絶えず流れ続ける涙　に比べれば。
　しかし　ここから　もっと永く住むべき地へと

私は急いだ。そこで　何もかも　一風変っていた
話し方　家庭の作法　仕来《しきた》り　身振り　表情
日常生活の　総ての装《よそお》いまで　それらに
注意力は　すっかり　奪われていた。こうして
楽しみ　満足して　私は　殆ど感じなかった
このような革命の衝撃など　無関心で
殆ど平静で　その暢気《のんき》さは　温室で
ガラスに覆われた花　或は　客間の植木のよう。
その時　外《そと》は　あらゆる灌木や樹木が　国中至る所で
根元まで揺れ動いていた。このような無関心さは
奇妙に思われるかもしれないが　必要な知識の
準備もなく　不意に飛び込んだのだった
劇場の中へ。そこの舞台では　熱演中で
芝居の筋は　遥かに　進んでいた。
外《ほか》の人と同じように　私も読んでいた　時には
熱心に　当時の　主要なパンフレットを。
生半可《なまはんか》な洞察力も　ないわけではなかった　あの
痩《や》せ地に　自然に生えたようなもので　人の話や公《おおやけ》の

ニュースに　助けられながら。しかし整《ととの》った記録を
見る機会は　一度もなかった（何かそうした物が　当時
実際存在していたならば）それは　示して
くれたかもしれない　民衆の力の　主要な機関が
何処から生れ　その政権移動が　何時　如何にして
成されたかを。こうして事件に　形と体を
与えてくれただろうが　現実は　総ての事柄が　私には
まとまりがなく　ばらばらで　私の感情にも生き生き
した興味など　生れてくることはなかった。あの頃は
それに　革命の　最初の嵐は　吹き過ぎて
外部からの　力強い侵略の手も　鍵《かぎ》を掛けられて
静かにしていた。私は　というと　今恐れて
いるのは　大変大きな　主題との　関連で
話すということ（そうせざるを　えないのだが）
大《たい》して　重要でも　ないことを。しばらくは
ぶらぶら歩き　夜《よ》な夜《よ》な　よく通《かよ》ったのは
社交的な集会　トランプの遊び場　形式ばった
会合　そこは　町の名門の特権なので
外の人からは　隔てられた人々の集りで
堅苦しい　上品さの　衒《てら》いや　もっと
深い理由からか　話し合いは　すべて
時局の善悪については　同じように　遠ざけられる
という　細心の慎重さ。しかし　程無く　こういうのは
退屈となり　私は　次第に引き込まれていった
もっと騒がしい世界へ。こうして　そのうち
共和主義者となり　わが心は　総て　民衆に
与えられ　わが愛は　彼らのものと　なった。

一団の　陸軍将校たち
当時　その都市《ブロワ》に　駐屯《ちゅうとん》していた　連隊に
所属していた人たちが　私の主な話し相手
だった。その中の何人かが　身につけている剣《つるぎ》は
数々の戦闘で　鍛《きた》えられたもので　みんな
生れの良い人たちで　少なくとも　自認している
そのような栄誉を　フランスの騎士として。年齢も
気質《きしつ》も　違ってはいたが　それでも　持っていた

一つの精神　みんなを支配し　同じように
（あとで名前をいう　ただ一人を　除いて）
為《な》されたことを　元へ戻したがっていたのだ。これが
彼らの支えであり　唯一の希望だった。だから　彼らに
心配はなかった　悪いことが　ますます悪くなるなどと
最悪の事態が　もう来てしまったのだから。何事に
おいても　心は動かなかったし　心を動かすことは
一瞬たりとも　値しない　と思っていただろう　情勢が
（王制復古）その方向へ　向かわない限りは。一人の男は　年齢から
考えると　まさに　男盛りで　少し前には
多くの　優しい心の中に　君主然と　座って
いたが　今では　そんな誉《ほま》れなど　気にも
とめず　変り果《は》て　その気性《きしょう》も　すっかり
時勢に　支配され　損《そこ》なわれ　蝕《むしば》まれ
あの美しい　容姿《ようし》も。その行《おこな》う　悪さ
同じように　体にも　心にも。その態度も
かつては　真直ぐで　率直で　あったのに
今では　すっかり前屈《かが》みになり　萎縮《いしゅく》して
その顔も　それ自体　生れつき　気高く美しいが
その表情は　今まで　見たこともないほどの
季節外《はず》れの被害　それも　思いの
不健全さ　苛立《いらだ》たしさから。あの時だ
毎日　最も重要な時間に　公報を
読んでいた時　熱病も　来て
几帳面《きちょうめん》に　やって来ては　この男を　震《ふる》わせ
声も奪《うば》い取り　黄色い頬《ほお》を　燃えたたせ
いろんな色にした。読みものをしたり　もの思いに
耽《ふけ》ったりしている時　頻《しき》りに自分の剣《つるぎ》に手を触れていた
休む暇《ひま》もなく　自分自身の体の　不快な箇所《かしょ》でも
あるかのように。実際　この時は　国をあげての
大騒動だった。どんなに大人しい人でさえ
激しく　心を掻《か》き立てられていた。揺れ動く感情や
張り合う意見などで　安らかな　家の壁が
騒がしい音で　いっぱいになった。日常生活の
土は　その頃　熱くて　その上を　踏むことは
できなかった。それでよく　言ったものだ

あの時だけではなかったが「何という笑い物か　これは
歴史の　過去と　来たらん時の！　今　気付いたのだ
どんなに私は　騙《だま》されていたか。国家と
その為すことを　信頼して　見てきたが
その与えられた信頼は　空しさと無意味なものとなり
おお！　何という笑種《わらいぐさ》　この歴史の一頁《ページ》　未来の時に
写してくれるのは　今在る所の　この顔！」
国中を埋《うず》めた激情　蝗《イナゴ》に　食い尽《つ》くされた
平原のよう。カラ　ゴルサ　その外《ほか》
多くの名前を　加えよ　今は忘れられ　もう
耳にすることもないが　彼らは権力となり　地震の
ように　その衝撃　来る日も　来る日も　繰返され
感じられ　人里離れた　どんな町でも　畑でも。

　先に話した人々は　主《おも》な　私の　仲間
なのだが　いつでも　出動できるようにしていた。
ライン川の沿岸に　武装して集った　移民たちを
増強するために。差迫《せま》った戦争に備えて
集められた敵側の人達とも　同盟を結んだ。
これが　彼らの偽《いつわ》らざる意図であった。こうして
彼らは　今か　今かと　待っていた
出動の　瞬間を。

　　　　一人の　英国人
生れたその国土の名前は　何か纏《まと》まらない
事を言っても　許されるように　思われ
異邦人として　さらに若者の特権として　また
あの寛大さから　舌足らずの　フランス語のお陰で
王党派の連中も　見過してくれた。そうでなかったら
遠ざけられ　大目に見られることは　なかったろうに。
そんな訳で　自由に過し　王冠を守ろうとする人々と
話したり　聞いたりもしていた　彼らの考えを。彼らも
自分達の大義名分に私をも引き入れようとしてくれた。

　しかし　考えたり　本を読んでも　分らなかった
色々考えて意見を述べること　政治形態や法律
当時　誰でも口にした　基本的人権や公民権の

微妙な意味の違いなどは。また色々な国の
動きや移り行く　利害関係について
（これらを　外《ほか》の事と　比較して　言っているのだが）
殆ど関心がなかったし　歴史家の物語さえ
評価はするものの　詩人の物語を重んじる
ほどではなかった。確かに　それは　私の心を
高鳴らし　私の空想を　充してくれる　美しい物
昔の英雄たち　彼らの苦しみやその行為で。
それでも　あの帝王の笏《しゃく》　見せびらかしの
勲章や称号については　その頃も　その前の
最も未熟な　若者の頃でさえ　私の目を
暗ませるような物は何もなく　むしろわが魂を悲しませ
むかつかせたのは　最適の人が支配してない　ことを見
最適な人こそが　治むべきだ　と感じたことだった。

　というのは　貧しい地方に生れ　そこに　まだ
残っていたのは　より多くの　昔からの　素朴さ
真直ぐな物腰　明けっ広《ぴろ》げな　飾り気の無さ
英国の　どんな人里離れた　所よりも。
仕合せなことに　殆ど　お目にかかることが
なかったのです　学校生活全体を通して
人間の顔に　子どもでも　大人でも
特別金持であるとか　血筋がいいからと
注目されたり　尊敬されるようなのには。
少なからぬものは　あの多くの恩恵　あとで
ケンブリッジや大学生活に　負うているのだが
そこでは　何か共和国らしいものを
見せられたこと。ここでは　総ての学生が　平等の
地位にあり　みんな尊敬し合う兄弟　と言っても
いいような関係だった。まさに　一つの共同社会
特待生も裕福な自費生も　そこで　更にいいのは
栄誉が　そこに入ってくる総ての人に　開かれていた
財産や身分など　重んじられることはなかった
生れつきの才能や　旨《うま》くいった勤勉に比《くら》べれば。
これに加えて　最初から　仕えてきたのは
神であり　大自然の　唯一の主権

親しき存在である　畏《おそ》るべき力
仲間のような　尊敬すべき本　これらが　認めて
くれたのだ　誇り高い働きをする魂を　山のような
自由を。だから　当然のことであったろう　このように
仕付けられ　また　この物語が　述べてきたような
遣《や》り方《かた》で　思想や道徳的感情が　形成されてきた
者としては　畏敬《いけい》の念で　人間の様々な能力を
眺めるべきだし　最高の将来の可能性は
歓んで　受け入れるべきだし　平等と権利と
個人の価値を　認める政治は　最善のものとして
歓迎すべきである。だから　おお　友よ！　もし
あの大革命の最初の頃　わが青春に相応しい
喜び方《かた》を　しなかったとしても　その理由は
一部はここにある。私にとって　この事件は
自然の当然の成り行き以外の　何物でもなく
届くのが　早いどころか　むしろ遅れた　贈物のよう。
だから　何も不思議ではない　先に述べた
旧制度の擁護者たちが　この成熟した時に
私の希望を　彼らの希望の姿に　載《の》せようとしても
また　私の理解を　曲げさせて　彼らの栄誉に
敬意を表させようとしても　出来なかったし　それまで
眠っていた情熱が　今やこれに反抗して　突然
飛び出したのだ　まさに　極地の夏のように。
彼らの放つ言葉は　総て投げ矢　逆風のために
自分たちに　吹きつけられ　彼らの理性が　混乱に
襲われたようになったのは　人間の理解を
超《こ》えた　より高い　力の所為《せい》。彼らの議論は
台無しになり　魂《たましい》なく　そして　その弱さに　力強く
私は　勝った。

　そうしているうちに　日に日に　道路に
(王党派の人々と　付き合っているうちに)
群がり出てきた　最も勇敢な　フランスの若者たち
フランス精神に　最も機敏な　者たちみんな。それに
繋《つな》がっているのが　勇敢な軍人魂　そして　配置されて
国境地帯での戦いへ　と行こうとしていた。なのに
正に　この瞬間に　涙が込上《こみあ》げてくるのだ

わが眼に。泣いている　とは言わない。あの時
泣いた　のではない　が　涙が　霞《かす》ませた
わが眼を。あの時の別れを　思い出し
家族との別れ　女性のじっと耐えている姿
最愛の人との別れで　国を愛してやまない
精神や　自己犠牲の心　現世の希望
勇気付けてくれるのは　殉教者の確信。
一連の外国兵さえも　ただ一度　ほんの
一瞬だけ　見たことがあったが　遠くから
軍楽隊に合《あわ》せて　軍歌をうたい　軍旗を掲《かか》げて
街に入って来たが　その中で　あちこちで
ハッとするような　顔や姿に　会うのだが
やはり　見知らぬ人　なのに　とても懐《なつ》かしく。
こうした　束《つか》の間の　光景でさえも　わが心
よく　高められ　天からの　聖なる　証《あかし》のように
思われ　これこそ　正義のためであり　これに
反対して　立ち上ることは　誰にもできなかったろう。
途方に暮れ　見捨てられ　利己的になり　高慢に
なり　卑劣で　惨《みじ》めで　わざと堕《だ》落して
公正や真実を　強情に憎むような人　でないかぎり。

あの一群の将校たちの中に　いた一人は
既に（二六〇上二行）ちょっと触れたように　外《ほか》とは違った型の人で
共和主義者であり　それで　外の連中からは
除《の》け者にされ　東洋的嫌悪で　撥《は》ね付けられていた
違った階級《カースト》でもあるかのように。この人ほど
優しい人は　いなかっただろう　誰よりも親切で
優しく　情熱的ではあるが。侮辱《ぶじょく》されても　彼は
ますます奥床《おくゆか》しい人になっていった。その頃　彼の
性格から漂《ただよ》う芳香《ほうこう》は　この上なく　細《こま》やかで
踏付《ふみつ》けられても　ますます　よい香りを放つ
アルプスの　草原の　花のよう。彼は　あの事件の
大きな変化の中を　確かな信念をもって　進んで行った
あたかも　本の中か　昔の英雄物語《ロマンス》か　お伽噺《とぎばなし》か
夏の雲の彼方《かなた》で為された　何か夢のような
芝居の中のよう。生れは　たいへん　身分の高い

人だったのに　人類の中の　貧しい人々に
奉仕するように　仕向けられていた
何か目に見えない絆《きずな》　聖職授与式で
立てる誓《ちか》いのように。人間を　彼は愛した
人間として。身分の卑《いや》しい人々　無名の人々
地味な仕事に勤《いそ》しむ　地味な人々すべてに
特に親切であった。が　決して恩着せがましい
態度ではなく　むしろ　直向《ひたむ》きな心
丁寧《ていねい》な物腰に　思われた。ちょうど　彼が　一人の
軍人として　休暇の時など　女性に対して　示した
ように。彼には　幾分独《いくぶんひと》り善《よ》がりな所があり　或は
そう見えたかも　しれないが　それは自惚《うぬぼ》れなのでは
なく　愛情であり　一種のきらきら輝く　喜びなのだ
その喜びに包まれながら　彼は一心に
愛や自由の仕事に　打ち込み　或は　彼が
その一部を担《にな》っている　運動の成行きを　悦に入って
思い巡《めぐ》らしていた。しかも　これも　穏やかで
落ち着いたもので　これが故に　歓んでいる彼から

奪われる物などは　何もなかった。時々　二人だけで
彼と話し合った　市民政治の目的や
その最も賢明な　形態について
古代の偏見や　いろいろな特権について
忠誠や信義は　時代の成熟によって　法律となり
慣習や習慣　目新しさと変化
世襲の栄誉のお陰で　特別扱いされる
少数の貴族の　自尊心と長所について
肉体労働をしている　大衆の無知について。というのは
彼は高潔な人で　しかも寛容であり　これらを
考えることにも　心の中で　調和がとれていたから。
また私も　あの頃はまだ　混乱の中に　殆ど浸《ひた》っては
いなかったし　後《あと》で述べることに　比べれば　ずっと
健全な判断力を持っていたし　まだ身に付いていた
合金の少ない　完全な形での　過去の経験が。
本の助けや共同生活によって　それが
辿《たど》り付くのは　青年の心なのだ　あまりに
近すぎる物に　圧迫されることもなく

目が眩《くら》んだり　騙《だま》されたりして　目前の
目的のために　大衆と共に　争うこともない。

しかし　耳を傾けず　頑《かたく》なに　反対の側の
人々に　何《なん》の弁解の余地もなく　誤りを　指摘する
ようなことは　しなかった。が　とっても楽しかった
のは　と率直に　これを告白して　おきたいのだが
二人　思い描いたことでした　あの惨《みじ》めな
宮廷の姿　あの冷酷な　官能的な
生活ぶりを。そこでは　最も卑《いや》しい魂の
人間が　幅を利《き》かせ　そこでの品位
人間的な　本当の品位などは　存在せず
軽薄で残酷な世界　そこは切り離されて
自然に入ってくる　正しい　総ての感情
控え目な思いやり　人を鍛《きた》えてくれる真理　などから。
そこでは　善と悪とが　その名前を　持つことなく
当然持つべきなのに　邪悪が蔓延《はびこ》り　悪徳の住む所。
更に　話し合ったのは　最も大切な問題

人間とその崇高な性質　それは　神の賜《たまもの》であり
即ち　人間自身の　力の中に　あるのだが　人間の
盲目的な　強い望み　明らかな真理を　追求する
着実な能力について　前者は（盲目的な望み）　行動の自由の
束縛を破り　後　者は（着実な能力）　確《しっか》りした基礎の上に
自由を　築《きず》き　社会生活を　作る。広く行渡《ゆきわた》り
滅《ほろ》びることのない　知識を頼りに　規律正しい
ものにし　賢《かしこ》い人や　善良な人に　見られるような
純粋で　個性的なものに　するのです。次に
私たちが　話題にしたのは　古代の物語の
あの天晴《あっぱれ》な行為　記録された　総ての時代に
見出される　輝かしい　一つ一つの　場所への思い
守られた真理や　過ぎ去った　過《あやま》ちへ
天上から　炎を取ってくる　直向《ひたむ》きな精神へ
一般大衆は　どのようにして　その炎に燃料を補給し
お互に煽《あお》ったらよいのか　また分離派教会についての
思い　どんなに熱心に　適切な性格を　身につけて
乗り越えようとするか　あらゆる障害となる

習慣や言葉　国柄　愛や憎しみ　などを。
自分の信条のために　何をし　耐え忍んできたか
どんなに遠くまで旅をし　どんなに永い間辛抱したか
どれほど素早く　強大な国家が　造られたか
始めはごく小さかったのに　またどんなに新しい
考え方によって　共に結ばれ　ばらばらの部族が
一体となって　大空の雲のように　広く広がって
いったかを。それから　われら自身の　心の抱負へも
関心を向けたが　最後に　見たのは　生きた証拠
全体として　われらの前に　立ち上った
フランス国民の中の　その清々《すがすが》しさ　まさに
明けの明星のよう。意気揚々《ようよう》として　眺めた
彼らの素晴らしさ。最も粗野な人々にさえ
見られた　最もしっかりした自己犠牲　心の
広い愛　我慢強い心　あの最高の　正義感
この上なく激しい闘いの　最中《さなか》においてさえ。
　おお！　たしかに嬉しいことだ　大学の森や

こんなに都会から離れた所で　友よ！　私たちが
よく知っている　山々の中　ローザ川の岸辺
グレタ川やダーウェント川　或は名もなき小川の辺《ほとり》で
深く思いを巡《めぐ》らせながら　互に話し合うことは　道理に
叶《かな》った　自由や人間の希望　正義や平和などについて。
が　もっと遥かに嬉しいのは　このような骨折り
あえて骨折りと言おう　それは　深遠な　思想に
なるのだから　もし人間性が　その時　何か大変な
試練の縁に　立っていて　私たちに聞えてくる
献身的な人の声。その人は　周囲の事情に
呼び出され　彼の深い意識が　行動に
現《あらわ》させられ　それが外面的な　形となり
その姿は　この世への　祝福。
そんな時は　疑いなどは　なく　真理は
真理以上のものとなり　希望となり　願望となり
熱狂的な信条となり　それは　神聖な権威に
認《みと》められ　危険や　困難や　死でさえも。
このような会話は　アカデメイア（プラトンの学園）の森陰で

ダイオンが（プラトンに教わる）　プラトンと行《おこな》ったもので　こうして
発展したのが　解放者としての　栄光の仕事。彼は
その使命に　既に取付かれて　そのような会話を
交《かわ》したのだ　ユーデマス（共に哲学者）やティモニデスらと
武装した　冒険者たちに　囲まれながら　その時
あの二艘《そう》の船に　勇敢な戦士たちを　乗せて
シチリアの暴君を　転覆させるために
ザシンサスから船出した。正に哲学的な戦い
その指導者は　哲学者たち。更に厳しい運命をもって
同じような野心を持ちながら　それが彼なのだ
おお　友よ！　私の語るその人　こうしてボーピュイは
（その名を　置かせてくれ　古《いにしえ》の最も偉い人達の近く）
自分の人生を　見事に固め　多くの長い話合いを
前と同じような　誇らかな信念をもって　続けた。
彼の方では　最悪の事態に対して　心を決めていた。
彼は　戦死した（事実は重症後エルッ戦で死す）　最高の指揮をしていた時
不幸にも　ロワール川の岸辺で　同じ同胞であるのに
考えを誤った人々（王党派）に対して　自由のためにしたこと
なのに　このほうが　ずっと仕合せだったか　彼は
その後の時代の運命を　生きて見ることなく　私達が
今見ている事を　見ないですんだのだから　私達も
燃えるような心を持っていた　あの頃の彼と同じように。

　まさにあのロワール川に沿って　祭の音が
絶え間なく響き　市民の殺し合いのことは
まだ知らない頃　私たちは　よく歩いたものだ
或は　近くの　広大な森の中で
高く聳《そび》え　覆い被《かぶ》さる樹木　両側の
開けた空間　足もとの　長い長い道程《みちのり》
入り組んだ木の根　海原のように　滑《なめ》らかな苔
一つの荘厳な地方の中を。そのような所で　よく
真面目《まじめ》に話している事から　いつの間にか思いに耽《ふけ》り
記憶を　こっそり　ほかの時代に　滑《すべ》り込ませ
隠者達が自分の隠れ家《が》の洞窟から　迷い出て　ひとりで
歩いていたら　ちょうどこんな木陰で出くわしただろう
また　道に迷った旅人が　遥か遠くから

折りしも　全速力で　蹄《ひずめ》の音も　高らかに
固い地面に　響《ひび》かせながら
近づいてくるのを　聞いたなら　その時は
きっと婦人用馬《うま》に　乗り　森の中を　轟《とどろ》かせる
あのアンジェリカか　或は　あの心優しい乙女
エルミニアか（イタリア詩人タッソーの史詩の女主人公）　あんなに美しい逃亡者。
時にはまた　見ているような気がした　一組の騎士が
木の下で　馬上槍《やり》試合をしているのを　その木々は正に
嵐のように　頭の上で　揺れていた。ほどなく
ガンガン響く　騒がしい歓声と音楽の轟きが　突然
何かを宣言するように　響きわたった　どこか　目に
見えない　森の空地《あきち》の　サテュロス（半人半獣）の　住処《すみか》から。
お祭り騒ぎの　踊り　まん中に　一人の女
人間の美女　彼らの不幸な　奴隷《どれい》。
広々とした　これらの巨大な森　私には
今までにない　新しい光景　よく　このように
私の空想を　支配した　あの　尊敬すべき友と
ぶらぶら歩き回っている時でさえ。また時には

小川の辺《ほとり》の　緑の牧場の　尼僧院へ
来てみると　屋根のない　家。
恭《うやうや》しく　触れる　時間の所為《せい》　ではなく
破壊されたのは　突然の暴力の所為。
これらの　心　引締める　会話にも拘《かかわ》らず
彼の本当の真剣さ　また彼ほど　本物でなくとも
わが心　煽《あお》り立てられた　真剣さにも拘らず
嘆かずには　いられなかった　こんなにも不快な過《あやま》ちを。
最早二度と鳴ることのない　朝の祈りの鐘の音《ね》を
深く悲しみ　夕べの細い蝋燭《ろうそく》も　尖塔《せんとう》の頂上に
高く掲《かか》げられた十字架　旅人への
警告となる　印《しるし》も　初めて
見られる　森の上。

そして　わが友が
時折　指摘してくれたのは　古《いにしえ》の　王の（フランシス一世が幼年時代に過ごした所）
住んだ　ロモランティンの　館の場所
ブロワの　宮殿の　建物
或は　あの田舎の城へ　その名は　今

わが記憶から　消え去ったが　そこに住み
フランシス一世に　求婚され　互の情熱の
鎖で結びつけられ　そこの塔から
この地方の　言い伝えによれば
かがり火の　油壺に焚《た》く　恋の狼煙《のろし》で
愛しい国王と　よく心を通わせ　高い所にある
彼女の邸宅と　遥か遠く　下の平野の
シャンボールにある王宮と　連絡をとっていた。
こんな所にいる時でさえ　平和な　宗教的な家
よりは劣るけれど　これら王侯たち　その悪徳や
少しは良い行《おこな》いの　数々の記念物の中にいると
想像力は　時に　燃えたたせて
高潔ぶった怒りや　気高い嘲《あざけ》りを示したが
また　よく　和らげてもくれたのは　説得のある
市民的平等からの　王家への反感　いわば
頑固な　若い　共和主義者の　精神。
このような場所を　輝きいっぱいで　見た時は
騎士らしい　歓びであった。それでもやはり　嫌《いや》なのは
独裁的な支配　そこでは　一人の国王の意志が
万人《まんにん》の法律となるから　また　あの不毛の高慢さ
それが　彼らの中にあって　不当な特権によって
国王と民衆の間に立ち　国王の味方ではあるが
民衆の味方ではない人々。その嫌な気持
日毎《ごと》に私の上に　次第に強く伸《の》し掛《かか》り　哀《あわ》れみも愛と
入り混《まじ》り。希望のある所には　愛もあるのだから
哀れな大衆のためには。こんな時だった　たまたま
ある日　ひもじさに打ち拉《ひし》がれた　少女に出合ったのは。
彼女は　這うように　歩いていた　その物憂《ものう》い足取《ど》りを
雌牛《めうし》の動きに　合《あわ》せながら　綱は
腕に巻きつけて　こうして　小道で　餌を
拾わせながら　一方　少女は　自分の二つの手で
せっせと　編物《あみもの》を　していた　元気のない
寂《さみ》しい気分で。この様子《ようす》を見て　友人は
興奮して　言った「あれだよ
俺たちが　戦っているのは」私も　彼と共に
心から信じていた　ひとつの精神が　広まっていて

それに逆らうことはできず　少なくとも
このような貧困は　もう少ししたら　最早　見られなく
なるだろう　私たちが見るべきなのは　この世が
その願いを　妨《さまた》げられずに　こつこつ働く人々や
せっせと働く　慎《つつ》ましい子が　報《むく》いられるのを。
差別待遇を　合法化する　総ての規則や慣習が
永久に消し去られるのを。中味のない　華やかさも
廃止され　快楽趣味の　国家や冷酷な　権力も
一人或は少数の　布告によるにせよ　終り
そして　遂には　総ての　綜合の　冠りとして
見るべきなのだ　人民が　強い手を持って
自らの法律を　作るのを　そこから　より良い日々が
人類全体へ及ぶのだ。しかし　これらの事は　暫《しばら》く
措《お》くとして　ただ一つの　確信だけでも　人類の福祉に
考えを向けたことのある人の心を　元気づけるのに
充分でなかったか　これからは
法律によらぬ　国王の命令による逮捕は
無くなり　公《おおや》けの訴《うった》えが　大衆の聞いている所で
判決が下され　公開の処罰が　行《おこな》われる。
たとえ　自由に　息を吸える　雰囲気になり
人間の心が　何も恐れない　とまではならなくとも。
このような話題に　触れてきたが　私の目的でもあった
のだが　これからは　ほかの事柄については
述べないことにしよう　よく　われらを引留めて
考えさせ　話をさせた事柄　公の行事や　公の人
また　来る日も来る日も　われらの上を吹いた
記録や報告の　たえず変り行く風によって
われらの心の中に　引起された動揺などについては。
しかし　その代りに　ここで　人目につかない所から
引き出してみよう　一つの悲劇的な物語を。
その精神は　そんなに珍らしいものではないが
たぶん覚えておく価値はある。私の聞いた話は
あの共和主義者の私の友人と　この事に　多少
関《かかわ》りのあった人達によって　語られたもの。

おお！　仕合せな時の　若い恋人たちよ！　こうして

わが物語は　始まる　おお！　芳《かぐわ》しい時よ
愛しい人の　額《ひたい》の上の　巻き毛の　麗《うるわ》しさ
大空の　最も麗しい　星よりも！
このように　受け継《つ》ぐ　恋の祝福へ
若いヴォードラクールが　導かれ
青春の盛りを　わずか（二一歳）に過ぎた頃。
フランスの真中《まんなか》の　僅かに知られた　小さな町が
その若者の　生れた所。そこで彼が　誓った愛は
ジュリアへ　明るい乙女　その両親は
卑《いや》しからぬ　身分では　あったが
貴族の特権は　なかったので　それが為に
その若者の父親は　そうした貴族の地位に
あったので　にべもなく　撥《は》ね付けてしまった
そうした縁組という考えその物を。揺り籠の頃から
お互の住いは　ひと足ぐらいしか　離れてなかったので
二人は　年がら年中　一緒に育ち　友だちであり
遊び仲間　楽しいことは組になり　喧嘩《けんか》もし
ささいな諍《いさかい》があっても　また仲良くなり

お互　庇《かば》い合い　お互　助け合い
楽しいことはなかった　お互　離れていたりすると。
これが根拠　深い揺《ゆる》ぎない愛の
終りのない忠実と　静かな誠実の。
しかし　そのような宝のどれが　彼ら若者の
上辺《うわべ》の裏に　備《そな》えられていようとも　後年の
円《まろ》やかな年月のために。が　今の彼の心は
ただもう　うっとりと　引き付けられ
見えるのは　幻《まぼろし》　今愛するのは　見える物だけ。
アラビアの物語の中の世界でも　彼のために
創られた不思議さでは　半分にも及ばなかった。
大地は生き返り　ひとつの偉大な春の存在となり
溢《あふ》れる生命《いのち》で　彼女の最も詰まらない飾りでさえも
彼の眼には　その価値　総ての黄金以上となり
彼女の住む家は　聖なる神殿となり
彼女の部屋の窓は　その輝き　東方の
表玄関にも勝《まさ》り　楽園は総て
ただ　その戸を　開《あ》けただけで

彼のものとなり　小道も　散歩道も
魅惑に溢れ　ついに　彼の心は　その
重荷の下に沈み　人生のあまりの仕合せに。
これが　二人の心の姿。ついに　ある激しく
興奮したときの結果か　或は　その若者が
余りにも多くの障害のあるのを　見たせいか
自分と　愛しい港との間に　そこなら
愛しい人と　立派に　結婚生活　できるのに
が　自分についての　確《たし》かな知識も　なく
心　密《ひそ》かに　法律や　習慣から
顔を背《そむ》け　自然の成行きに
身を任《まか》せ　総て旨《うま》い結末に　なることを願い
こうして　和《やわ》らげた　彼の気高い心に
相応《ふさわ》しい　あの　清い　控え目な心を。
どんなに　彼は　嬉しかったことだろう　あんなに
神々しく　美しい　乙女の歩みに　付き添って
行けたなら。が　私には分らない　気が進まないけど
付け加えねば　あのジュリア　まだ妻の名はないのに

ついてしまった　密《ひそ》かな　深い悲しみ
ひとの　母となる　萌《きざ》し。
　　　　差迫ってくる恥を
隠そうと　その娘の　両親は
何とかして　夜のうちに　娘を遠くにやり
人に気付かれないようにして　遠い町に
密《ひそ》かに　身を隠して　居られるようにした
赤ちゃんが　生れるまでは。夜《よ》が　明けた
こうして　愛しい人を　奪《うば》われ　その失った
心の痛み　どこへ行ったら　いいのか　全く分らず
その苛立《いらだ》ち　罠《わな》に掛かった　野獣のよう。遂に
こっちの方かなあ　と思って　行ってみたら　分った
おお　何という嬉しさ！　逃亡者たちの　確かな
足取《あしど》りが。彼らの後《あと》を追い　ついに彼らの泊った町へ
最後に　家　そのものまでも　そこは
娘の隠れ家《が》として　選ばれたのだ。
それから後《のち》の事は　容易に推測できるでしょう。
前に行ったり　後《あと》に行ったり　朝　昼　夜　と

世間体《せけんてい》や用心《ようじん》の　許す限り
そして　ジュリアは　一人になると　いつも
ほんの僅かな間でも　たまたま　暇になると
窓際《ぎわ》で　忙しくしていた　まるで　巣の所にいる
燕《ツバメ》のよう。こうしていると　間もなく　気がついた
彼女の愛しい人に。それからは　人目を忍んでの逢瀬《おうせ》
夜に　適《かな》えられ　梯子《はしご》の助けを借りて。

　飛ばすことにしよう　二人のこの上ない悦びのことは。
このような題材は　多くの詩人によって　歌われてきた。
その楽しい詩歌は　私の技《わざ》では　及ばない。
なかでも　あの　最愛の詩人だ
ジュリエット　と　ロメオについて　語り
時刻の前に　聞えてきた　雲雀《ヒバリ》の囀《さえず》りや
無慈悲な東方に　引裂かれる雲を　紐《ひも》で通す
縞模様について。私のは　辿《たど》ること
もっと慎《つつ》ましい地方の　素朴な物語
周囲の状況を　選ぶようなことはしないで　素直に
聞いたことを　語るのみ。恋人たちは　この決心に
達した。これで　別れた時の二人　歓び
信じきって。ヴォードラクール　急いで
父の家へ帰り　そこで　最も適切な手段で
まとまった額のお金《かね》を　いや　もしできるなら
最後の遺産の　分け前になろうとも　それが
為《な》されたら　その時には　彼らは共に　逃走できるのだ
どこか　遠い　寂《さみ》しい所へ。そこなら
過せるだろう　誰にも　自分たちの仕合せを
見られず　自分たちの愛を　乱《みだ》されず。
直《す》ぐに　この使命を　帯びて
古里の　父の家《うち》へ　若者は　帰った。
そこへ　暫《しばら》く居たが　その計画などは
曖気《おくび》にも出さず　が　ひと言《こと》でも　洩《も》らし
自分の夢中になったものに　触れようものなら　なお
父の話を　聞きながらでも　ヴォードラクールは
公然と言い放《はな》った　もう　あとは死だけです
俺《おれ》を　諦《あきら》めさせるのは　晴れて　夫《おっと》に

なる望みを　愛しい　あの娘《こ》の。

　よく話し　諫《いさ》め聞かせても　こんなに
強情に　等閑《なおざり》にされると　すっかり　怒ってしまった
父が投げつけたのは　脅《おど》し　国王の
秘密の印のある　指令によれば
彼の気違いじみた狙《ねら》いも　すっかり挫《くじ》かれ
その熱も　冷《さ》めるだろうと。この時から
若者は　恐怖に　捕《とら》われ　夜も　昼も
何処《どこ》へ行くにも　武器は忘れず。その後《ご》　間もなく
両親は　田舎の屋敷へ　引きあげた
何か理由を　拵《こしら》えて。そして　息子には
付添い　一人つけて　家に残された。
夜になって　自分の部屋に　下《さ》がろうとして
戸口で　入ろうとした時　彼を
捕《つか》まえようとした　武装させる三人の男
残忍な　権力の手先。若者は
初めての　衝動的な　怒りで　一人を殺して
足許に置き　二人目の男には
重傷を負わせ　これをしてから　死せる
男を見て　静かに　自分の身柄を
法的手段に任《まか》せ　刑務所に入れられ
身につけたのは　罪人の　枷《かせ》。

　三週間も経《た》ってから　恋が編み出した手段によって
娘が　引き籠《こも》っている部屋で　手にしたのは
ヴォードラクールの便り　彼の計画が
どんなふうになっているかを。それからは
音沙汰　なく　半周　月が巡《めぐ》り
それから　ひと回りしても　それでも　同じ
音沙汰　なく　数限りない　恐怖と希望が
騒ぎ出す　彼女の心の中。思いは目覚め　思いは眠り
縺《もつ》れ合い　お互に　そして　ついには　いっそ
自分で死ぬ以外　心の休み場はない　と思えて来
こうして　日を過す　彼女の落ち着かぬ　心。

ついに　一人の友人の　口利きで
法廷に　力のきく人だったので　若者も
自由を　取戻したが　その約束は
静かに　父の家に　居ること　またあの娘と
一緒になろう　などとは　しないこと　その娘のことは
両親が　認めては　いないのだから。この非情な
法律に　彼が同意　したのは　もう　これ以外
自由を　取戻す方法が　なかったから。
父の家へ　帰って行き　留《とど》まること
八日間　すると　彼の決心も　崩《くず》れ
ジュリアの所へ　飛んで行き　挨拶の言葉
こんなふう「すべての権利　消えちゃった
消えちゃった　私から。あなたは　最早　私のではなく
私も　あなたのではない。人殺しには　ジュリアよ
愛せない　身に汚《けが》れのない女は。あなたの顔を　見
あなたを見ると　私は　もう惨《みじ》め　この上ない」
彼女には　もう返す言葉も　なかった。暫《しばら》くしてから
彼の父の名前に　なにか激しい憤《いきどお》りの言葉を
付けて　叫んだ。しかし　若者は
彼女を　遮《さえぎ》り　これを　聞こうとしなかった。
子に相応しくない　思い遣りのない考えは　もう二度と
彼の胸に　宿ることは　なかったから。こうして
恋人たちが　再び　結ばれて　一緒に暮したのも
数日の間。それは　ヴォードラクールにとっては
失意と　悲しみと　後悔の　日々だったから
あの悪い　暴力的な　行《おこな》いのために　それを
彼の手が　アッという間に犯してしまったのだ。だって
この若者は　気高《けだか》い精神と　立派な良心を　持ち
あまりにも　敏感すぎたのだから　運命が　彼に
課した試練には。一方　父の心は
なおも　変らず　ヴォードラクールは知った
命令が　新しく　出されて　ただちに
逮捕するようにと。おお　なんと辛いことか
別れるのは！　彼には　できなかった——だから
なおも　躊躇《ためら》っていた　その時の　最後の　瞬間まで。
それで　真夜中に　大地に　雪の　降ってる時

この町を　去った。そして　村に
最も　人目に　つかない　近くに
隠れていた　数日の間。
ついに騎士が　彼は何処《どこ》にも見つかりません
との報告を　持ち帰り　捜索《そうさく》は
打切られた。戻ってきた　不運な若者
ジュリアの　泊《とま》っている家から（その家には
彼はもう　おおっぴらに　出入りでき　その家族の
同情を得ていたので　そこの人達が彼を愛していたのは
彼自身のためでもあり　娘のためでもあった）
ある夜《よ》　帰ろうとした時　捕《とら》えられた——だが　ここで
物語の一部は　触れないでおくほうが　良いように
思われる。勿論《もち》　私の記憶は　色々とつけ加える事は
出来るのだが　その若者が　どんなにまたこの短い間に
色々と　妨害されたか　また　ただひとり
捕えられて　生きる苦しみのもとで
味わった　色々の考えについて　また　暗くて
形のない　恐ろしい事が　やってくるかも　また

激しい罪意識の　過去にやったこと　などに　どれほど
苦しんだか　身も心も　打砕かれて　などを。こんな
思い遣りが　それが思い遣りと言えるなら　与えられ
或は　そういう結果になったのは　父親の権力が
弱ったからか　或は　不注意のせいか　こうして
ヴォードラクールは　黙認されて　留《とど》まることに。
見張りを　つけられ　自由はないが
あの　同じ町　不幸な娘の居る所に
引離されては　いるが。それで　二人は
一般の関心の的となり　ついに　彼らの過《あやま》ちに
対する哀れみに　動かされた　行政長官は
若者を　拘留《こうりゅう》した　同じ人物だが
大臣に　お願いして
彼を　自由に　してやった　その条件は
父の家へ　帰る　ということで。

彼が捕えられている家から出た　殆どその夕べ
ジュリアの　生みの苦しみ。彼女も正にあの時から

同じように　捕われの身　初めて　この家へ
密《ひそ》かに　連れてこられた時から。
優しく　慰めの　持て成しを　受けてはいたが
彼女自身　囚《とら》われの身　投げ捨てられた身
が　心はいっぱい　恋人と　女の　恐れで。
そして　その家の　女主人が　夜
最後に　その部屋に　入ってくると　いつも
ジュリアは　低い　悲しげな声で　言うのだった
「あなた　また　捕《つか》まえに　来たのね」と。
主婦は　このような言葉を　いつも　同じに
囚われの娘に　力なく　言われると　それを
聞く度に　いつも涙で　一杯に　なるのだった。

出産の　一日か二日前　ヴォードラクールは
彼女の所へ　連れてこられた　そして　すぐ
許されて　子どもの　生れた後《あと》の
彼女の部屋へ　入《はい》ったことでしょう。
その家の主人は　頼《たの》んで　家の人々
みんなが　集まるようにした。そしたら　二人が
人間の親切に対して　良い印象を　受けるだろうと
少しも疑わずに。ヴォードラクールは
（これは　そこに居合せた人から　聞いたのだが）
生れたばかりの赤ちゃんを　抱き上げ
口付《くちづ》けし　祝福し　その子を　涙で濡《ぬ》らし
祈りを捧《ささ》げ　決して父親のように　惨《みじ》めな　人間には
ならないようにと。それから　その子を　生んで
くれた母親のほうへ　差出した。彼女もまた
同じ祈りを　繰返し　再び　子どもを　受け取った。
その後《ご》　かすかに　何か　呟《つぶや》いていたが　彼は
その子を　傍《そば》に　立っている人に　預《あず》け
静かに　泣いた　ジュリアの項《うなじ》の上で。

二ヵ月の間　彼は　その家に　ずっと　留《とど》まった。
どうしたら　これから　仕合せになれるかと　繰返し
繰返し　考え続けた。「あなた　帰ったほうが　いい
ジュリア」と　彼は言った「あなたの　お父さんの家へ

子どもを連れて　あなた　これまで　随分辛《つら》い思いを
してきた。だけど　その町は　私たち二人が　生れた所
誰も　あなたを　咎《とが》めやしないよ　私たちの愛は
知られているし　思いっきり　可愛らしい着物を
着せてあげなさい　この子に　走り回るようになったら
早速《さっそく》ね。こうして　遊んでいる時に　私の父が
窓から　見たりしたら　きっと　この子の
可愛らしさに　祖父も　心　打たれるでしょう。
そうすれば　父の心も　和らげられ　私たちの　愛も
旨《うま》くいくだろう　初めの頃のようにね」このような
輝きが現れることは　滅多になかった。寧《むし》ろもっと屡《しばしば》
見られたのは　凭《もた》れている　青白い　物悲しい顔
赤ちゃんの　母の胸に。こうして　ひとつの乳房に
頭を休め　もう一方の　乳房から
赤ちゃんは　静かに　乳を　吸っていた。
またある時は　彼が　静かに　永い間
じっと　彼女の顔を　眺めていた時
よく大きな声で叫んだ「ジュリア　あなたの瞳《ひとみ》は
なんと高く　ついたことか　私には！」と。昼の間
子どもが　揺り籠の中にいる時は　その傍に座って
一瞬たりとも　離れることはなかった。今や
町全体が　彼の　この　不当な　不幸に
同情するようになり　戸口や窓辺に　ちょっとでも
子どもを　抱いて　現れよう　ものなら
すぐに　通りは　人々で　いっぱいになり
ある人々は　よく　遠慮もなく
その家の前を　行ったり　来たりして　彼を
盗み見　するのだった。こんな時　よく　彼は
お願いの手紙を　書いた　内々《うちうち》の結婚など
ジュリアの両親が　承諾してくれる
筈《はず》がないことは　分っていたので　自分の父親に
長男としての権利は　いらないから
その代《かわ》り　せめて　自分の結婚だけでも
認めていただきたい　と。無駄なお願い
それには　何の答えも　なかった。ところが　今度は
彼女自身の実家から　恋人の母親が　やって来て

娘に知らせた　母親の堅《かた》い　最後の決意を。
老人の心を　動かす望みは　すべて無駄だと
分ったからには　あなたは身を引いて　尼寺に　入り
そこに　引籠《ひきこも》らなければ　ならない　と。ジュリアは
この言葉を　聞いて　雷に打たれたように　驚いた。
が　母親の権利として　子どもも一緒に　連れて
行きたい　と強く言ったが　適《かな》えては
貰《もら》えなかった。彼女も　ついに　それを　悟《さと》った。
そこの家の人たちも　ジュリアの運命についての
この決定を聞くと　もう誰も彼《か》もが
深い悲しみに　打ち拉《ひし》がれ　とても
心を落ち着け　穏やかに　この話を　若者へ
知らせることなどは　できなかった。しかし
どんなに　彼らは　驚いたことか　彼の態度を　見て
この知らせを　聞いた時　失望しながらも　静かに
落ち着いて　何も言わず　僅《わず》かな感情の
動きさえ　外に表すことなく。これを　見て
ジュリアは　彼の意気地《いくじ》なさを　何か責めるような

言葉を　投げかけていたが　それに　彼は　一言《ひとこと》も
口答えせず　ただ自分の娘（ジュリア）に劣らず　この自分を
大切にしてくれる　その母親の手を　取り
口付けし　なにか苦しんでいる様子も　見せず
たとえそれが　自分の愛しい人を　永遠に
自分から　引き離すために　やってきた人の
手であっても。その町に　彼は　留《とど》まっていた
ジュリアが　身を引き　尼僧院に
自分の住いを　持ったあとの季節も。
自分の幼い赤ちゃんに　適当な乳母《うば》をつけて
やるために。乳母が見つかっても　今度は
その幼な子が　預けられた　その屋根の下に
まる一日過《すご》し　そしてついには　その揺り籠から
無理にも離れて　父の家などに（父の家に）帰ることなど
思いも　及ばなかった。が　そこに　暫《しばら》く
住んで　それから　また戻ってきて　見るのだった
赤ん坊が　充分　丈夫になって　連れ歩いても
いいように　なったかを。これを　最後に　彼は

この町を　去った　子どもの乗せる　囲い椅子
担《にな》い籠　或は　椅子籠　とでも言うのか
その傍に　付き添って。町から　およそ
五キロも　離れた所にある　丘まで
彼が泊っていた宿の　家族が
付いて来て　そこで　別れた。
みんなは　下から　じっと見詰めていたが
ついに　彼は　丘の頂《いただき》で　見えなくなった。
彼は　眼を　殆ど離さず　ずーっと　旅の間
赤ん坊の乗っている　籠から。そして
どんな宿屋に　泊り　どんな所に　休んでも
子どもを　膝に乗せ　自分以外の　誰にも
幼子《おさなご》の　着物を着せたり　脱《ぬ》がしたりは
させなかった。あの担《にな》い籠を　担《かつ》いで
くれた人が　これらの事を　帰ってから
話してくれたが　話しながら　彼は　泣いた。

このようにして　ヴォードラクールは　子ども連れて
去って　行ったのだった。こうして　着いたのが
彼の父の家。が　この罪のない　赤ん坊は
その家に入ることが　許されなかった。若者は
一言《ひとこと》も　怒ったり　咎《とが》めたりすることはなかった。
が　最後のお願いとして　父に請《こ》うたのは
隠れ家を　一軒　お願いします
田舎で　少ない費用で　なんとか
生きていけるような　一軒屋を。
その住いは　寂しげで　あればあるほど
嬉しいのです。森の　奥深く　一軒の　番小屋へ
許しを得て　年齢《としはたち》二十の夏を　過ぎること
四の時に　隠れ住むことになった。
そこへ　連れて行ったのは　幼子と
自分達の面倒を　見てくれる　家政婦の
年老いた婦人。ここで　彼を慰めてくれたのは
この孤児《みなしご》の世話をし　幼い子どもの
乳母《うば》の役目を　したこと　が　その子は
それから　間もなく　父親の　何かの間違いか

不注意のためか　死んで　しまった。
この物語を辿《たど》って　最後の奥まで　来たが
苦しみなのか　安らぎなのか　私には分らない。
彼らのせいで　禍《わざわい》が　起きたのであり　私ではない。

その時からというもの　彼は決して話しかけることは
なかった　生きている人間には　誰にも。あの二人が
思い出深い　あの悲しみを　あんなにも生き生きと
残していった　その同じ町の　住民が
たまたま仕事の都合で　彼の隠れ家の近くまで
来たので　訪ねようとの　思いで
そこへ行くのだが　行ってみると
家には　老いた家政婦しか　居らず
彼女の言うには　折角でございますが　ということで
だって　主人は　何も言わなく　なり
生きている者には――私にさえも。見ると
話しているうちに　ヴォードラクールが　近づいて来
誰か　そこにいるのを見て　ちょうど
庭の門に　手をのばした瞬間　後込《しりご》みし
影のように　すーっと　見えなくなり。
上辺《うわべ》の　あの無惨な姿に　ショックを受けて　そこから
訪問者は立ち去るのだった。

こうして生きた　若者は
人間との　総ての音信から　断切《たち》られ
普通の　日の光さえ　避けるように　なり
その後《ご》　間もなく　フランス全土に　響き渡った
自由の声も　民衆の希望も　彼自身の受けた
あまりにも　酷《ひど》い仕打についての　個人的な記憶も
彼を　奮い立たせることはなく　あの寂《さみ》しい隠れ家で
日々を　空《むな》しく　過す　弱々しい　心となり。

第十巻　フランス滞在とフランス革命

（二二秋―二四、五歳）

麗《うるわ》しい　静かな　日であった
それは　大地の顔一面に　広がり
やがて　薄れていき　常ならぬ　静けさとなり
ロワール川を　後《あと》にし（一七九二）　通り抜けた風景は
葡萄畑や果樹園　牧草地や耕作地
静かな川　陽の光　そよとも戦《そよ》がぬ　木など
あの　荒れ狂う首都《パリ》へ　わが歩みを向け
英国へ帰る道すがら。王位から
国王は　追放され。集合せる軍勢の
恐ろしい雲は　その額《ひたい》に掲《かか》げていたのは
それを運んできた　不気味な風の

優《やさ》しい恵みだが　自由の平原《フランス》に
爆発しても　害はなく　更に言えば
群衆は　意気揚々とやって来たが　東方の
狩人の群のように　包囲の輪を
刻一刻と　狭《せば》め行き　ついに追いつめた
絶体絶命の　最後の　一点まで
餌食となる種族（革命軍のこと）を。そんなふうに見えたが
自分たちの方が・・・・・　自らの仕事（会戦）に直面して　後《しり》込みし
恐《こわ》くなって　逃げて行った。惨《みじ》めさと絶望が
残ったのは　間違った期待で　その空想を
いっぱいにしていた彼等（王党員）に　自信と
完全な勝利は　より正しい主義（革命）の人へ。
国家は　自らの安全のために　最後の封印でも
するかのように　また世界に　対して
示した　自分の姿　高く恐れなき魂を
或はむしろ　弱り行く能力を　引締めて
新しい変化を　起させてくれた　人々への
感謝の心から　喜んで示したのが

共和国としての　実質と　尊い名前。
嘆かわしい罪（九月の大虐殺）が　本当なのだが
その頃までには（一七九二年九月下旬）もう終わっていた。
あの大虐殺の行為は　分別《ふんべつ》のない剣《つるぎ》が
懇願されて　裁《さば》きを司ることになった。が　これは
過ぎ去り　大地は　永遠に解放され　束の間の
怪物　と思われたが　見られたのは　一度だけ
その物は　ただ姿を　見せただけで　死んでしまった。

　この頃だった　希望に燃えて　私が
パリに戻ってきたのは。また　私は　歩き回った
前にした時より　もっと熱心に
あの広い　大都市を。その時　通り過ぎたのは
牢獄　そこには　あの不幸な　国王が
居て　王子たち　后《きさき》と一緒に　囚われの
身となって。また　宮殿も　最近　襲撃され
轟《とどろ》く大砲や　多くの軍勢に。今度　通ったのは
（その頃は　暗く　そこには　もう人もいなかったが）
カルーゼルの広場（チュイルリ王宮の前）数週間前には　高く
積まれていた　死人や死にかかった人々が。
これらやそのほかの光景を　見て歩いたが　それは
ちょうど　一人の人間が　一冊の本の内容の
大切さは　よく知りながら　自分には締出されている
読めない言葉で　書かれているので　それで
その無言の頁に　問いかけるが　つらい思いをし
その沈黙を　半《なか》ば咎《とが》めるような気がした。が　その夜
ベッドに横たわっている時　とても　心　動かされ
最も深く感じた　何という世界に　俺は居るのだ　と。
私の部屋は　高い所にあり　寂しく　大きな
マンションかホテルの屋根近く　そこでも
もっと静かな時だったら　気に入ったのだが。
そんな時でも　楽しみが全くなかった訳ではない。
消えることのない蝋燭で　警戒しながらも
時には　読書もし。恐怖は過ぎ去っても
私に伸《の》し掛《かか》る　これからやってくる恐怖のように。
私は考えていた　あの九月の大虐殺を。

それから　隔《へだ》たること　ほんの一ヵ月
それを感じ　当たっても見た　現実的な恐怖。
残りの所は　推定で書いたのだが　その元は
悲劇的な物語　本当の歴史の悲しい暦《こよみ》
記憶や　怪しげな　警告など。
「馬はよく仕込まれる《（「お気に召すまま」I-i-三）》と　旨《うま》くやっていく。天の
風も　吹捲《ふきまく》っても　自分の足取りはするもの。
年《とし》の後《あと》には　年　潮《うしお》は　再び帰り
日の後には　日　物には総て　次の誕生があり
地震は　一度で　済むことなく」
こうして　次第に私は　気が高ぶっていき　ついに
一つの声が　聞えてくるように　思えた。その叫び声
街全体へ「もう眠るな《（マクベス）》」と。これに対して
もっと冷静な　心の見方もあろう。が　それで
充分な安心感は　得られなかった。しかし
いくら良く見ても　そこは　恐怖の場所のよう。
夜が求める休息には　不向き
その防備の無さは　虎のうろつく　森のよう。

翌朝早く　オルレアンの　王宮通りに
行ってみたが　そこへ入ってみたら
出会った　ほかの様々な音に混じって
群集の中の　呼び売りの　声のわめきに
マクシミリアン・ロベスピエールの
罪の告発を。彼らが　両手に持っている
演説は　最近行《おこな》われたものと
同じで　その日　ロベスピエールが
どんな目標を　目指して　間接的な
非難の言葉が　吐かれているのか
よく知りながら　大胆に　立ち上がり
自分に対して　悪い推測を　持てる人に　敢《あ》えて
その非難を　公然とするようにした。その時
死んだような静けさが　続き　誰一人　動かず
そこに居たみんなが　沈黙せるその中を　自分の席から
ルーヴェが　ただ一人　通路を　進み出て
演壇に登り　席につくと　言った

「私が　ロベスピエールよ　そなたを　告発する！」
よく知られていることだが　その非難の論点が何であり
どのようにして　ルーヴェが　独り残されたのか　優柔
不断な友人たちの支持もなく。しかし　このような事を
私が話すのは　それが　私個人の心にとって
まさに嵐であり　日の光であったから
それ以上ではない。次に言わせて欲しいのは
幾らかでも　自分のこの眼で　見た今
自由や生命や死は　そのうち
国の遥か遠い隅に至るまで　首都を
支配する人々の　裁決に　帰《き》するだろう。
何の為に　闘《たたか》っているのか　どのような闘士によって
勝利を　勝取るべきなのか　その目標が
最も正しい　と思える側の　優柔不断。それに
一方では　攻撃でも　守りでも等しく
恥知らずなために　強かった人々の
真直《まっす》ぐなやり方を見て　私の心は
激しく撹乱《かきみだ》された。本当に　できるものなら

祈りたいくらいだった。全世界に　理性の
忍耐強い訓練によって　自由を持つのに値する
総て人々の上に　つまり　円熟して　飾らず　正直に
生きられるようになった人々の上に　話すという
才能が与えられますようにと。そうすれば　人々が
世界のあらゆる所からやってきて　フランスのために
尽くしてくれるだろう　助けなしには　できないこと
輝かしい仕事を。が　これに　治安の仕事も加えた
などとは　思わないでくれ。そのような考えや
事の成り行きについての　ほんの少しの恐れなども
私には無縁だった　天使が罪に無縁であるように。

それでも　私は悲しかった　悲しいだけでなく
考えてもいたのだ　抵抗と救済のことを。
取るに足らない　余所者《よそもの》で　無名の
詰まらない人間であり　自国語でさえ
雄弁の力には　少しも恵まれておらず
動乱や陰謀には　全く不向きであったが　それでも

私は　心から　お役にたちたいと思った　こんな時には
こんなにも素晴らしい　大儀のためには　どんなに
危険であろうとも。心の中で　思い巡《めぐ》らした
いかに多く　人間の運命は　今でも　一人の
人間に　掛かっているかを。あらゆる地方的で
伝統的な　差別を超えて　一つの普遍的な
人間性が在る　天にただ一つの　太陽があるように。
物事というものは　どんなに素晴らしくとも　正に
それ故に　どんなに詰まらない物の眼にも　入って
くるものだ。人間は　ただもう弱かった　不信が生れ
希望がなくなった時　聖なる証拠が　はっきりと
示してしるのに　希望が　一番確実なのだ　と。
高潔な意欲と　確《しっか》りした　感覚が　あれば
自己に　徹底的に　忠実な　精神は
抑制されず　眠ることとなく　挫《くじ》けることとなく
人間の中の本能のよう　一つの流れのよう
それは　集めながら　一つ一つのちっちゃな　さ迷《まよ》い
流れる　小川や水脈を　悦《よろこ》んで　流れゆき　すっかり
安心しきって。心というものは　その休らいが
あるべき所　自制とか　用心深さとか
飾り気のなさ　などにあれば　完全に
敗北して　その目標の下《した》に　陥《おちい》ることは
減多にないし　外部からの裏切りに会って　それを
覆《くつがえ》したり　挫《くじ》いたり　することもない　と。

一方で　思い出していたのは　次のような真理
学校では　当り前のことであり　子どもたちには
余りに平凡で　感じることさえ　できないような問題
が　神のお告げのような　真に迫《せま》った感じで
その全体的な意味において　知られ
また　見られるのは　古代の哲学者たち
世俗の事には　不慣れで　木陰に
過す人々　ハルモディウスと
その仲間　アリストギトンに　知られ
ブルータスに知られた真理　暴虐《ぼうぎゃく》な権力は弱く
そこには　感謝も　信頼も　愛も　なく

善き人々や　悪しき人々からの　支持も
得られず　われらのものである　神性は
完全には　取り除いたり　静めたりは　できないことを
何物にも　永続きする　本来の権利はなく
公正と理性以外には。外《ほか》の総てのものが
出会う　相容《あい》れない敵と。せいぜい
ただ　生きていくのみ　いろいろな病と。

どんなに私の願いが強く　どんなに私の思いが
激しく掻乱《かきみだ》されようとも　当時も少しも疑わなかった
十年の恥ずべき年月も　取り消すことのなかった信条を。
が　徳のある最高の心の人がいたら　あの神を敬わない
最高の連中を赤面させ　不法行為や血腥《ちなまぐさ》い権力を
鎮《しず》めてくれたただろう。そして　無知と未熟のために
民衆が　どんな状態であるか
などを無視して　また外国からの
絶望的な抵抗に　逆らって
正しい政治のため　道を切開き
国家のため　揺《ゆる》るぎない本来の権利を　残したであろう
それを取り戻した判例を　示してくれたのは
古代の立法者たち。

このような心の状態で
しぶしぶながら　英国へ帰って行った。
生活資金の　完全な欠望　そのもののために
仕方なく。そうしていなかったら　きっとこれは確か
私は　値打なんて　殆どなかったし　そうに違いないし
その国では　余所者《よそ》に　すぎなかったのだから
きっと共同戦線を張り　亡くなった人々と共に
私も亡くなっていただろう　判断を間違えて
途方に暮れた　一人の哀《あわ》れな　生贄《いけにえ》として
自然の胸に　帰るべきだったのだ。
あらゆる決心や　あらゆる望みを　持ちながら
自分自身だけの　詩人として　人々には
役立たず　愛しい友よ！　あなたにさえ
知られぬ　人として。

わが祖国へ

（まる一年ぶりに）（一七九二年の末）帰ってみたら
世間は　なおも騒がしく　沸き立っていた
以前から　持ち上がっていた　黒人奴隷の
仲買人に対する　反対論争で。
この努力は　挫折はしたが　にもかかわらず
呼び戻したのだ　あの古い忘れられていた原理を。
任務から追い出されていたが　それが　広めたのだ
真実と　さらに気高い感情とを　英国民の
心の中へ。そして　こんなにも多くの人々（実際　国民
全体が　一つの声となって　叫んでいるに等しい数）
その彼らのうちの　少なからぬ人々が
自分たちの　正しい意志と　正義の希望に
邪魔が入り　そのために　充分に覚悟を決めて
しばし（奴隷解放運動）その旅を休ませ　それから　加わる
次に現れた　ほかのどんな隊商にでも。
そして　旅をつづける　自由へ向かって
もっと旨くいくようにと。私はというと　あの闘いに
心から引付けられたことはなかった。今でも

あの問題が　旨くいかなくとも　大《たい》して　私の悲しみを
誘うことはなかった。心にこんな信念を　持ってたから
もしフランスが　成功したら　善良な人々がいつまでも
実りなき賛美を　人間性に　捧げなくともよくなり
人間の恥の　この最も腐《くさ》った枝も
不必要な　骨折りの対象のように　思え
一緒に倒れてしまうのだ　その親木《おやき》と共に。

次のようなのが　当時の私の信念であった
皆にとって　一つの　ただ一つの　心配事が　ある
ということ。今や英国の兵力は　敵の
連合軍と　同盟を　結ぶことに　なり
私一人の心だけでなく　見られたのだ
総ての　純真な　若者の　心の中にも
転向や転覆　この時から。衝撃というものを
私の精神的本性に　受けた験《ため》しがなかった
まさに　あの瞬間まで。革命
と言えるような　感情の躓《つまず》きや

転換を　この時以外に　一度もない。
その外は総て全く　同じ道の上の
行進であり　そこを　歩調の変化はあっても
歩き続けてきた。が　このひと跨《また》ぎで
すぐに　ほかの領域だ。実際
隠すことなく　何という不快な眼差《まなざ》しで
わが祖国の指導者達は　抑《そもそも》の初めから
生れ変った　フランスを　眺めていた。
私も疑ってはいなかった　この日の来るのを。
しかし　そんな風に　予想はしていても　私が
考えていたのは　全体的な関《かかわ》り合いだけで　それ以上に
この事件の予想をすることなどは　一度もなかった。
が　今度　別の仕事が出来た。というのは　感じたんだ
ひどい傷跡をね　この上なく不自然な　揉《も》め事だ
この俺の心の中に。そこに　今でもある　重荷のように
反目《はんもく》し合って　わが楽しみの　この上なく
優《やさ》しい泉と。私はっといえば　そよ風と　戯《たわむ》れていた
一枚の緑の葉　祝福された　木の上　あの愛しい祖国で。

もう望むことはなかった　もっと仕合せになりたい
なんて　そこで萎《しお》れていけばよかった。今や
わが楽しい場所から　切り取られ　放り出されて
旋風《つむじかぜ》の思うまま。私は大いに喜んだ
そう　後《あと》になって　この真実　何と心苦しい　記録！
有頂天になって　わが魂の　勝利　と
英国兵士が　何千という敵軍に　打ち破られ（一七九三年九月八日）
栄冠もなく　戦場に取り残され　或は　追遣《おいや》られ
勇敢な兵士たち　恥ずべき　敗走の時は。　何と深い
悲しみ　悲しみ　と　言ってはいけない　正に　それ
以外のもの　名付けようもない　対立し合う　感情。
それは　私のように　村の教会の　尖塔《せんとう》の姿を
愛する人のみに　分るものだが
礼拝の　会衆の中で　みんなが　天の
偉大な父なる神に　跪《ひざまず》き　祈りを捧げ
祖国の勝利に　賛美が　行《おこな》われている時
その素朴な　礼拝者たちの中で　おそらく
私一人が黙って座っていることを　誰もが認めない

招かれざる客のようであったが　更に付け加えようか
心　慰めていた　復讐《ふくしゅう》の日がそのうち　きっと来るから。

ああ　何と重大なことか　彼らの責任は　暴力で
引き裂いてしまったのだ　決定的な分裂の時に
英国の最良の若者たちから　彼らの貴い誇りと
彼らの喜びを　あの英国で。これが成された
時代は　最悪の損失に　最良の名前が
簡単につけられ　国を愛する心も
何時《いつ》の間にか　大人しく　席を譲《ゆず》り
神《キリスト》が現れた時　その前触れとなった
先駆者《せんくしゃ》のように。また　この時代は
古い時代からの　生きる信念から　離れることが
ただもう　より高い信条への　変化のように思われ
それに　危険で　野蛮な　時期でもあった。
この時代は　経験があっても　いろんな生垣から
花を摘み取っては　花環を作る
自分の白髪の頭など　御構《おかまい》なく。

まだ　英国の艦隊が　この相応しくない
任務に　出て行かないうちに　これは
少数の頭の弱い　人達の　不幸な協議で
決められたのだが　見ると　軍艦が横たわっている
一群《ひとむれ》の勇敢な生き物たち　深い海の上に　休んで
いるのを　私は見ていた　一時的な滞在者として
まる一ヵ月もの　静かな　鏡のような　穏やかな日々
あの心地《ここち》よい島《ワイト島》に　それに守られた
彼らの集合の場所。そこで　私は聞いた
夕暮れどき　いつも　静かな海岸を　散歩している時
いつも欠《か》かさず　響いてくる　警告の音
日没の　大砲の轟《とどろ》き。太陽が　静まり返った
大自然の中に　沈み行く時に　轟く　あの音
不吉な鎮魂の調べ！　あれが　聞えてくると
いつも私は　憂鬱《ゆううつ》な気分になり　深い
想像　これから来る　災《わざわ》いの思い
人類への嘆き　心の苦みとなった。

フランスにおいては　絶望的な目標のために
情《なさけ》などというものを　根こそぎ毟《むし》り取った人々が
喜んだのは　この新しい敵(英国)。暴君達(反仏同盟国)は以前も強かったが
悪魔的な申し立てで　今や十倍も　強くなり　こうして
四方八方　敵に囲まれ　掻《か》き立てられた　国土は
次第に　狂気になって行った。少数の人々の罪は
広がって　多くの人々の狂気となった。地獄からの
突風も　清められて(「ハムレット」一・四・四一のもじり)　天国からの　微風となった。
正しさを主張する厳《きび》しい態度　神の摂理には
怒りと復讐の時があることを　少しも疑わない
人々の信念――人間の悟性を　最高のものとし
それを　自分たちの神としている
人々の信念　短期間の苦痛の代《かわ》りに
幾世代もの楽園を　勝ち得ることに
満足する人々の望み　傲慢な気質《かたぎ》の人々の
盲目的な怒り　お節介屋《せっかいや》の　軽率な虚栄心
疑い深い人々の　ぐらつかない目的

軽率な人間の　うっかり漏《も》らすお喋《しゃべ》り
そのほか　人の世の　総ての出来事が　絞《しぼ》られて
一つの役目(ギロチン)となり　忙しい仕事となる。
国民公会(半年余でつぶれる)は　悲しみに打ち拉《ひし》がれ　声ひとつ
挙《あ》げられず　誰も反対もせず　宥《なだ》めもせず
国内の大量処刑が行われたのは　今や一年中
お祭り騒ぎのよう。老人は居心地のよい　炉隅《ろすみ》から
乙女は　恋する　男の　胸から
母は　赤ちゃんの　揺り籠から
兵士は　戦場から　総て引き裂かれ　総て
敵も味方も　有らゆる組織　年齢　階級
首また首を　その首に　足りることはなく
首を落とすこと　命じる人々には。これに喜びを見出し
これを為すこと　まさに渇《かわ》きを知らぬ　子どものよう。
もし無邪気な　子どもの　軽い欲望を
このような　極悪な渇望に　比べ得るなら
玩具《おもちゃ》の風車《かざぐるま》を　手に持って　風が　自然に
爽《さわ》やかに　吹いてきて　風車が　目の前で

くるくる回るのに　それでは　物足りず
玩具を持った手を　うんと前に　突き出して
突風　目掛けて　思いっきり　走り出し
ますます速く　回したがるようなもの。

どん底の
犯罪行為(罪もない民の処刑のこと)の時には　分別《ふんべつ》のある人でさえ
時には忘れ　自分の存在は　どこなのか(神)　を
また　忘れ　自由といったような言葉が　この地上で
かつて　聞かれたことを。しかも　総ては　自由の
無垢《むく》の権威の下《もと》で　行われ　あの神聖な　名前が
なかったら　何事も　為されなかったであろう。
ローランの　あの素晴らしい妻(一七九三年一一月八日処刑)　落ち着き払《はら》って
死に臨みながら　あの激しい苦しみを　味わい
それを　最後の言葉として　表した。おお　友よ！
あの時こそ　人間にとって　嘆かわしい時であった
希望が　人間のものであろうと　なかろうと。
悲惨な時であった　あの激しい心の傷手《いたで》にも　拘《かかわ》らず
希望を尚も持ち続ける人にとっては。最も悲惨なのは
これらの少ない人々　この上なく深い悲しい思いをし
なのに今でも　希望を抱いて　人間を信じている人々。
その間　侵略者達は　当然の憂き目に　逢っていた。
幼いヘラクレスのような共和国が　両腕をつき出して
締《し》め殺した　幼いながら　神のような力で
自分の揺り籠の周りの蛇を。それは　お見事《みごと》　また
そうあるべきだが　それは何の慰めにもならなかった
後《あと》になって　人類を非難する時に　持ち出される
乱暴な有様に　心を痛めている人々にとっては。
何と憂鬱だったことだろう　あの頃は　おお　友よ！
私の昼の想いは。夜の夢も　惨《みじ》めなものだった。
何ヵ月も　何年も　あの残虐な行為の　最後の
一発の後《あと》　いつまでも（真相を　有りのまま
言ってるのです　あなただけに　内証話のようにね）
殆ど一夜として　安らかな眠りを　得たことはなかった
あのようなぞっとする　私の見た幻は　絶望的で
独裁政治的であり　処刑の道具であり　被告としての
長い演説　それは夢の中の　あの不正な革命裁判所で

行《おこな》ったもの　声も　途切れ　途切れに
心　乱れ　同志を　見捨て　裏切っている
という　感じさえ　した　私の　知る
最も　聖なる　所　私自身の　魂の　中で。

青春の初期の頃　私が　初めて
大自然に　わが身を委《ゆだ》ね　あの強烈で
聖なる情熱が　初めて　私を襲った時
昼も夜も　夕べも朝も　その圧迫から
逃《のが》れられなかった。が　大いなる神よ！
あなたは　自分自身を　この生きている世界に　送り
自然を通し　あらゆる種類の　命《いのち》を通し　人間と
してくれたのが　本来の人間　聖なる姿に。
個人的にも　社会的にも　優れていて　これら総ての
物の上に　掲げられた　無限の階段へ。人間を
人間らしくしている理性が　孤立させられることさえ
なければ　これは　何という変化だろう！
自然崇拝の後《あと》の　この人間崇拝のための　儀式　何と
違っていることか。この第二の愛《（人間愛）》を育てようと何という
振舞いをしたことか。あの最初の愛《（自然愛）》の　祈りの対象は
一向《ひたすら》静かに安らいでいる物　あなたの御《み》心の内《うち》深くに。
だから　仕えることは　崇高な悦びであったし　心の
乱れも　嬉しかったし　恐れさえ　心　高めてくれる
尊いものであり　眠りは安らかにしてくれ　目覚めての
思いの豊かさ　この上ない　仕合せな　夢以上。

しかし　古《いにしえ》の予言者たち　いかに興奮していても
自らの　心の慰め　精神の　尊厳を
失うことなく　公然と　宣告した
町や都は　犯罪の　どん底に
のた打っているから　神の裁きが　来る　と。
或は　眺めもした　外《ほか》の人々のように
肉眼で　目の前の　ものさみしい所で
天の　怒りの　成就を。これと　同じように
幾らか　あの古の　予言者達の　精神が　私にも
降りて来て　支えてくれたのです　あの悪しき時代を。

あの荒れ狂う時代の　真夏の焼けつく熱さの中でも
私は見出した　何か輝くもの　正《まさ》しく　相応しく
最も崇高な法則　といっていいような物を。
たとえ　そういうものでなくても　あの訳《わけ》の
分らない　懲《こ》らしめの　恐怖の　最中《さなか》にあっても
私が感じていたのは　力強い　一種の共感
わが心を　奪い立たせる　感動。それでいて
最高の事柄と　関わりの　あるものだった。
荒々しい　嵐の音楽が　こうして　己《おの》が道を
見出していた　荒れ狂う　事件の　真直中《まっただなか》に
最悪の嵐にも　耳　傾けるように　と。その時
真理が　わが心の中に　受け入れられた。
この大地が　もたらし得る　どんなに重い　悲しみ
われらの　また仲間の　どんなに辛い悲しみの下《もと》でも
もし　この苦しみから　どこかに　生れて来なければ
その苦しみがなければ　在《あ》り得なかった栄光　一つの
信念　気高い心　清められた心が　もしまた　新しい
力が　与えられ　古い力が　回復されるのでなければ

責任は　われらであって　自然に　ではない。革命を
嘲《あざけ》る人が　得意になって　物笑いの的にして
（この言葉から現代のK・レインが詩を書いた）
「見なさい　これが　われらの刈り取った　収穫かね
人民の政府と　平等から」などと言う時　私の考えでは
この禍《わざわい》の元は　人民政府と平等でもないし
間違った考え方によって　それらの名前に
接木《つぎき》された　的外《まとはず》れの信念のせいでもなく
それは　罪と無知の　貯水池であって
時代から時代へと　すっかり満たされて
むっとするような　そのお荷物　最早《もはや》　支えきれず
突然　決壊し　広がり　洪水となり　国中に。

　そして　沙漠にも　緑の場所があり　海には
小さな島が　嵐の波間の　ど真中《まんなか》に　あるように
あの悲惨な時代にも　聞けば　喜びとなるような
人間の　あらゆる　美しい所が　あちらこちらと
ない訳ではなかった。なのに（少なくなかったのは
あの　明るい所　あの　美しい例などの

不屈の精神　活力　愛
己《おのれ》に忠実な　人間性など　最悪の試練の下《もと》に
ありながら）考えずには　いられなかった
あの楽しかった時を　初めてフランスを横切ったのだ
若い巡礼者として。何よりも　忘れられないのは
あの日だ　街を飾った（連邦記念祭）　アーチ
華やかに　飾り立てられた　虹
しっかりと確保された　自由の為の　勝利の華やかさ
歩いていく私たち　疲れた　二人の　旅人
（一七九〇・七・二六、二〇歳）
アラスカの町に沿って。この場所から
出て来たのが（作者のミスか）　あのロベスピエール　あとで
無神論者の仲間の主権を握った。
不幸な惨禍が　遠く　広く　広まって行った時
この同じ町　あの時は　外のどの町よりもまして
勝誇《かちほこ》った気持で（ロベスピエールのこと）　いっぱいのように　見えたが
その冷酷な息子の　仕返しの下《もと》に　呻《うめ》いていた時
リア王が　風を叱《しか》ったように　私も　もう少しで
文句を言ってたかもしれない　あの罪もない光景に。

だって　今でも　私の心の中に　映像として残っていて
私をからかってるみたい　こんな不思議な位　逆転して。

おお　友よ！　わが全生涯を通じて（ひどい犠牲を求める）　あの時ほど
仕合せな時は　滅多《めった》になかった。あのモウロクのような（ロベスピエール）
邪悪な種族が　打ち倒され　彼らの首長が
打ち負かされたことを　初めて聞いた時ほど。
その日は　事に依ると　特別の記録に値する
日となった。丁度　その時　滞在していた
小さな村から　出掛けて（ケジックにあった）　元の　遠く
人里離れた　隠れ家へ　帰ろうと
していた。リーヴンの　広大な入江の
滑《なめ》らかな　砂原の上を　歩いていた
穏やかな　陽の光を　あびながら。
遠い　彼方《かなた》の　眺め　煌めく　空と雲
混じり合う　山々の頂《いただき》　分《わか》ちえない
一つの栄光に　包まれて　正に
一つのこの世ならぬ　物質で造られた　天使たち

集って　会議をなし　一つの花の冠《かんむり》のよう
或は　燃え輝く　天使たちの　王冠のよう
最高の　天上界に　居る時の。この光景の下《した》のほうに
あるのが　たしか　牧歌的な　谷間の　憩いの場
その中の　楽しい野原で　育ったものだ
子どもの時から。この光り輝く　光景
変ることなく　動揺することなく　消え去ることなきを
私は見詰めていた。すると心は　ますます　生き生きと
してきた。だって　たまたまですが　見付けたのです
その朝　カートメルの　田舎町の　教会の　墓地を
散歩してたとき　私の若い頃の　尊敬する
一人の恩師が　眠っている　場所を。私達が
小学生だった頃　私達に身守られて　亡くなり
たしか　ここへ運ばれ　眠っている　自分の
家族と　一緒に。簡素は墓石　刻《きざ》まれているのは
名前　日付　職業　これで　その場所が分り
それには　一篇の詩が　添えられて
（先生の希望による　と　後《あと》で知ったのだが）

その断片は　グレイの　哀歌から。
亡くなる前　一週間ぐらいの時に　先生が私に
言うには「私の頭も　間もなく　低く　垂れますよ」
先生を　覆っている　芝生を　眺めていると
まる八年も経《た》っているというのに　これらの言葉が
声の響きや　その人の表情までも　ありありと
私に　甦《よみがえ》ってきた。それで　幾筋かの　涙
思いがけず　わが頬　流れ落ち。そして　今　こうして
平らな　砂原の上を　穏やかに　歩きながら　私は
心　楽しく　思い出していた　あの詩が　墓石に
刻まれたのを　そして　考えていた　詩人が
好きだったんだなあ　今　生きてたら　お前も
好きだよ　見込みが　ないわけじゃないしな
俺がかけた　心からの期待に　背《そむ》かなかったし
俺が言ったら　お前　何とか　紡《つむ》ぎ出したじゃないか
初めてのせいか　ちょっと　苦しい歌ではあったが。

私の　外も内も　歩きながら

私が見　感じ　心　通わせる　総てのものが
優《やさ》しく　安らかであった。近くの　小さな
岩の多い島の上に　ローマ・カトリック教会の
礼拝堂だったものの遺跡（それ自体　海の岩のよう）
があった。そこで　昔は　ミサの儀式が
行《おこな》われていた。その時間は　朝の干潮《ひきしお》と共に
砂原を渡って来た人々に　合わせていた。
この静かな廃墟から　あまり遠くない
平原の上全体に　点在していた　色々な群の
乗合馬車　大型荷車　旅行者たち　馬や徒歩で
歩いて　渡って行った　ガイドの案内で
緩《ゆる》い行列となって　内陸部の　浅い流れの
中を。その間　潮は　安全なのだ　遥か
遠くまで　引いているので。私は　立ち止った。
歩き続ける気が　しなかったのだ。現れた景色が
余りにも楽しげで　晴れやかだったので。その時
一人の旅人が　たまたま通りかかり　何気無く　聞いた
何か変ったことは　ありませんか　と。すると

その返事は　その頃　聞き慣れた　言葉で
ロベスピエールが　死んだよ。何の疑いもないことが
聞き返してみて　よく分った　その知らせは
はっきりと　根拠のある　事実であると
彼と彼の支持者達はみんな　敗《やぶ》れ去ったのだ。

　どんなに大きかったか　わが心の喜び　その大いなる
わが歓喜　たとえようもなく。永遠なる正義　こうして
明らかとなった。「さあ　来たれ　黄金時代よ」
と私は言い　あの広々とした砂原の上で　大きく息を
吸って　歌った　勝利の賛歌を。「朝が来るように
夜の胸から　来たれ　あなたも。いまや
われらの確信は　立証されたのだ　見なさい！
彼らは　無様《ぶざま》な破れかぶれから　もたらしたのだ
血の川を　そして　頻《しき》りに言い続けた　血の川以外何も
清めることはできない　オージアス王(血の川)の糞尿だらけの
牛舎を　と。その彼ら自らの助手なる力によって　押し
流された。彼らの狂乱状態が　明らかにされ　はっきり

したのだ。安全は　今やどこか外《ほか》に求められ　大地が
しっかりと進む先は　正義と平和だ」と。そこで
これから先を　もっと冷静に　考え続けた。
いつ　どのようにして　あの気違いじみた　内輪もめは
治まるのか。耐え難い事も　色々長々とあるだろうが
大いなる改革が　進められるのか。こうして
間に入って来たのが　そわそわする　思いがけない
悦びが　わが道を　進めて行った　まさに
あの岸に沿って。そこは　昔　走り飛ばした所。
その時　馬に　拍車をかけた　ナイトシェードの
谷間　聖マリアの　崩れかかった　教会堂
石像の辺《あた》りから。わざわざ　遠回りしたのは
面白半分の気持で。小学生の愉快な　仲間と
共に　遠いわが家へと　急いだ。月光に
照らされた　海の岸辺に　沿って　われらは
翔《かけ》た　蹄《ひづめ》の音　高く　平らな　砂浜を。

　この時以来　フランスでは　よく知られているように
権力者達は　より穏《おだ》やかな表情を　とるようになった。
が　総てが　物足りなかった　理性的な経験の
光に照らし　良い物を求めていた人々に
勇気を与えたかもしれないのに。良い物とは　すぐ
手に入り　過去の目標の精神においても　の意だが。
それでも　同じ信念を　私は　持ち続けていた。
国民会議の声明も　政府の法令や
社会政策も　両方とも　熱意のなさを
予告しては　いたが　私の気力を　挫《くじ》くほどの
力はなかった。民衆を　私は信じていたし　美徳と
いうものを　自分の目で　見ていたのだから。
それで　事態の　最終的な　安定を　望む
わが心は　揺ぎない　信念であった。
私には　分っていた　外傷ぐらいで　若い共和国から
命を奪うことは出来ないし　新たな外敵といえども
前の外敵と同じ　恥の道を　辿《たど》るのみ。
こうして　若い共和国の勝利は　最後には
偉大で　普遍的で　抑えられない　ものとなるだろう。

このような信念は　私の心の中で　情熱的な直感から
得られたものなので　その結果は　少なからず　私の
心を惑《まど》わしたりもした。それは　こうした熱意から
このような外敵への勝利を　わが心の中で混同したのだ
もっと遥かに崇高な　もっと困難なもの
国内では　野心なき平和や無言で耐える　不屈の
精神による勝利　と。今までのように　なおも
連合国への　共和国の抵抗の強いのを　見て
思った　程度において　同じ物は　また　質に
おいても　同じで　その時　相争《あいあらそ》っている　二つの
精神の中で　悪い方が（連合軍）　疲れずに　いる時には
良い方が（革命軍）　必ず　持ち続けるだろう　最初に　自分を
奮い立たせた　あの精神を。夢にも思わなかった
変態が（心変り）なされて　心身の堕落《だらく》とか
希望の喪失《そうしつ》を　受けようなどとは。
だって　この生ける存在（フランス）が　受け入れたように思われた
完全な確信は　何と素晴らしい進歩が　達成されて
きたか　また　何と優《すぐ》れた能力が　呼び起こされて

きたか　であったから。青年の開かれた心（フランス革命）　私は
知っていた　どのような状態の社会においても
思いを共にすることは　自然や自然の持つ内面の力と
もっと直接的に　親しく　出来たし　従《したが》って
時には　理性に関しても　劣ることはなかった
老人　いや　壮年以上でさえ　あったのだ。こうして
自然の許《もと》へと　権力は戻っていった。習慣　慣習
法律は　政治の空白　という広場から　立ち去り
自然だけが　歩き回ることが出来た　何にも縛《しば》られず。
過去に捕《とら》われず　この上なく温《あたた》かい心で　見て
分ったのは　毎日もたらされる物の中にも　充分に
その存在価値はある　いや　それどころか　それ以上
普通の慣行から　引き出された　基準の権威を
揺《ゆる》がすものさえ　あった。私に　見て分ったのは
何と　バベルの塔のごときか　彼らのやっている仕事は。
最近の大洪水で　すっかり　肝《きも》を　潰《つぶ》し　精魂を
込めて　その日から　掻《かき》集め出したのが　ちっぽけな
希望　ひとつの塔（反動政府）を　建てようと　自分たちの　安全の

ために。また　笑ったのは　深刻は顔つきの連中
フランスを憎《にく》む気持から　大きな不幸の兆《きざ》しでも
ないかと　目を光らせ　噂《うわさ》の流れが　緑の小枝一本でも
運んで来ようものなら　それですぐ思い込んでしまう
もう一本の木も　生き残っては　いないのだ
フランス全体の森にはと。どうして私に　信じられるか
どんな形にせよ　英知など　近づいて来ようなどと
そんな気違いじみた妄想に　しがみついている連中に。
こうして　経験が証明してくれたのだ　私の少なからぬ
意見が　正しかったことを。それで　そんなに
確かでない時でも　同じように　自分を信頼し
思ったのだ　外《ほか》の考え方までも　同様に　健全で
そう　正しくないはずはない　と。だって愚かな連中が
それに　反対しているのを見たのだから。
　　　　　　　　　　　　　　　　ここで　もっと
生き生きとした調べに　道を　ゆずり
語るとしよう　若気の過《あやま》ちが　わが主題なのだから
当時　英国全土で　何が為《な》されて　すべての
判断を　その正しい道から　逸《そ》らしたかを。
しかし　これは　われらに　近過ぎる　感情であり
現実が　あまりに近く　あまりに強すぎて
私の頭の中で　何か交《ま》じり合ってしまい
個人的な蔑《さげす》みや　非難めいたものとなり
それでは　詩の神聖さを　汚《けが》すことになるだろう。
わが英国の羊飼い達は（こう言うだけで分るだろうが）
あの頃　法律を守る曲った杖を　人を殺す道具に
頻《しき》りに　変えたがっていた。国を治めていた彼ら
あんなに恐ろしい証拠を　目にしていたのに
死を蒔《ま》いた者は　刈取るのだ　死を　もっと悪い物を。
しかも　刈取れるのは　良い物なんて何もない　なのに
子どものように　憧《あこが》れ　真似《まね》したいと　避ける賢《かしこ》さも
なく　巨人を　その悪い振舞の面だけを。しかし
武器や卑劣な戦争において　力の及ばない所で
悪さをする鳥獣のように　相手を裏切ってまでも
同盟関係を結び　陰険な手段で　密《ひそ》かに　正義を
損《そこ》ね　自由などに　けりを　つけようとした。

だが　このような　辛《つら》い真実から離れて　私自身の
内面の歴史に　帰らねばならない。既に　話したように
私が導かれて　熱心に参加するようになったのは
国家行政組織の　議論の場で　しかも　不意に
本当に　まだその準備も　出来てないうちに。
私が近づいたのは　一方の若者のように　人間性
という　一つの盾《たて》の　黄金の面からであり
戦って　まさに　死に至るまで　自分の見た
金属の質を　証明しよう　としたのでした。
個人的人間の　最善のものは
感情において　賢く　力において　崇高
家庭的愛情においては　強く純なるもの
小さな社会に於いては　情深《なさけ》く
大きな社会においても　偉大な力を　重大な
時局で　呼び出された　時は。これらの事については
私もいくらかは　知っていた。が　これらの事でさえ
深く感じてはいても　理性的に　完全に理解していた
訳ではなかった。いな　それどころか　それらはまだ
後《あと》になって　その理由が　分ったのだが　時代の
もたらす害悪には　抵抗しきれず　神聖な場所の
入口などで　かりの宿を　とっているようなもの
その真中《まんなか》でも安全ではなくなり。このように準備して
このような全体的な　洞察力も得て　悪そのもの
善から　悪を切り離す　境界も　分りかけ
それらは　本や　実生活との交わりによって
きっと　与えられたに違いない。初心者にとっては
世の中が　踏み均《なら》された道を　行く時には
忠実な案内者が　必要なように　私も考え始めた
熱心に　諸国家の　統制に　ついて
今　どうであるか　また　どうあるべきか
その国々の評価は　どのように　依存しているか
その法律や　その国の憲法に　などと。

おお　楽しい　働きの　希望と喜びよ！
何と大きかったことか　あの助けとなる力が　あの時

われらの側《がわ》に立ってくれ　愛に燃えていたわれら。何と
嬉しかったことか　あの明け方に　生きておられたとは
しかも　若いということは　大変な仕合せだった。おお
時代よ　あの時は　貪弱な　古臭い　無気味なやり方《かた》の
慣習　法律　法令なども　突然　持ったのだ
空想小説に　出てくる　国のような　魅力を。また
理性が　自分の権利を　最も主張したようだし
理性自らを　最高の魔法使いにし　この上なく懸命に
なって　仕事を助けようとしていたし　その仕事は
当時　理性の名のもとに　進められたものだった。
フランスのように　恵まれた国だけでなく　全世界に
輝いていたのは　希望の美しさ。それは
楽園そのものの　木陰なら　きっと感じたに
違いないイメージで言えば　満開の
薔薇《バラ》の上の　蕾《ツボミ》の薔薇の美しさ。どんな
気質《かたぎ》の人でも　このような光景を見て　目覚めずに
いられるか　思いもかけない幸福に。鈍《にぶ》い人でも
目覚まされ　活発な者は　夢中になり

子ども時代を　夢見て育った人々は
空想の遊び仲間でもあり　あの　すばしっこさ
鋭敏さ　力強さ　などの　総ての筋力を　自分の
召使いにし　そのいつもの振舞いたるや　王者のよう
感覚に働きかける　この上なく壮大な物の中で
そこにある物は　何でも　自由に取り扱い
まるで　何か　人に　気取《けど》られない　権利でもあって
それを振り回していた。穏やかな気質《かたぎ》の人たちもまた
総ての緩《ゆる》やかな動きに　目を据え　それらに　自分自身の
思いを合《あわ》せ　益々《ますます》穏やかな計画を　立てるようになり
自分の平和な　内面の領域に　留《とど》めるようにした。
やっと見つかった　助け人《びと》　彼らが心から望んでたこと。
すぐ　役に立ち　望みどおりに　やってくれ
呼び出せば　自分の技量を　発揮してくれ
ユートピア（理想郷）　地下の国でも　なく　或はどこか（誰にも分らない）
秘密の島でもなく　どこかは　神のみぞ知る。
まさに　この世界　われらみんなの　世界　そこで
最後には　見出すのだ　われらの仕合せを

さもないと　仕合せとは　無関係になる。

　どうして告白せずにいられるか　あの時　大地は私に
とって　偶々《たまたま》　思いがけず与えられた　何という遺産
そこに初めて　訪れたとき　わが家《や》は
そこにしよう　と思う人のようであった。
歩き回っては　その場所を　見回す心
夢心地。造っては　また　造り直し
具合の悪い所があっても　満更《まんざら》でもなく　そんなのも
とても楽しく　それも　そのうち　消えていくのだから。

　積極的なゲリラ隊員となって　こうして　私は
集めた　あらゆる事物から　わが目的に適《かな》う
楽しい事柄を。人々の間に　出入りもした
温《あたた》かい感情も　まだ残っていて。
誤りがあっても　その誤りは　より善意からであり
より親切な心からでと。最も悪い欲望を持つ人にも
寛容であり　時には　手緩《ぬる》いくらいだった。

一方で知られてきたのは　人間というものは
教えられたように　ものを見るものだし　また　時間は
過《あやま》ちを犯す権利を与えているように　他方では
圧力などを　振り捨てることは　自由と同じように
放縦をも　齎《もたら》すに　違いないのだから。
とくに　これは何よりも　大切なことだが
まず　気にしないこと　たとえ風が　ときどき
高い所に　肌を刺すように　吹いてきても　そこは
将来への　素晴らしい眺めを　与えてくれるのだから。
要するに　初めから　自然の子であって
あの愛情を　より広く　行き渡らせているだけのこと
それは　揺り籠の時から　私と共に育ってきたのだから。
光が　光の中に　消えていくのと　同じように
失ったのは　弱き愛　より強き　愛の中で。

　大まかに言って　これが　私の状態であった
と言ってよいだろう　公然とした戦いで　英国が
フランスの自由に反抗するまでのことだが。

この事件が　私を初めて　愛の範囲外に　投げ出し
ひねくれさせ　堕落させたのだ　わが感情の
根底まで。今までのように　より小さいものを
大きいものに　飲みこんでしまう　ことはなく
その変化は　全く反対の側になり
こうして　道は　開かれ　誤りへ
知性の　間違った　結論へと。
その総計たるや　その程度において　その質において
遥かに　遥かに　ずっと危険なものだった。それまで
誇りだった《（英国人であること）》物は　今や　恥となり　私の《（英国への）》好みや愛は
新しい水路を流れ　古い水路は　干《ひ》からびさせた。
その時の打撃たるや　もっと年を取っていたなら　単に
判断力に　触れたに　過ぎなかったろうに　その深さは
感情の中　魂の近くまで　達していた。その間
最初から　乱暴な理論が　広まっていたが
少なくとも　その微妙な点については　私は
軽く耳をかしたに　過ぎなかったが　こう確信していた
時が　そのうち　総ての事を　正しくしてくれ
証明してくれるだろう　大衆も　抑圧されてきたが
そのような事は　もう無くなるだろうと。
　　　　　　　　　　　しかし　事態が
何か思わしくなくなってきて　それで　これらに対して
革命の原理の　直接的な証明は　もはや
信頼できなくなり　それに　事態そのものも
次第に　薄れていった　その偉大さや目新しさが。
私の心を　引きつけることもなくなり　感情も
私の理解力が　自然に　成長してくると
もはや　自らを　正当化できなくなり　内なる意識の
信念や　目指す物を　手に入れる　望み
などによっては　そんな時に　もっと安全で
どんな時でも　適用でき　非難することの
できないような証拠が　どこか外の所に求められた。
　さて　今度は　彼らに代って　自分が圧制者となり
フランス人たちは　自己防衛の戦いを　侵略戦争に
変えて　総て　見失ってしまった　それまで　自分達が

懸命に　勝取ろうとしてきた物を《（自由平等博愛）》。そして　高く
上《あが》った　公然と　天と地の見る所に　あの
自由の秤《はかり》が。私が読み取ったのは　自由の運命
心では少し苛立《いらだ》ちながら　実際　痛いほど悲しかった。
なのに　うろたえることもなく　嘘《うそ》を言う予言者だと
恥しい思いをすることもなく　それでいて　奮《ふる》い立って
しがみついていた　古い主義に　益々《ますます》しっかりと。
その根性を　証明しようと　益々引き締《し》めて　働かせ
こうして　激しい議論のすえ　日毎に　理知的な意見が
心の中で　重きをなすようになり　ついには　わが心に
纏《まと》い着くのだった　それが　心の命であるかのように。

　この時代は　総ての事が　速やかに　悪い方へ
悪い方へと　行く時代で　その哲学の　約束する
ことは　人間の希望を　その感情から　取り出して
定着させ　それからは　永久に　より純粋な
客観的な　基礎の元に　築いていこう　というのが
喜んで　迎えられた。こんな心を唆《そそ》る所へ　熱意に
燃えている人たちが　入っていき　生気を　取戻し
そこでは　情熱に　大いに働く　特権がありながら
情熱という名前が言われるのを　聞くことは　決して
なかった。しかし　もっと思いやりをもって言うならば
その夢は　極端を好む　あの若い　飾り気のない
心には　嬉しがられた。さらに　喜んだのは
人間の理性の　赤裸《せきら》な姿を　自分の情熱の
対象にすることでした。何という歓び！
何という輝き！　自分を知り　自分を律しながら
この世の儚《はかな》さを　尽《ことごと》く　見抜いてしまい　そして
断固たる統制力で　切り捨てて　しまう
思いがけない出来事の　性質　時間　場所などを
それらが出来ているのは　過去の弱い存在なのだから。
そして　築《きず》くのだ　社会的自由を　その唯一の
基礎の　自由は　個人の心。それは
一般の法律の　盲目的な規制よりも
優《すぐ》れており　裁判官のように　採用する
一つの道標《みちしるべ》　環境の光を　その煌《きら》めきは

独立した　知性の上。

　というのは　どんなに不安定であろうと　唯の一度も
人類を　悪く思ったことはなかったし　その福祉に
無関心であったこともなく　只管《ひたすら》　心を掻立《かきた》てては
確実な知識を　切望し　それ以外の感情には
嫌気がさしていたので　私は　追い求めた
より気高い人間性を。そして願った　人間が
今　在る　幼虫のような状態から　抜き出て
自由の翼を　広く　広げ　自《みずか》らの　主人となり
乱されることのない　歓びに浸ることを——
なんと気高い　憧《あこが》れ　が　今でも　感じている
その憧れを　が　外の思いと共に　より仕合せに
なるように　と。というのは　私は途方に暮れていて
為し遂げようとしていたのは　理想的な人間性への変化
その手段は　自然には　見られないようなもので
犠牲にしていた　正確に　大局的に見透せる心を
徒《いたずら》に　細《こま》かい事に拘《こだわ》る　微視的な物の見方に陥って。
それが備《そな》えてくれた材料は　間違った想像力の
働きのため　それの置かれている所は
限界を越えた　経験と真理。

　充分に　疑いもなく　古い制度を
守ろうとする人達自身が　遣《や》ってきたのだ
まさに　自分の名前を　汚《けが》すようなことを。
汚すことについては　慣習や成文法
様々な道徳感情なども　これらの制度を
支えたり　広めたりして　余りにも当然ではあるが
その一役を　買っていた。ヴェールは　すでに
剥《は》がされていたのだ。何故われら自らを欺《あざむ》くのか
事実は　そう　本当に　そうだった。哀《あわ》れなのは
人間　見る眼もなく　見ることも　忘れて。
このことは　暫《しばら》く措《お》くとして　こう言えば
充分だろう　その頃　古い考えには　相当の衝撃が
与えられ　心ある人々は総て　そのことを
感じていたし　わが心も　解き放たれ

解き放たれただけでなく　刺激も受けた　と。
既に　愛国心については　述べてきたし　その外の
感情についても　それとなく触れてきたから
この主題について　長々と係《かかわ》る必要は　あるまい。
ただこういうことは言えるだろう　初めから
私には　二つの性質があり　一つは喜び
外は　憂《うれ》い　であり　それでいて
仕合せな人間　だから　大胆に　悲惨なことでも
見れたし　幾らか鈍《のろ》く　また厳《きび》しい　気性《きしょう》
だったので　メスを手にして　あまり敏感
でない所には　気にもせず　できるだけ
最善の技術を　つくして　探《さぐ》ろうとした
社会　という生ける　体を　その心臓までも。
情け容赦なく　推し進めた　わが思いを。
そうだ　足を踏み入れたのだ　自然の
最も　聖なる所に。その時が　来るだろう
何か劇的な物語が　もっと生き生きとした形で
伝えられる時が　あなたに　わが友よ　あの頃

私が何を学び　或は学んだと思ったかを　真理について
また　誤りについて　その中へ　私を過《あやま》たせたのは
眼前の事物　最初からの　間違った論理。だって
これを引き出したのは　こんな心からだから
心を自然から　逸《そ》れさせたのだ　外的な
思いがけない　不幸な事件が。こうして
心は　益々《ますます》まごつくようになり　指導を
誤ったり　誤り導かれたり。こうして　私は
やっていったが　総ての感情　観念　色々な形の信念を
被告人のように　法廷に　引きずり出し　疑いながら
精神を呼び出し　白日《はくじつ》の元《もと》で　確認させた
その称号や名誉を　今信じているか　と思えば
次には　信じられなくなり　果てしなく困惑するのは
衝動　動機　善悪　道徳的義務の
根拠　何が規則で　何が処罰か
ついに　証拠を　求めるようになり
総ての事で　それを捜《さが》し求めるようになり
私は　確信の思いを　すっかり失ってしまい

遂に　ひどく悩み　疲れ果て　この矛盾に
投げ出してしまった　道徳問題など　絶望しきって。
そして　わが将来の研究のために　探求能力の
唯一の使い道として　心を向けたのは
数学であった　あのはっきりした
かたい証拠——ああ！　あの頃だった
あなた　最も大切な友よ！　この頃だった　初めて
私に紹介されたのは　生きる為の助けの手を差伸べ
わが魂を　調整しようと。また　あの頃だった
あの愛しい女性《（妹ドロシー）》　その見守るなかで
あの日々を　過し　そっと話しかけてくる
突然　諭《さと》すような　穏やかな声　小川のよう
横切って　流れくる　さみしい道を　かと思うと
見られ　聞かれ　感じられ　捉《とら》えられ　曲る度毎に
道連れ　一度も見失われることなく　長い長い旅路を
守り続けてくれ　わが為に　真の自己との　救いの
交《まじ》わりを。というのは　たとえ　ひどく　傷つけられ
変り果てたかのように　見えたけど　私の変り形《かた》は

雲に隠れた月　欠けゆく月　程ではなかったのだから。
何よりもまず　彼女のお陰で　私はなおも　詩人で
いられたし　その名の下《もと》で　捜し求めることができた
この世での私の務めを　さもなければ　どこにもなく。
そして　ついには　自然自身が　人間の愛に
助けられて　あの退屈な迷路を　通って
また　広々とした日々へ　私を　導き
幼い頃の感情を　取り戻してくれ
与えてくれたのだ　あの力と知識を　平和に満ち
拡大され　最早　決して　掻《かき》乱されることなく
これこそが　われらが　一歩一歩衰えていき
あらゆる物が堕落していく現代においても　それでも
私を支えてくれたし　今日《こんにち》でも　支えているのだ
この歴史的破局にあっても（彼らはそう思い込み
まさに　そうなのだが）遂にフランスの獲得した物を
閉じ込め　釘付けしようと　ローマ教皇《きょうこう》が
呼び出され　皇帝《（ナポレオン）》に　王冠を戴《いただ》かせた。
この最後の不名誉　その時　われらは

犬が　自分の吐《は》いた物に　帰り来るのを　見る思い
また　太陽が　かつて輝き昇り　生き生きとし　生ける
雲の中を　歓びいっぱいで　運行していたが　今や
その機能も　栄光も　投げ捨てて　その変り果てた
姿は　見かけ倒しの　単なる機械　その沈む姿は
歌劇の　絡繰《からくり》太陽のよう。

こうして　おお　友よ！

栄光の時を通し　恥の時を通して
下《くだ》りながら　忠実に　辿《たど》って来た
若い心が　どのように　反応してきたかを　歴史的
大事件の息吹《いぶき》のもと　普遍的といってもよい
希望　限りない　愛の下《もと》で。
このお話　聞いて貰《もら》いたかったのに　あなたは
今　人類のあらゆる民族の中で　最も卑しく
最も堕落した人々の中に（イタリアのこと）　住んでいるとは
エ　ト　ナ　山（イタリア・シチリア島にある）　が見下《お》ろすシラクサ（シチリア島の港市）　その町を
治めるティモレオン！　生ける神！　権勢を
振った勇士ども（ロベスピエール等）　如何に屈伏していることか！

彼らこそ先に　生きている総ての者の中で　彼らこそ
先に目覚めるべきだ　あの大いなる声が　古代の
英雄達の墓から聞えてきた時は。もしフランスの為に
私が嘆いたら　少なからぬ人々からも　あの輝かしい（ルイ十四世）
時代でさえ　軽薄な国民としか思われなかったのだから
又フランスが一旦《いったん》約束し　今もそうである理想を思って
悲しんでいたら　更にもっと重々しい　悲しみの種を
あなたの眼は　見るに違いない　その国土（イタリア）には
この上なく高貴な古代の遺跡が　播《ま》き散らされており
またその国が実に輝かしく　本当に有名になったのは
かつての素朴な美徳　男らしい称賛のお陰。
が　今や　過去を思わせる希望一つなく　敬意を表す
希望さえない。それがあれば　心　励ますのに
役立つだろうに　このように　完全に衰えている時に。

しかし　憤《いきどお》りの心が　生れるのは　希望のない所
あなた　おお　友よ！　それで元気になるだろう。
この世にあるのは　偉大な一つの交わりのみ

気高い生者と　気高い死者との。
あなたの心の慰めも　そこにあるのだろう。
時間や自然は　あなたの前に　沢山広げてくれるだろう
消えることのない思いを。場所そのものが
あなたの存在を　意識し　イタリアの堕落を示す
あの物憂い　シロッコの風（サハラ砂漠からの熱風）も　あなたが
そこに行くと　健康によい　微風《そよかぜ》と変り　大事に
育《はぐく》み　元気づけてくれる　あなたの身体を。

　あなたの　あの運動には　体を丈夫にし　癒《いや》す
力があり　あなたの精神の梯子《はしご》となり　また　昇って
いくのだ　健康へ　喜びへ　純粋な心からの満足へ。
私だけのものにしておきたい悲しみは　あなたが
地上最後の土地に（英国）　居ないこと　今や自由が
ただ独《ひと》り立っているここは　その唯一の聖域
孤独な放浪人《さすらいびと》となって　ここを離れ　苦しい
病いのため　仕方なく　この終末の日に
全人類にとって　変化のこの重苦しい時に。

あなたのこと　しみじみと分る　その分ること言わねば。
思いやりの心　さきほど　少し述べたが
また新たに　湧き出てきて　その出口を求めている。
私自身の歓びは　私にとって　今はほとんど
私自身の歓びとは　思えない。君主のような　あの
アルプスそのもの　あの薔薇色の峰々　そこから朝が
多くの国々を　見渡し　が　それらは　もう
あなたが　転地へと　旅立ってからは　友よ
あのわが記憶の中に　いつもそうであったような
楽しい光景では　なくなった。同じ情景に向いながら
その目的も　時代も　何と変っていることか！
そんな時に　あなたは出かけて行く　その持てる心は
神聖な　総ての悦びに対して　より円熟し
自然が詩人たちに与えてくれる魂も　今や
思想によって　成熟し　その力の全盛期。
おお！　包んでくれ　彼を　あなたの木陰に　エトナ（シチリア島の中の都会）の
山腹の　巨大な森よ　おお　あなた　花咲くエナの
谷間よ！　あなたの隠れ家《が》のようなのは　ないのか

幼い大地の　最初の　遊び時間から
神聖さを　守りつづけて　甦《よみがえ》らせる　歓びを。

　山々の子として　羊飼いたちの中で　育《はぐく》まれ
ごく幼い小学生の頃からさえ　私は好きだった
シチリアを夢見ることが。今　あの国から
ふわふわと　力強い　生ける　希望の風が
私の心の上に　吹いてくる。あの誉《ほま》れ高い島に
相応しい　著名な人の名は　一人だけではない
哲学者或は詩人の　エムペドクレス　或は
アルキメデス(数学物理学の大家)　深くて　穏やかな魂！
わが悲しみにとって　それに勝《まさ》る慰めはない。
そして　おお　テオクリトス(ギリシア田園詩人の始祖)よ　これら古代人達の
ある者が　天と地の神々に　気に入られたのは
彼らのものなる　美徳の力のお陰。あなたが
記《しる》しているように　彼らは　その昔　自分達に
色々な奇跡を　もたらした。本当に　感動したのだ
私自身の　愛しい友の事を　考えていたら　聞えてきた
あなたの語るお話　いかにして蜜蜂が　蜜で養ったか
聖コマーテスを　横暴な主人によって
不敬にも　箱の中に　閉じ込められたのだ
どのようにして　蜜を　野原から　持って来て
何ヵ月も　何ヵ月も　生き永らえさせたか。
清められた人の　山羊飼いよ！　その唇を　潤《うるお》して
いたのだから　ミューズ(詩神)の甘露《かんろ》で。

　　　　　　　　　　　こうして　私は
宥《なだ》める　物思いに沈み勝《が》ちな時を　この静かな炉辺《ろへん》で
数々の空想的な　映像を　見出しては　元気づけて
いる　愛している人々の心やわが心を。私たちの
祈りは　受け入れられた。あなたは　立つだろう
漂泊人《さすらいびと》としてではなく　旅行者として　エトナ山の
頂きに。長閑《のどか》な　アレシュースの　泉の辺《ほとり》に。或は
もしあの泉が　実際は　もう　無いのなら　その時には
外のどれか　泉の近くに行って　わざと　その名を
間違えて　大いに歓んで　立ち去り難くなるだろう
熱心な　愛好者として。捕われ人となって

自分の故郷を　恋い焦がれるのではなく。

第十一巻　想像力
いかに損《そこな》われ　回復されたか（二五）

長い間　人間の不幸と罪に　手間取ってしまった。
何という陰鬱《いんうつ》な光景に　取り囲まれていることか
外《そと》なる眺めは。が　内面では　重く伸《の》し掛《かか》る
悲しみ　失望　苛立《いらだ》たせる思い
混乱させる意見　朽果《くちは》てた熱意
そして　最後には　完全に無くなった　希望そのもの
望みをかける物など。こんな状態から　始まったのでは
なかった　われらの歌は。こんな状態で　われらの歌が
終ってはいけないのだ。歓びの息吹きよ　野原を
静かに　吹き過ぎ　微風よ　柔らかな風よ　息づくのは
楽園の息　そして　見出す道は

魂の奥底へ！　あなた方　小川よ
岩の周りを　囁《ささや》き　流れる　昼は
忙《せわ》しい音　静かな夜には　ひっそりと。
そして　あなたがた　木立《こだち》よ　あなたの務《つと》めは
あなたの木陰の覆いを　置いてくれること
まさに　眠りのように　人間の心と不安定な
世界の間に　もっとしばしば　人間自身と
落ち着かない　人間自身の　心との間に。
おお！　私には　一つの音楽と　一つの声があって
あなた自身のと　調和していた。私は告げたいのだ
あなたが　私にしてくれたことを。朝日が輝いている。
人間が正道を踏み外《はず》したこと　気にかけず　春は戻り
見たら　春が戻っていた　私は死んでいたのに
より深い希望に。なのに　私にはあった　春への喜び
そして　歓迎した　春の　優しさを。共に
喜んだ　春の愛の　子どもたち
植物　昆虫　野原の獣　木陰の小鳥たち。
こうして　静かな悦びも　安らぎも

人を憧《あこが》れ望む優しい心も　私のために無くなることは
なかった　あの混乱した時代においてさえも。今でも
輝いている自然の中に　私は見出す　釣り合いの力を。
それが　悪の霊が　蔓《はびこ》っている　最中《さなか》でも
私の為に守っていてくれたのが　密《ひそ》かな仕合せ。
その自然の元《もと》へ　立ち帰り　とても愛するようになり
その愛し方は　以前に　劣らないくらいであった。
なのに　この情熱は　実際　熱烈ではあったが
前とは変っていた。どうして　何も変化がないなんて
ありえようか　何年もの人生が　過ぎ去り
それと共に　失ったり　獲得したり　というのは
避けられないし　必ず交互に　やってくることだから。

　この物語が　わが友よ　主《おも》に語ってきたのは
知的能力のこと　一段　一段と進みながら
愛や喜びと　手に手を取って　また
真理を教える　創造力のこと
ついには　生れつき持っている　あの優しい心が

道を譲《ゆず》ったことまで　時代の過度の重圧や
（帝政の復活）
その悲惨な結末に。何の役に立ったのか
魔力のために　航海者が　上陸できなければ
あのよい香りは　それが　時折
岸の近いこと　知らせてくれたか。　木陰から　そっと
送ってくれたのは　仕合せな気分と不安のない愛なのに。
こんな心地よい思い出が何の役に立ったのか　あの頃は
裏切りのように思えたが　それが何の役に立ったのか。
私の仕事は　荒海《あらうみ》の上だった。
私の使命は　ほかの海岸へ　船出《ふなで》することだった。
はっきり言うと　私には　見出す希望があった
つまり　将来は必ず見られるだろうと
今までの人間とは全く違う　何か深渕にでも
分《わ》けられたような人間の出現を。私には　もう
信じられなかった　高揚した気分など　あの偉大な
家族たちの一員になるんだ　などと　あちらこちらに
散らばっている　深渕なる　過去の時代の
聖人　愛国者　恋いする人　英雄などと。というのは

彼らの最善の美徳といえども　どこか不誠実な弱い所が
ない　ということはなく　それが　理性の開いた眼には
耐えられないように思えたのだから。それから　私は
言った　詩人はどうだ　彼らなら　話してくれますよ
より完全に　より清らかな人々のことを。それでも
もし理性が　人間の気高いものであるならば
これ以上　恥ずべき人間は　いるだろうか
詩人の描く人間で　できるなら　引留《ひきと》めておきたい
われらの愛情を　同情的に描く　真実で。

　こうして　不思議なことに　戦うことになった
自分自身と。新しい偶像の　狂信者として
世を捨てた　修道士のように
熱心に　わが心を　断ち切ろうとした
かつての力の　すべての源から。
杖をひと振り　するだけで
魔法使いが　立ち所に　宮殿や森を
消してしまうように　正にそれと同じように　私も

魂を奪《うば》って行った　すぐに三段論法の言葉
何か論理の魔術で　いつも理解の範囲内でだが
あの神秘的な　情熱を。それが　今迄してきたし
これからも　ずっと成しつづけていくだろう
（理性がやってきたし　これからも　やっていくだろう
人を高め　洗練することなど　総てにかかわらず）
全人類を　兄弟のような　間柄に　過去の
また　未来の　あらゆる居住地を　通して。
すると　何か空《むな》しい思いが　やってくるのだった
歴史家の頁の上に　いや　詩人の頁の上にさえ
絶対的な真理を　孕《はら》んでいるはずなのに。
両者の作品は　私の評価では　凋《しぼ》んでいき　お前達の
存在価値はなくなったよ　と宣言が　下《くだ》った感じ。
彼らの権利には　限りあり　彼らの帝国は　過ぎ去った。

それでは何が残っていたか　そのような没落の後に。
導き　励ましてくれるのは　どんな明りか。
人間の意志や力の届かない所にある　事物の法則
自然の生命　それは神の愛によって　霊感を与えられ
神聖なる存在となり　永遠に　清らか。これらが
残っておれば　若者の魂はきっと豊かであるに違いない
ほかに何を失っても。これらが　私には　あった。
それは　単なる考えの　ぼんやりした反響ではなく
当惑した　もの寂しげな　思い出　でもなく　正に
生ける響きであった。だが　これにもかかわらず
この感動は　どんなに損《そこ》なわれ　挫《くじ》かれても　それでも
一度　甦《よみがえ》ったからには　もう死ぬことは　ありえない。
たしかに　この大地には　自分本来の　才能である
元素や器官　嵐や日光など　あるにもかかわらず
奇麗《きれい》な形や色　華やかな雲　川や山々もあり
これらの　事物の中にあっては　こう考えても
いいのではないか　どんなに嫌われ　非難されても
何か弱々しく　無気力だ　という感じも　或は
何かまずいことなど　起り得るはずがない　と。
そうだ　目に見える　宇宙をさえ　調べたのは
何かそれに似たような　精神であり

また　支配したのは　あまり高尚ではない
趣味の元だった。それが　私の心の中に　入ってきて
干渉したのだ　そのより気高い影響力
その生命力と　より深い　支配力が。

次に来るのは（今　これを述べる必要があるなら
こんなにも長く　細々とわれらの誤りを述べてきたのに）
次に来るのは　こんな時　理性とは　あの壮大で
誠実な理性ではなく　あの控え目な理性の言葉が
それが　どんどん進めるのだ　少しも恥かしくない
仕事を　論理的に　細《こまか》く分析して　それが
総て　偶像化され　伸び行く心を
最も悦ばすのだ。軽率な人というものは
この変化の過程から　生れてくる　見てすぐ分る利益を
強調するものだ。しかし　ここから生れてくる
総ての狭い物の見方に　ついて話すことは
哲学的な詩に　相応しい主題であった。
ここでは　ちょっと言っておけば　充分だろう。
危険は　いつも　伴わざるを　えないことを。
真理の友になるよりは　誤りの敵になることに
感動するよりは　判断する立場に立つことに
誇りを感じるような　機能の上には。

おお！　自然の魂よ　素晴らしく　美しく
あなたは　私と共に喜び　あなたと共に　私も
喜んだ。青春の若い頃を通して　風や
力強い　水を前に　光や影の中　それらは
突進したり　後退したり　山々の周りを
輝かしい姿となって　今や総てが目となり
今や総てが耳となり　しかし　いつも一緒に
居るのは　心であり　荘厳な知性。
おお！　自然の魂よ　あなたには　溢れている
情熱と生命が。何と弱々しい人間が歩いていることか
この地上を！　何と弱々しかったことだろう　私も
あなたは　力に溢れていたのに！　これは
思いがけない　人間の苦しみの所為《せい》ではない

不注意とか　不向きとかの　心の言逃《いいのが》れなど。
図々しさの所為。楽しみにおいてさえ　相応しくない
楽しみ方をしたり　ここが嫌い　あそこは好きなどと
物まね芸術の規則を　あらゆる技術を越えた物にまで
当てはめて。だが　それ以上なのが　次のような事から
時代の強い感染力は　私の習慣には
大したこと　なかったけど　身を委《ゆだ》ねて
しまったのは　光景と　光景との比較
あまりに拘《こだわ》りすぎた　表面的な事に
あまりに打込みすぎたのは　色とか
釣合《つりあい》という　つまらぬ目新しさ
時や季節の気分　精神的な力
愛情　その土地の霊などに　よく分っても
いないのに。このように　物事をはっきりと　決めて
かかるのを好きな心が　より深いわが感動を
妨《さまた》げただけでなく　外《ほか》の原因もあった　これは
もっと微妙で　簡単に説明は　出来ないのだが。
それは　被造物には　生れつき存在しているような物で
実際　感覚的であったり　知的であったり
肉体と精神との　二重構造になっているのだから。
私が今仄《ほの》めかした状態は　眼が
心の主人と　なった時のもので
その時は　人生の総ての段階で　われらの感覚を
最も強く支配している視覚が　私の中に
力を得て　それが　よく　私の心を　絶対的な
支配者に　したのだった。ここで　喜んで
入って行くことにしよう　もっと深遠な問題に。
まず　努《つと》めて　明《あき》らかにしようと思う　その手段を。
それを　自然が　熱心に用いて　この独裁を
妨《さまた》げ　すべての感覚を　いちいち召集しては
他と自分とを　中和させ　そして
彼らすべてと　すべてが　親しくしている
事物とを　今度は　彼らに　仕えさせるのだ
あの偉大な目的である　心の自由と力のために。
しかし　この問題は　ほかの歌となる。
ここでは　ただ　次のことを付け加えさせてくれ。

私の歓び　なんて言えたものではないが　飽《あ》くことなく
追い求めてきた。その恍惚《こうこつ》感は　外面的感覚で
精神的ではなく　生き生きとしていたが　深くはなく。
それで　私はよく　貪欲《どんよく》に　追い続けてきた。
そして　歩き回った　山から山へ　岩から岩へ
なおも　追い求めていった　いろいろ組み合せて
新しい形や新しい悦び　益々《ますます》広がる視界の領域を。
生れつきの視力の良さを　誇りながら　喜んで
眠らせていた　内なる能力は。
われら複雑な存在の　良くなったり　悪くなったり
争いがあったり　色々な　試練のある中で
成長するにつれて　あのように虜《とりこ》にするあの感覚を
遠ざけることは難《むずか》しいようだ。なのに　私は知っている
一人の乙女《（妻となる人）》を。その頃　私と同じくらいの若さだったが
事物との親しみ方は　もっと高いやり方で　このような
欲望とは　まるで静かな渡り鳥といった彼女には　全く
関係がなかった。ましてや批評家の規則や役にたたない
お節介な　細かい指摘《してき》などに　彼女の心をまごつかせる
ことはなかった。しかし　女性というものは　聡明で
気のおけない状況に　恵まれた時は　彼女は悦んで
受け入れた　与えられた物を　それ以上は求めなかった。
どんな光景が　彼女の眼前に　現われても
それが　最高であって　それに　調和できたのは
彼女の謙虚さと　慎ましさのお陰。
また　完全に　仕合せな心のお陰。
その色々な感情が　この中にあり　姉妹のよう
それらは　一つ一つが　何か新しい悦びなのだから。
だって　彼女は　自然との　同居人なのだから。彼女に
会えば　小鳥たち　どんな花でもみな　彼女を覚え
愛せずにはいられなかったのだから。恐らくそのように
魅力的な優しさが　彼女の周りに　漂《ただよ》っていたのだろう。
それで　あらゆる木々　あらゆる静かな山々　彼女の
見る総ての物が　それとなく　知らせたかったのだ
何という素的な　振舞《ふるまい》　自分たちに対して
いや　総ての　生ける物に対して。神が歓ぶのは
このような　存在。彼女の普通の思いは　敬虔《けいけん》なこと

彼女の生活は　神聖そのものなのだから。

まさに　この乙女と　同じように　奥地の故郷の
山々から　呼び出されないうちは　見る物は何でも
愛した。愛し方は　軽く　などではなく　熱烈に。
が　夢にも思わなかった　何か　より壮大で
より奇麗で　より美しい　所があろうなどとは
わが仕合せな足が　いつもきまって訪れた　あの少ない
人目につかない所よりも。あの頃　私はまだ　この世に
生を受けて　そんなに長くはなく　それで　少しも
抜け出てはいなかった　この世のより神聖な　最初の
影響力から　まさに慣れない眼に　映るがまま。
その頃　私が崇拝したのは　事物の奥底
わが魂が　命じるままに。その時　何をなしえよう
ただ賞賛以外に。或は　何を歓び得たでしょう
慎《つつ》ましさと　愛情以外に。私は　感動した
それ以外に　何が。善し悪《よ あ》しは　言わず。
善し悪しの事など　考えもせず　あの生れつきの　この
栄光に　すっかり充たされ　満足していた。その後
あの素晴らしい　アルプスの山々を　歩き回った時も
抱《いだ》いていたのは　同じ心だった。このような堕落は
実際　どのようにして　もたらされたか　その結果は
どんな程度にせよ　習慣的行為の所為《せい》か　それによって
気紛《きまぐ》れな心が生れ　それが最も素晴らしい物を
最も詰《つ》まらない物に　変えてしまう。或は　今まで
述べてきた　その外いろいろな原因の所為か。
或は　最後に　更に悪くした　時代の所為か
あの熱狂的な音に　よく掻消《かきけ》されて　田園風景の
より優しい　吟遊詩人の歌を　聞えなくした。
が　そんな堕落も　一時的であった。私は　感じていた
わが生涯で　あまりにも強く　あまりにも早くから
想像的力の　訪れ　を。それで　こうした堕落も
永くは続かなかった。私は　その習慣を　振り捨てた
完全に　永久に。そして　また　立ったのだ
自然の面前に　今　立っているように
一箇の感じ易い　創造的な魂　となって。

　われら存在の中には　色々な時点が　あるものだ。
それは　はっきりと　目立つように　備《そな》えている
生き返らせてくれる　高潔さを。そこから　たとえ
気落ちさせられても　間違った意見や闘争的な思想に
或は　何か　より重い　いやもっと　致命的な重荷や
つまらぬ仕事や　繰返される　在り来たりの付き合い
などによって　それでも　私たちの心は　そこから
滋養を得て　目には見えないが　回復するのです。
一つの高潔さ　それによって　歓びが　高められ
それが　われらに染《し》み透《とお》り　高めてくれる　高い時には
益々《ますます》　高く　落ちた時には　救い上げてくれる。
このような効験《ききめ》のある精霊が　主に潜んでいるのは
人生の　あの通り路の中　そこで　私たちは
最も深い感動を味わった　心こそが　主人であり
支配者なのだ　外的感覚は　心の善意への
素直な　使用人に　すぎないのだ　と。
このような瞬間は　総ての感謝に　値《あたい》し
あらゆる所に　散らばっている。時期は　と言えば
われらの初めの子ども時代から。その子ども時代こそ
多分　最も著《いちじる》しいのだ。私にとっての人生とは
記憶の辿《たど》り得る限り　このような情け深い
感化力に　満ちている。ある時（その時　私は
まだ六歳にもなっていなかった）手で　殆ど
手綱《たずな》も握れないのに　嬉しくて　得意になって
馬に乗り込んだ。そして私たちは　山の方へと走らせた。
私たちとは　二人の馬乗りで　正直者のジェイムズが
私と一緒　励ましたり　案内してくれた。
そんなに遠くまで行かないうちに　間もなく　運悪く
その連《つ》れから　逸《はぐ》れてしまい　怖《こわ》くなって
馬から降《お》り　でこぼこの　石だらけの湿原の方へ
馬を引いていき　つまずきながら　とうとう
いちばん低い所まで　来てしまった。ここは　昔
人殺しが　鉄の鎖《くさり》に吊《つる》された所。晒《さら》し柱《ばしら》は
朽《く》ち果《は》て　骨や鉄の箱は　もう無くなっていた。
が　すぐ近くの　芝の生えた草地には　あの恐《おそ》ろしい

死刑が　為された後　間もなく　誰か見知らぬ人の
手によって　刻《きざ》まれていた　殺人者の名前が。
この記念すべき文字が　刻まれたのは
はるか昔なのに　今でも　来る年も　来る年も
この近くの人々の　迷信のお陰でか
草はきれいに取られ　それで　今日《こんにち》に至っても
文字はすべて　きれいで　はっきり見える。
ふらつきながら　どこに居るかも分らず
ついに　ふと目にしたのだ　緑の芝土の上に
刻まれたあの文字を。すぐに　そこを離れ
木のない公有地を　また登り始め　すると
むき出しの池が　山の下に　横たわっていた。
山の頂きには　望楼が　もっと近くには
一人の女の子が　水差しを　頭にのせて
やっと歩いているような様子で　強く吹きつける風に
立ち向っていた。実際　それは　まったく
普通の光景。なのに　私には　必要だった　人間には
まだ知られていない　いろいろな　色彩や言葉が

幻のような　惨《みじ》めな思いを　描くには。
逸《はぐ》れた案内人を　探し回っている時に
その時　あの思いに　覆われて　むき出しの池
寂しい　小高い　丘の上の　望楼
あの女の人　その着物を　搔乱《かきみだ》し　吹き上げる
あの強い風などが。ある恵まれた季節に
あの二人《(妹と妻になる人)》の愛しい　わが心に　こんなにも愛しい人達と
青春の愛に恵まれた　あの時　それも　ずっと
後になってからだが　私は歩き回ったものだ。
毎日　まさに　この景色を　目にしながら
剥《む》き出しの池や　物寂しい　岩山や
愁《うれ》いを帯びた望楼などの上を。その時漏《も》れ出たのが
悦びの霊　青春の　黄金の輝き。だから
考えられませんか　より神々しい輝きを
これらの思い出や想像力のお陰で　そのような
事物が残してくれたのだとは。このように　感情は
感情に助けられて　生れ　いろいろな力が
われらに備《そな》わってくる　ただ一度でも元気になったなら。

おお！　神秘的な人間よ　いかに深い所からでも生れる
あなたの栄光は！　私は今どうして生きたら　いいのか
が　見えるのだ　あの純真な子ども時代の中に
人間の偉大さの根差している　何か基盤のような物が。
が　こうも思うのです　人間の方からですね　与えねば
ならないのは。でないと　決して受けとれない。
過ぎ去った日々が　私に戻って来るのは　殆ど　生の
夜明けから。わが想像力の　隠れ家《が》が
開いたよう。近付いて行く　すると　閉じる。
今は　ちらっと　見えるだけ。年が経《た》ったら
殆ど全く　見えなくなるかも。だから　与えよう
まだ　出来るうちに　言葉が　与え得るだけ
実質と生命《いのち》を　私の感じた物に。
私は　心に　秘《ひ》めておこう　過去の霊をば
未来の復活のために。が　もう一つ
私にとって　心を打つ　出来事を述べて
この巻を　終るとしよう。

（一七八三年一三歳）
あるクリスマスの時

祭日《さいじつ》の始まる前の日のこと。ひどく興奮し　うんざりし
落ち着かず　私は出て行った　野原の方へと。
いらいらして　二頭の馬の見えるのを　待っていた
それが私達を家へ運んでくれる事になっていたので
私の兄弟と私を。ごつごつの岩だらけの山
小高くなっていて　下から登ってくる　二つの街道の
交差点から　見渡せた　これら二つの道の
少なくとも　およそ八百メートルも　遠くまで。
そのどちらの道を　待っている馬が　やってくるのか
全く　見当が　つかなかった。向うの
一番高い所へ　登って行った。その日は
嵐の来そうな　激しく　荒れていて　草の上に
座った　剝き出しの　岩壁《いわかべ》に　半《なか》ば　隠れて。
右側には　一匹の羊がいた。
ヒューヒューいう山査子《サンザシ》が　左手に。そこで
このような仲間を　側に　私は　見詰めていた
真剣な眼を　見張り。霧が　途切れ
途切れに　覗《のぞ》かせてくれたから　下の方の

森や平原の姿を。私が　学校へ　戻る前
あのもの悲しい時に　父の家に帰ってきて
まだ十日も　たたないうちに　父は　死んだ。（一七八三年一二月三〇日）
私と二人の兄弟は（兄リチャードと弟ジョン）　それで　孤児（両親のない子）となり
父の遺体を　墓へ見送った。父が死んだことは　それで
悲しみで　いっぱいではあったが　何か心を清めて
くれるような気がした。あれから　かなり過ぎてから
あの日のことを思い出す　あの岩山から私は見ていた
あんなにはらはらしながらも　希望をもって　すると
月並みに　道徳的なことを　反省もしたが
深く　深く　感動もし　恭《うやうや》しく　頭を下《さ》げた
神に対して　こうして　私の欲望は　正《ただ》された。
その後　風やみぞれ混じりの雨
地水火風の　あらゆる活動
あの一匹の羊　一本の枯れた木
あの古い　岩壁の　物悲しい　調べ
森や　水の音　そして　あの霧
あの二つの道の　どちらの方にも
進み行く　紛《まぎ》れもない　はっきりした形をして
これら総てが　数々の光景となり　音となり
早く　そこへ　行くようになり　それから　水も
飲んだりして　泉からでも飲むように。だから　私は
疑わない　何年も過ぎた今になっても　嵐や雨が
真夜中　わが家の屋根を　叩《たた》きつけたり　或は
昼に　森の中にいる時など　私の知らぬ間に　わが
霊魂の働きが　そこから　もたらされるのだ　と。

あなたはここで　がっかりすることはないでしょうね。
おお　友よ　あなたのために　私は旅しているのです
この薄暗い　不安な道を。私を支えてくれますよね
最高の真理を求めて　出掛けた巡礼者として。だから
見て下さい　もう一度自然の面前で　このように回復し
或は言い方を変えると　また元気になって（もう
なくなってしまった物の中から　まだ残ってる記憶で）
最も熱烈な共感　という人間の習わしを　得たのだ。

第十二巻　同じ主題——続き（二五—二七）

自然から　感動が生れる　また　静かな
心の状態も　同じように　自然の賜《たまもの》である。
これが　自然の　栄光なのだ。この二つの特質は
姉妹なす角《つの》で　自然の力と成る。
この二重《にじゅう》の威力《いりょく》は　自然が総ての物に　恵みを与える
太陽であり　雨であり　両者は　その起源も
終りも　同じように　慈悲深さ。このように
天才も　安らぎと興奮の　交替《こうたい》によって
存在し　自然の中に　見出す
最善で　最も純粋な友を。自然から受けるのは
真理を探求する　あの力。また　目覚まされ
憧《あこが》れ　掴《つか》み　踠《もが》き　願い　切望し
自然から　あの仕合せな　心の安らぎを　受け
あの真理を受けるのに　相応しくなり　求めなくとも。

　そのような自然の恵みには　どんなに慎《つつ》ましく出来た
人間でも預《あず》かれるもの　それぞれの能力に応じて。
私の仕事は　話すこと　私自身が知り　感じたことを。
何と楽しい仕事！　言葉がたやしく　出てくるのだから
吹き込んでくれるのは　感謝と自信　本当に。
長い間　見込みのない　知識を求めて
身も心も　すっかり　行き暮れていた。が　今は
至る所から　また　日の光が　射し始め　いや
実際に証明されたのだ　無駄ではなかったことを
私が教えられてきたことが　超自然力を　敬《うやま》うようにと。
その力こそ　正《まさ》に　正しい理性の　本質であり　姿で
あり　生き写しなのだ。それはまた　確《しっか》りした法則で
理性の進行を　成熟させ　生み出すことはない
苛立《いらだ》ったり　当《あて》にならない　希望を　激しい
感情や　度を越した熱心さも　中味のない

奇抜な考えなども。また　引き起すこともない
急に変るような　自画自賛的な知性を。が　高めて
くれる　人間の心を　雅量の富むものに。
そして　掲《かか》げて見せる　心の前に　眼前《がんぜん》の
事物や　忙《せわ》しなく　踊っている　儚《はかな》い事物に
酔痴《よいし》れているが　長続きする事物の
穏やかな光景を。この進路に沿《そ》って
心構えをさせてくれる　あまりにも愚かな気持になって
手足まといになるような物を　後《あと》に残すようになった時
求めることを　人間の中に　生活の枠《わく》の中に
社会的また個人的であろうと　何か望ましい
心を動かし　善良で　或は　美しい物と
同じように　長続きする物　神聖にして　普遍的な
授《さず》かり物　まさに　広がりゆく　美徳　それは
かつても在り　今も在り　これからも在り。何よりも
自然が　またもたらしてくれた　より賢いあの心構えを
より深く打ち立ててくれたのだ　わが魂の中に。それは
価値があるとか　崇高であると　全く認めない
権力とか行動という　大袈裟《おおげさ》な名前を　言触《いいふ》らす物に。
若い時から　私に教えてくれたのは
兄弟愛のような気持で　眺めること
あの控え目な物を　それが　静かに
持ち場を守っているのです　この美しい世界で。

このように穏やかにされ　このように落ち着きを
与えられ　私はまた見出したのだ　人間の中に
悦びと　純なる想像力と　愛の対象を。
そして　わが心の地平線が　広げられるにつれて
また　私は　自分を導いてくれるものとして
知的な眼を　取り戻し　努《つと》めて見ようとした
偉大な真理を　小さな真理をいじくり回すことなく。
次第に知識も　与えられ　私の信頼は
益々《ますます》　揺《ゆる》ぎなきものとなり　大変な試練に
耐え抜いてきた　という思いがあったから。益々
澄みきっていった　優《すぐ》れて正しい物へのわが感覚は。
現在の時代への期待は　遠退《とおの》いて

真に釣合《つりあい》のとれた姿となった。楽天的な計画や
野心的な美徳などに　私はあまり歓ばなくなり　私が
捜してたのは　善良さ　日頃の生活の平凡な姿の中に。
そこに築き上げた　これから来る善き物へのわが望みを。

　今や　ちゃんとした見通しが　出来るようになった
何が長続きし　何が消えてしまうか。また　見抜ける
ようにもなった　野心や愚かさや気違いざたを
言いなりになる　この世に　出しゃばって　この世の
支配者のような顔してる人々の中に。また　見抜けた
公共の福祉が　彼らの目標であっても　計画には
思い遣《や》りがなく　或は　それが根差しているのは
偽りの思い遣り　偽りの哲学であることを。近代の
統計学者の本を　現実の生活と実際の結果から
よく調べ　それによって　分ったのは
全くの　空々《そらぞら》しさ　それを名付けて　諸国民の富
だって　そこにのみ　あの富が　委《ゆだ》ねられ
それが　どんなに増えようとも。また勝取ったのは
もっと確かな知識　人間　一人一人の品位が
どうして　生れるのか　その人間を造っているのは
思想でも　抽象観念でも　影法師《かげぼうし》や
生き写し　でもない。その人間とは
その心などを　読み取れるし　その人間は
じっくり見れること　自分自身の眼で。それで
聞かずにはいられなかった　今までより関心が
なくなったというのではなく　もっと大《おお》ありで
心は落ち着いて来てはいるが。何故このように輝かしい
神の創造物が　一万人の中にただ一人しか　見出され
ないのか。どうして一人なのだ　何故多くはいないのだ。
どんな横棒を投げたのだ　自然はあのような希望の道へ。
われらの動物的欲望と　そのために生じる　色々な
必需品　これらが　障害になっているのか。
もしそれがなかったら　その時には外《ほか》の物なんて
消えてしまうだろう。このように　深く考えていると
生れてきたのは　切なる望み　確めてみたいと
どれだけの本物の価値　真の知識　心の本当の力が

この頃　在るのか　肉体労働をして　生きている
人々の中に。その肉体労働も　然《しか》るべき釣合を
遥かに越えていて　その上に押し掛る総ての重荷の
あの不正行為。それが　われら自身にも
社会の構成の所為で　われら自身をも
巻き込む。そのような判断をしようと
私が主《おも》に見たのは（何で遠くを見なければならないの）
人々の　自然な　住いの中　彼らが
田舎で働く　田畑。思い出すのは
ごく幼い頃に　気付いたこと。これらと比べてみた
青年期の後《あと》になって　注意して見たことと。
それを更に下って見たのが　正に　あの日だったのだ。

　かつて　こんな時は　なかった。諸国民の
陣痛や大いなる希望　世界の騒ぎや
混乱などは　私に　与えてはくれなかった
どんなに　この上なく夢中になり　取付かれようと
充分な心からの満足を。それでもなお　私は望み続けた
われらに　より近い　個人的な　心を通い合せられる
はっきりした関係や真実が　混じった物を。
そのようなことは　よく集められたことだろう
あの大都会《ロンドン》でも。そうでなかったら　そこは
本当に　心の重苦しい荒地となり　もう直ぐに　私には
うんざりする住処《すみか》と　なっていたにちがいない。
しかし　大いに足りないものがあった。それで　私は
帰ってきたのだ　あなた方の所へ　小道よ　寂しい道よ
あなた方を求めて　何もかも　誇りに思う物で　一杯の
人間らしい優しさ　自然の　喜びも。

　おお！　懐かしい姿の無上の悦び　許されているのは
ああ！　少数の人　この面倒な　世の中で。
次に来るのが　人生の盛り（二一―二八歳）に　毎日歩き回る
無上の悦び　野原や森の中を　愛する乙女と共に。
まだ　私たちの心は　若く　まだ　息をしている
ただ　仕合せだけを。住んでいる　どこか
深い谷間か　その辺に　二人のホーム

そこから　抜け出たら　惨《みじ》めに　なるような
おお！　青春時代の　あのような楽しみに次いで
思うに　あのような懐かしい　歓びに次いで
来る歓びは　来る日も　来る日も　歩き回ったこと
そんな時　出来た　安らかな思い　わが愛する
知識を　見出し　詩人の　美しい調べを
見知らぬ　野原や　森に　教え
人々と　語り合い　また　人と　会えば
ほとんど　友だちのよう　草木もない荒野
前には　ながい　ながい　道だけ　小屋の長椅子や
泉のほとり　そこでは　疲れた　旅人が　休み。

　私は　公道が　好き。これ以上楽しませてくれる
眺めはない。そのような物には　力があり
子ども時代の始まりから　私の想像力に
働きかけ。その頃　一本の消え行く道を
遠くから　毎日眺めていたが　裸の急な山の上
自分の足で行ったことのある　もっと向うへの

それは　案内者のようだった　永遠の世界への
少なくとも　知られざる物　限りなき物への。
まさに　何か崇高な物が　それは　船乗りにも
漂っていて　荒れ狂う海原　嵐や暗黒の中を
切り抜けていく姿が　わが幼ない心の中にあった
それに包まれていたのが　この大地の放浪者
それも劣らず　崇高で　遥かに素晴らしかった。
どれほど　恐れたことか　ぶらつき歩く狂人たちに。
そのほか大勢の不格好な放浪者たちに　出くわすと
怖《こわ》くなって　足早《あしばや》に通り過ぎたこともあった。しかし
何故《なぜ》今　このことに注目するのか。私の会う人たちに
尋ねたり　じっと見詰《みつ》めては　聞いてみたり　親しく
話し合ったりするようになると　寂しい道なども
私には　学校となり　毎日　読んだものです
とても楽しく　人間の　色々な　感情を。
そこで　見たのは　人間の　魂の　奥底
そんな魂は　普通の人の眼には　奥底なんて
全くないように見えるのに。こうして　今　心から

分ったのだ　それだけが教育だ　と言っているものが
実際の感情や　正しい感覚とは　いかに
関係がないか。口達者な連中と　自由に
話し合うということが　大部分の人にとっては
いかに空《むな》しいか　ということ。そして　求められたのは
調べてみなさい　と　人間の身分が　自然の宿命に
よって　骨折り仕事に縛《しば》られると　それだけで　無知に
縛られて　いいものか。美徳は　実際　それほど　育て
憎いものか　知的な力はそんなに珍《めずら》しく有難いものかを。
そのような散歩を　益々大切に　するようになった。
だつて　そこに　私は見出したのだから　わが希望に
望みを　わが悦びに　安らぎと　落着きを。総ての
怒りの　感情には　癒《いや》しと休らい。そこで　私は
聞いた　卑《いや》しく　名もない人々の口から
誉《ほま》れのお話を。調和した　響き合う
この上なく高尚な兆《きざ》しの　優しさと　美しさ。

こんなふうに　思ってる人がいる　強い感情や愛は
どんな名で知られるにせよ　間違って　考えられている
彼らの言葉を使うなら　自然の　卑しい賜《たまもの》だ　と。
それが成長するために　必要なのは
世間から離れ　暇を持ち　思慮深く
洗練された作法で　清められた言葉。
また　そのような感情を　強く感じる人は誰でも
生きていかねばならない　人間によって作られた
上品さのある　まさに　光と雰囲気の中で。
なるほど　死よりもひどい　虐待が
生れたばかりの存在に（子ども）やってきたら
文化の恩恵なんて　まったく知らず
働き過ぎや　貧《まず》しさが　来る日も
来る日も　先に取ってしまうのです
愛情の領土を。自然自身に対しても　より深い
本能的なものが　対抗してくる時には　そこには本当に
愛なんて　存在し得ない。それがたやしく育たないのは
都会も　同じ。そこは　人間の心が　病《や》んでいて
眼は　愛を　育てないし　育てることもできない。

ここまではいいが　それ以上は　効《き》かない　あの推論は。《（自然の調整力）》
そう　あのように歩き回っている時に　しみじみ
感じていた　お互に　何と誤り導き合っていることか。
何よりも　本は　何とわれらを誤り導くことか。評判
取ろうと　豊かな少数者の判断を当《あて》にして。その彼ら
人工的光で　物を見ているのだが。その本は　どれほど
多数の品位を　下《さ》げていることか　少数の者を　楽ます
ために。男らしくもなく　真理を下げて
ある一般的な考えにし　それはすぐに
分ってもらいたいためか　それとも
本を書く人々に　知識があまりないために
こうして　われらの自惚《うぬぼ》れの　お世辞を言いながら
絵などで　大掛《おおがか》りに　いろいろな違いや
外面的な印《しるし》を示し　それで
社会が　人間と人間とを　分けてきた
普遍的な心というものを　無視して。

ここで　思い出してみよう　あの頃私が見ていた物を
若い旅人として　そして　今また　私の目の前の
田舎の人々の中に　毎日見ているものを。
ここで私は足を止め　恭《うやうや》しい気持で　跪《ひざまず》きたい気がする
自然に対し　人間の心の力に対し　あるがままの人間
彼ら自身の　心の中の人間に対して。
何てしばしば敬虔《けいけん》な祈りが　心の中で為されることか
人間の外観は総て　どんなに粗野に見えようとも。
華やかに金ぴかに　飾り立てられた　お寺などとは違い
素朴な礼拝者を　日差しと俄《にわか》雨から
守ってくれる　山の中の　飾り気のない教会のよう。
このようなことを　私は　歌にしたい　と言った。
このようなことを　将来　成熟して　書けるように
なったら　誉《ほ》め立たえる歌を書き　韻文を作り
実質的な事柄を　大胆に扱い　純粋な
聖なる情熱で　これらのことを　語りたい
正しい事が為されるように　敬意が　然るべき所に
払われるように。こうして　たまたまでも　教えたり
励ましたり　不純な物のない　耳を通して

注ぎ込みたい　歓喜　優しさ　望み　などを。
私の主題は　まさに人間の心　そのものなのだ。
それは　特に優《すぐ》れた人々の中に　見られ
その生き方は　宗教的な希望によって　高められ
本　少ないけれど　立派な本に　教えられ
自然の女神の居る所で。それから　選び出そう
単なる悲しみではなく　歓びのある悲しみを
聞いていても　苦しみに　ならないような
惨《みじ》めな愛を　そこから　人類に　今の私たちに
また　戻ってくる　栄光のために。
わが勤《つと》めよ　おどおどしない歩みで　突き進むのだ
知識の導く所を。それを　私の誇りにするのだ
この聖なる大地に　あえて足を踏み入れて
話すこと　夢ではなく　素晴らしい事柄だけを。
次の人達には　簡単に　聞き取れそうもない事柄
表面上の　約束ごとの　文字に　見えない
魂を　読み取る人　話し方が　上手で
教養のある人たちと　うまくやっていける人たち

その能力が　最も活動的なのは
最も雄弁な時　気分が最も高まるのは
最も褒《ほ》められている時の人たち。これらとは
違う性格の人も　見られるかもしれない。
彼らは　自分自身を　高め　自らを　勇気づけ
活力も意志もあり、最も生き生きとした思いを
生き生きとした言葉で表現し　生れつきの情熱が
書き取ってでもいるかのように。またほかに
素朴な暮し方をしている人の中に　もっと
優《すぐ》れた人たちもいる。じっくり考えることに適して
いるが　羞《はにか》み屋で　言葉で張り合うには不慣れな人。
魂そのものが　恐らく　その下に沈んでいて　そんな
人との交わりの時に　呼び出されるような　優しい人。
そうした人達の言葉は　天の言葉
力　思い　心象　静かな喜び　言葉は
彼らの魂の　下働き(補助役)にすぎない。全力を
振絞《ふりしぼ》って　意味を捉《とら》えようとしても　そんなのは
そこには　ない。このようなこと　話しているのも

神への感謝から。神がわれらの心を　育ててくれるのも
神自身の奉仕のため。われらを知り　愛してくれる
われらが　世間から　無視されている時でも。

　また　この頃だった　私が受けるようになった
確信が　これまでよりも　益々強くなっていったのは。
内なる心は　善良で　恵みに　溢れ
落ち着いているだけでなく　しかも
自然には　あらゆる状況において　力があって
聖めてくれる　われらの見る眼が　あるならば
自分の造った人間の外観を　また　吹き込んでくれる
崇高な物を　人間生活の　正に最も慎ましやかな
顔に。また　こうも感じた　外面的境遇とか
眼に見える形態の　美しい装《よそお》いも
人間の心が　歓ぶように
感動が　作り出すものだ。一方、自然の
形態には　それ自体の中に　感動があり
それが　自然に　奮い立たせられた　人間の
造った物と　混じり合う　たとえその作品が
つまらなく　それ自身の高尚な所は　何もなくても。
天才的な詩人は　ここから　大胆に
進み出る　人類の中へ　自然の導く
所なら何処《どこ》へでも。詩人が立っていたのは
昔の人々の間でも　自然の側であったし　これからも
永久に　そのように　立ち続けるだろう。愛しき友よ
許してくれ　たとえこう言っても　私は　長い間
ある思想を　尊敬し　密《ひそ》かに　心に抱《いだ》いてきたが
詩人とは　正に　予言者のように　一人また一人と
繋《つな》がってきた　大いなる枠組の　真理の中で
それぞれに　生れつきの　独特の　才能があり
その感覚で　それまでは　誰にも見えなかった物を
感じ取ることができるのだ　と。許してくれ　友よ
私は　この詩人の群の一番末席なのに　持ってる望みは
こんな私にも　あの霊感が　流れ込んで来るように
私にも　少しは　与えられますように　あの　特権
とやらを。そして　私の作品が　誰にも

教えられない物の　奥底から　生れ出て
不滅となり　独創的となり　自然の一部のような
一つの力　となりますように　と。そのような
気持にまで　一度だけ　一人の旅人として　あの時（二三歳）
サラムの平原（ソールズベリ平原）で　高められたことがあった。
あの牧歌的な　草原の丘を　頼りになる
道一つなく　或は　辿《たど》るのは　何も生えてない　白い道
長々と延び　寂しく　物憂《う》い　線となり。
遠い昔の　あの遺跡の間を　通りながら　さ迷って
いて　あまりの寂しさに　耐えかねている時
幻想の世界に入り　すると　過ぎ去った日々が
見えて来　たくさんの人々　ここにも　あそこにも
一人のブリトン人（ケルト民族）　狼の皮の　チョッキを身につけて
盾《たて》と石斧《いしおの》を持ち　不毛の高原を　大股で歩いてくる
投げ槍《やり》の音が聞え　びゅんびゅん唸《うな》る槍を
振回すのは　逞《たくま》しい骨をした腕　その力といったら
長い間　鍛《きた》えられた　野蛮人特有の　威厳。
助けてくれーッ　と　暗闇に向って叫んだ。すると

それは闇に受け取られ　真夜中の暗闇が　やってきて
受止めてくれたようだった　私の視界から総ての物を。
そしたら　見よ！　あの荒野が見えて来た　薄暗い
炎で！　生贄《いけにえ》の　祭壇　それが食べたのは
生ける人間　何と深く　その呻《うめ》き声　彼らの
あの声は　巨大な柳細工の　籠の中から　響き渡る
あらゆる地域へ　遠く　近く　行き渡り
歴史に残る　丘全体に。その仰々《ぎょうぎょう》しさは
両方の世界の為の物　生ける者と　死せる者との。
またほかの時には　というのは　あの広大な荒野を
夏の日三日間も　歩き回ったのだか　その時　たまたま
わが目の前の　物寂しい平原の上に　現われたのだ
色々な線や丸い物　小高い塚や神秘的な形の物が。
それらは　多くの地域に　今でも残っており
複雑に　豊かに　描いている　未開の土地を。
その仕業《しわざ》には　何か神々しい　所もあり
初期の科学の物で　何か真似た形をしていて
それで　ドゥルイド僧が　こっそりと　表したのだ

彼らの天体の知識を。そして　それで　星座を　造り
出したのだった。私は次第に引き付けられていった
骨董《こっとう》趣味者の　夢ではあったが　見ると
鬚《ひげ》を生やした導師たちもいて　白い杖を
高く上げて　星空と　下の平野を　交互に
指《さ》し示していた。その間　楽の音《ね》が
彼らを　案内しているように思われ　こうして　荒地を
楽しくしてくれた　静けさと　心地よい調べで。

　これは　遠い過去のこと　見たり　空想したかも
しれない物事　何しろ　薄ぼんやりした　時間のこと
だから。友よ　あなたが　知らない訳はない　少なくも
自分で歓んで　くれたのだから。嬉しいことに
あなたは言ったんですよ　何か不完全な詩(ソールズベリ高原の詩)を読みながら
それは　あの寂しい旅の中で　作ったのだが
あの時　私はまた　働かせていたに違いない
目の前の物の　粗野な姿や　われらの
日常の日々の　現実の世界の上に　より高い
想像力を。それらから　引き出したに違いないのだ
一つの調子　一つの映像　一つの特徴を。これまで
本によって　示されたことのないものを。これは　友を
思う心から　あなたが取り上げてくれた　説得に
過ぎないのだ　と言おう。それでも　心は　自らの
証人であり　裁判官で　それで　よく覚えている
毎日の生活の姿の中に　この頃(二三歳の八月)　見たような
気がしたのだ　一つの新しい世界を
その世界も　いつでも他人に　知らせることが出来
他人の目に　見せることも　出来た。
それは　その基礎として　そこから
われらの尊厳が　生れ出てきて
それが　存在するようにし　釣合《つりあい》が
とれるようにさせ　内と外からの
お互の働きかけを　高めること
優れた物　純なる心　最善の力となるのは
見られる対象と　見る眼の　両方から。

第十三巻　終りに

こうして　旅をしてきたが　その時　また　旅へ
ウェールズを　歩いていた　若い友《（ロバート・ジョーンズ）》と一緒。私が
ベスクレット村の　山小屋を出たのは　羊が横になる
時刻　西の方へ　足を向けて　スノードン《（二〇八五メートル）》の山頂から
朝日の登るのを　見ようとして。山の麓の
小屋に着くと　私たちは　そこで　羊飼いを
起した。昔からの仕来り《しきたり》で　初めての人には
いつも　案内を　することになっていたので。
少し休んでから　颯爽《さっそう》と　出掛けて行った。

夏の夜《よ》　うっとうしい　暑《あつ》苦しい夜《よる》だった　青ざめて
どんよりして　が　ぎらついてもいた。滴《しずく》のたれそうな
霧が　低く垂れ　厚く覆っていた　空全体を。今にも
嵐と雨に　なりそう。なのに　私たちは　歩き続けた。
怯《ひる》むことなく　元気一杯で　すっかり信頼して
われらが案内人を。殆ど何も　見えなかった
辺《あた》りは　すっかり　取囲《とりかこ》まれて　霧と靄《もや》に。
案内人と　旅人としての　普通のお喋《しゃべ》りを
してからは　静かに　われらは　沈んでいった
それぞれの　遺り取りの世界へ　自分の個人的な思いと。
こうして　私たちは　大胆に　急な坂を　登って行った。
独《ひと》りになると　外《ほか》の物は　何も見えず　聞えず　その間
わが黙想を　破る物はなく。が　ただ一度だけ
羊飼いの雑種の犬が　大喜びで　山の崖から
針鼠《ハリネズミ》を　追い出し　その回りを　回りながら
騒《さわ》がしく　吠えたてた。この予期せぬ
事件も　そんなふうにさえ　思われたのだ
あの荒涼《こうりょう》とした所で　真夜中であったので
それも間もなく終り　忘れられ　曲りくねった道を
進んで行った　前のように　何も話さず。額《ひたい》を

大地に向け　敵とでも　向い合ったかのように
私は　喘《あえ》ぎながら　登って行った
熱心な歩み　更に熱心な　思いもて。
こうして　おそらく一時間は　過ぎたかも
一人一人が　ばらばらになって　登って行った。
たまたま　私が　一行の　先頭になっていた。
その時　わが足元の地面が　輝くように見えた。
二・三歩歩いても　なお　輝いているように見えた。
その原因を　聞く間もなく
たちまち　一筋《ひとすじ》の光　芝草の上に
落ち　閃光《せんこう》のよう。辺りを　見回す　見よ！
月が　丸見え　天に　その高さ
限りなく　わが頭上《ずじょう》。いつの間にか
私は　岸辺に　巨大な海なる　霧の。
それは　優しく　静かに　休んでいた　わが足元に。
何百という山々　その黒ずんだ背を　持ち上げ
この静かな海原の上全体に。彼方《かなた》に
遥か　遥か　彼方に　霧が　乗り出し

岬《みさき》　入江　突き出た形となり
海　本物の海の方へ　が　それは
小さくなり　その威厳を失い　目の届く限りでは
その縄張りを　犯されているようだった。
その間　月は　この光景を　見下していた
ただ一つの輝きとなり。われらは　立っていた。霧は
われらの足そのものにも触れ。その霧の岸辺から
六百メートルも　離れていない所に　大きな
青い裂け目があった。霧の裂け目で
深い　薄暗い　息つく場所　そこを通して
昇ってきたのが　轟《とどろ》き　水　急流　流れの
数限りなく　その轟き　一つの声となり。
この宇宙的光景　すべてが
送られたのは　賞賛と歓びのため
それだけでも　壮大ではあるが　あの裂け目の
中から　湖水からの　寄る辺なき声が　立ち昇り
あの暗い　深い　通路に　自然は　宿したのだ
魂を　全体を通す　想像力を。

一つの瞑想が　その夜《よる》　私の心に　起った
あの寂しい　山の上で　その時は　あの光景は
すっかり　消え去っていた。そして　それは　私には
一つの大いなる心の　完全な象徴のように　思えた。
無限を食べて生きているもの　それを高めてくれるのは
意識下の存在　神への　或はそれ自体の存在が
たとえ曖昧《あいまい》だったり　果てしなく大きいもので
あろうと　そうしたものへの知覚だった。何よりも
そういう心の一つの働き《（詩的想像力）》を　発揮させることによって
自然は　そこに示したのだった。しかも　その環境は
この上なく荘厳で　気高く　偉大であり
あの支配力を　よく働かすのだ
事物の外面に。こうして　事物の形を作り
付け加えたり　引き抜いたり　組合せたり
或は　突然　異常な影響力によって
ある一つの物を　外《ほか》のあらゆる物に
とても　印象深くし　浸透させ
どんなに鈍《にぶ》い心の人でも　それを見　聞き
感じない訳にはいかないようにする。このように
感動した時に　認める力　このように　自然が
感覚に与える力が　その似てることは　次と
そっくりなのだ　その力が　目に見えるように
充分に発揮された時には　本当によく似た人
まさに　双生児のような　輝かしい能力
より優《すぐ》れた心の人が　自分のものとして　持ってた物。
正に　そのような精神で　優れた人たちが
扱っているのだ　宇宙の事物すべてを。
彼らが　本来の自己から　送り出すことができるのは
自然のように　変化させる力。独力で造り出すのだ
似たような存在を。自然によって　それが　彼らの為に
造られた時にはいつでも　直感的にそれを　捉《とら》える。
永続する物も　束の間の物も　共に仕えて　彼らを
高めてくれる。彼らは造り上げる　最高の物を
ほんの些細《ささい》な　ヒントからでも。いつも目覚めていて
歓んで待っている　働きかけ　働きかけられることを。

彼らには　特別な呼掛けなど　必要ではない　心を
奮い立たせてもらおうなどと。彼らの生きている命の
世界では　感覚的な印象に　心　奪われているのでは
なく　生き生きとなり　奮い立ち　それによって　益々
都合よい状態となり　見えざる世界と　交《まじ》われるのだ。
このような心は　まさに　神からのもの。
それらは　神の力なのだから。ここから　知られ得る
最高の祝福が　彼らのものとなる。彼のこの
祝福の自覚を　絶えず　注いでくれるのは
一つ一つの物の姿　一つ一つの思い
総ての印象を通して。ここから　生れるのだ
宗教　信仰　魂のための　終りのない勤めが
推論的であろうと　直観的であろうと。ここから
生れるのだ　内なる主権　意のままの安らぎ
最高に先見の明があるので　恐れる必要のない感動が
最も強い時　その時こそ　信頼に値するのだ。
ここから生れるのだ　生活の一つ一つの行動の楽しさ
ここから生れるのだ　道徳的判断の　正しさと歓び
外《そと》なる宇宙で　しくじることはなく。

　おお！　この人は誰だ　長い自分の全生涯を通して
守り続け　広げ続けたのは　自分の中の　この自由《フリードム》を。
これこそが　真の自由《リバーティ》　なのだから。
証人となってくれ　あなたがた　孤独な所よ　そこで
受けたのだ　ごく幼い頃のあの想像力の訪れ。その時は
気にしなかった　私に何が与えられたか　今　どこを
歩き回っているかなど　一人の瞑想者として　時には
苦しむ人間として。なのに　信じていた衰えてない力を。
証人となってくれ　より良きわが心がどのような落目に
会おうとも　人生の様々な出来事を　重ねているうちに
支えてきたのだから　どんなに悪の道に引き込まれても
善悪を追求している時に　私的な目的から
自らを　妄《みだ》りに　扱ったことはなかった。
どんな望みを抱いても　自分本位の感情に　騙《だま》される
ことはなかったし　頑として　身を任《まか》すことは
なかった　苟《いやしく》も　卑しい心遣いや　下品な追求には。

それどころか　むしろ　注意深く　近寄らないできた
自分を結び付けるあらゆることに。それの助けによって
慣習の傾向が　それ自体　あまりにも強くなり
人間の心を虜《とりこ》にしてしまう。つまり　心が
押《おさ》え付けられるのだ　通俗的な意味の法則などで
そして　その代りとなるのが　死の世界
全世界の中の　最悪の所　神聖にして
真なるものの代りに。不安と　愛に
先ず第一に大切なのは　愛　そこには　不安は終り
これは　愛のお陰なのだから。幼い頃の交わりのお陰
崇高で　美しい姿を　前にして
苦しみと喜びとの　相反する原理との。
苦しみなんて悪だ　なんて　軽はずみにも言ってるのは
自分の言ってることがよく分ってない人々。あの愛から
ここからわれらが始まり終るのだから　あの崇高さ
総てが生れ　真理も美しさも総てあの遍《あまね》く行渡《ゆきわた》る愛から。
それがなくなれば　われらは塵《ちり》と同じ。見よ　あの野原
香《かぐわ》しい春の季節　咲き誇る花々　仕合せな生き物で
いっぱい。見よ　あの一対の動物　小羊
その　母羊を。あの優《やさ》しい　仕草に　きっと
あなたは　心　打たれ。どこか　緑の木陰に
休みなさい　一人ではなく　そこへ連れて行くのだ
全世界の中から　あなたが選んだ一人を。
そこに留《とど》まり　宥《なだ》められ　己《おのれ》を忘れ　夢心地となり
心行くまで　幸《さいわ》いなれ。あなたは言う　これが愛なのだ。
たしかに　そう。だが　これよりも　もっと崇高な愛が
あるのだ。心の中に染み込んでくる　畏《おそ》れ　敬《うやま》い
広く行き渡らせる　心からの　愛が。あなたの愛は
単に　人間的にすぎない。この愛は　もっと静かに
考える魂から　生れ　そして　神聖なものとなる。

このような　更に知的な愛が　存在するのに
必要なのは　想像力なのだ　これは　まさに
別の名前に　すぎない　超対的な力
最も澄みきった　洞察力　充分に豊かな心
最高に高められた　理性のある心　などの。

この創造の力が　われらの長い努力を　続けさせる
魂だったのだ。私たちの辿《たど》ってきた流れは
あの暗闇の中　生れた　正に　その場所は
目に見えない　大きな洞窟の中　そこから　幽《かす》かに
聞えてきた　水の音　それを辿って行ったら
光と真昼　その行路を　進んで行ったら
自然の道の中　その後《あと》　それを見失い
途方に暮れ　すっかり沈み込んでしまったが
それから　その想像力を　ようこそ　と　迎い入れた
すると　それがまた　力強く立ち上り　映し出して
くれたのだ　その神聖な胸元《むなもと》に　人間の作品と　人間の
命の顔を。遂にその成り行きから　われらは引き出した
限りない命の実感　われらが生きる　よすがとする
偉大な思想　無限　神を。
想像力が　われらの主題で　あったのだから
あの知的愛も　また　そうだったのだ。
この両者は　それぞれの中にあるので　別々には
存在し得ないのだ。——ここでは　おお　人間よ！

あなたは自分自身にとっての力でなければならないのだ。
ここでは　助けになる物はもう何もいらない。ここで
自分のものとすべきなのは　自立した状態。外《ほか》の誰も
この仕事をあなたと分つ合うことはできない。如何なる
二次的な手も介入して　この能力を創《つく》ることはできない。
それこそ　あなたのもの。最も重要で　不可欠な原理は
あなたのもの。あなたの本性の　一番奥にあって
外《そと》からの如何なる友情の手も　決して届《とど》かない所。
さもなければ　全くあなたの物ではなくなる。だが
喜びあれ　おお　喜びあれ　ここに種を蒔《ま》き
ここに将来の年月の　基礎を　置いた人には！
あの総ての友情　愛が為し得る総てに拘《かかわ》らず
最愛の人の顔が　見ることが出来
或は愛しい声が　その人を完璧にしようと言い
完全にしようとしているけれど　元々は不完全に出来て
いるのに　総ては　彼のものとなる。その魂が
高められ　知的感情の　最高にまで至った時には
益々慎ましく　優しい心を　失うことなく

その心の優しさは　子ども育てる母のよう。
その人の生命《いのち》を　一杯にする　女性的な柔《やわ》らかさ
ささやかな愛　ほのかな願い
穏《おだ》やかな心遣《づか》い　この上なく優しい　思い遣《や》り。

　わが両親の子！　わが魂の妹よ！
どこかで　感謝の調べを　あなたに
囁《ささや》いたことがあった　幼い頃の優しさ総てを
あなたから　吸収したのですから。本当なんです
歳月（二五―二八歳）が経《た》ってからでも　前に劣らず　あなたのお陰。
というのは　あなたの優しく人の心を動かす力
外《ほか》の同じような手の触れ合いが　幼い頃の
優しい思いの泉を　聞いてくれたが
また　自然と生活の中にある　雅《みやび》やかさや
ごく僅《わず》かな一つ一つの魅力について　色々と　独力で
じっと注意して　見てきたが　ついに　最後まで
まさにわが青春の　過ぎ去り行く日まで
われらの物語が　今到達した時期まで　あまりにも
ひたすら　あの愛を　重んじすぎ　あの美を
求め過ぎた　ミルトンが歌ったように　その中に
恐怖を秘めているのを。あなたは和らげてくれた
あまりにも頑《かたくな》なこの心を。もしあなたが居なかったなら
愛しい友よ　私の魂は　穏《おだ》やかな優雅さなどには余りに
無関心だったので　遥かに長く生れつきの生地《きじ》のままの
姿であっただろうし　長い間　険《けわ》しい表情を　留めて
いたことだろう。まさに　一つの岩　急流に　怒鳴《どな》られ
雲に親《した》しみ　お気に入りの　星を見ながら。
だが　あなたは　岩の裂け目に　花を植え
微風《そよかぜ》に　きらめく　灌木を　それにかけ
小鳥たちに　教えて　巣を　作らせ
その塒《ねぐろ》で　美しい歌　うたわせる。時が経ち
自然が　運命的に　長い間　私の心の中で
最高の座に　あったが　今や退《しりぞ》いて
第二の位置に付き　歓んで
自分より気高い者の　端女《はしため》となった。
そして　日々　もたらされた　何か新しい感覚の

日頃の平凡な事物への　美しい思い遣り。そして
この大地総てに　芽を出したのだ　あの授かり物なる
より洗練された　人を愛する心が。あなたの
息吹《いぶき》は　愛しい妹よ　より優しい　春のような物　その
進み行くは　わが歩みの前で。

このような主題になると
コールリジよ！　話がこうなると　あなたについて
黙っていられようか。おお　この上なく愛しい魂よ！
この世に送られたのは　人を愛し　思い遣りを示す為
あなたの居る辺《あた》りに輝く　愛の光　どうして
誇らずにいられるか　あなたが話題にされるまで。
あなたの穏やかな精神もまた　私の心の奥底まで
入《い》り込んできたのだ。こうして　命ある
総ての物や　総ての物の　大いなる統一は
われらは　見　感じ　存在しているのだが
認めてくれるのだ　もっと気安く穏やかに
中に入《はい》る事や　より注意深く　寄せ集めた人間の
色々な思いやその関《かかわ》り合いを。一個の人間として
相応しい物を。たとえ誰であろうと！　詩人であろうと
運命的に　身分の低い名前の物であろうと。
こうして　深い　熱狂的な　喜び
あの　ハレルヤの（主をほめたたえよ）　歓喜　呼吸し
存在する物総てから　送られ。それを和らげ　抑《おさ》え
調和させてくれるのが　本当の意味での　理性といえる
あの理性。心からの努《つと》め　哀れを誘う真実。
神と人間を　分けたのだ　当然のことなのだが
両者の間で　世界の大いなる体系を
人間はその天球内に置かれ　それに神が命を与える。

さて　おお　友よ！　この物語も　予定の終りに
近づいてきた。詩人の心の　修業と
その完成を　最も目立っているもの
総てにおいて　忠実に　描いて
来た。ついに　着いた。
（最初から　目標であった）時点に
生意気ではない　と思っているのだが

今までの所では　私の力も　確立され
私の知識も　そうなったのだから　長続きするような
作品を造り上げることが出来ると　思ってもいい時に。
なのに　色んなこと　省《はぶ》いてしまった　必要だったのに。
まず　本だ　何と多くを！　それよりも更に多くの物が
集められていたのに　あの森や野原で
もっともっと沢山。だって　自然の二次的な恵み
ここにある　あの外面的な　実例でも
これまで　殆ど　触れてはこなかったし
その魅力は　より表面的ではあるが　それでも美しい
それは　自然の造り出した物から　生れ出るもので
考えるべきだった　それらが　示しているのは　純粋な
写しであり　和らげてくれる鏡だったのだ　心の世界の。

　そうだ　あの中心となる　本質的な力　想像力を
辿《たど》ってきて　その崇高な道まで来ると
今度は　空想力のほうも　追求していくと
あらゆる変化をしながら　遂には　それも清められて
自分の技術を　使いこなせるようになれるのは
しっかりした判断力のお陰。それからまた戻ってみると
川や森の中に見えてくる　今までとは違う顔
それらの事物が四方八方から呼びかけるのが聞えてくる
それまで以上に　磨《みが》かれた心に　それらの
映像を　結びつけるようにと　繊細な技術と
時には　念入りに　調べ上げることによって
人間生活の　色々な形や　はっきりとした
目に見える姿に。そして　それらを差し出すのだ
時に　何となく　感情を共にしてしまう
われらの内なる存在に。そして　心を満たし
宥《なだ》めてくれる　歓びの思い
そんな時は　深く考えることもなく　思いが
決して高めることもない。何よりも　何と多くの
尚もわれらの身近にあるものを　見落していることか
人間性の中に　また私自身の　心の中で
初めて学んだ　あの素晴らしい世界の中に
それから　人生の中で　あの情熱的な人間とか

色々な性格　それを混ぜ合わせては修正する
限りない　変化や　陰影の
個人の性格を。そこで　私にとって
（これは　正しいことなので　言っておかねば）
役に立たない準備では　決してなかった
ある公立学校の生徒となって　強いられたのは
厳しく　人に頼らないで　生きること
立ち上がって　ぶつかり合う激情や衝撃的な
様々な気性《きしょう》を乗り越え　耐えて　見守ること
在ることは知っていても　理解できないことなどは。
神秘的な　愛や憎しみ　誉《ほま》れや恥《はずか》しさの
なかで　右を見　左を見ながらも　抑制
されることはなく　あまりに繊細な純潔さや
あまりに寛容性のない　道徳的な考え方
あまりに狭い同情心などによって。それで
呼び出されて　人々の中にある地位を得たりすると
歩みはより軽くなり　その過渡期には　益々揺《ゆる》ぎない
ものとなり　また為になることも多かった。だって
心は　そのような折《おり》よい修練によって　学ぶのだから
守り通すことを　健全な分離の中で　二つの性質を
一つは　感ずること　もう一つは　観察することを。

　さらにもう一言《ひとこと》　個人的な状況を　必要としないとも
思えないので　ここで　付け加えておきたい。
フランスから　しぶしぶながら　引き上げて以来
この物語は　時間や場所については　あまり注意を
払ってこなかった。どこにどのように生活していたのか
あまり　細々《こまごま》と　書留めては　こなかった。
三年間というもの　永久《とこしえ》の住処《すみか》が　わが心の妹と
私を　受け入れてくれるまでは。当然なことながら
私に　最も親しいものであり　この伝記的詩を通しても
ずーっと目立っていて　突然に　視界から　隠れて
しまうことは　滅多にない　星だった。その間　私が
迷ったのは　家庭的な気楽さのない漂泊人《さすらいびと》の生活だった。
主に　ロンドンに　私は　住み　そこから
旅立つ　というやり方で　個人的な友情や　偶然

気分の赴《おもむ》くままに　或は　乏《とぼ》しい資力が
許すがままに　場所から場所へと　当てもなく歩き回り
素敵な所があると　留《とど》まり　イングランドであろうと
ウェイルズであろうと　見つかれば　どこでもよかった
一人の青年は（名は　カルヴァートといった　わが詩が
命を与えられれば　いつまでも生き続けるだろう）
偏見や慣習には　少しも捕《とら》われず　私にいくらかの
才能があり　何か良いこと　してくれるかもしれないと
見込んで　命が今を限りに　終ろうとしている時
自分自身の家族の分から　あり余る程でもない
父からの財産の一部を（九〇〇〇ポンド）　引き出して　遺贈《いぞう》してくれ
私の当座の必要には　充分で　そのお陰で
将来の選択のために　しばし立ち止まり　自由気ままに
歩き回り　あまりに早くから　生きていく気苦労に
染まらないようにしてくれたのだ。彼自身は　詩人では
なかったが　世の普通の精神の者には　遥かに及ばない
所があり　彼は信じていたのだ　私が追い求め　励んで
いる物は　富に至るすべてから離れており　或は
恐らく　日常の　生活費からさえ　離れており
より鋭いあの感覚を　危険にさらされないかぎり　と。
彼は私にきれいな道を　開いてくれた　そして　流れも
自然のままに　流れた。

もはや
述べるに最も大切なことは　話してしまったのだから
これ以上の苦労は　われらの現在の目的は　必要と
しないように思う。で　まだ（八頁上一―下二六）ほかの仕事がある。
思い出してくれ　この詩を書き始めた時の心の状態を。
おお　友よ！　わが道の　終りも　今や
近付いている　益々近いのだ。が　あの時でさえ
あのように　心が乱れながらも　激しい欲望に燃え
自分の生きてきた人生に　言ったものだ　お前はどこに
居るのだ　と。あなたからの声　聞けないだろうか
聞けても　咎《とが》めの声かもね。間もなく　私は立ち上がり
羽根でもついてるかのように　見ると　私の下に
広がっていた　広大な眺めの世界が　そこはかつて居て
その時も居た所。そこからこの歌が生れ

雲雀《ヒバリ》のように　引き延ばし　疲れを知らぬ大空で
歌い続け　時には　もっと悲しい声で
この世の悲しみに　合わせたり
が　すべては　愛に集中させ　そして　遂には
すべては　悦びへ　正しく理解されるなら。

私に　生命《いのち》が　与えられるか
生命と共に　力が　何か価値のある物を成し遂げ
人の眼に　充分に　応《こた》えられるかどうか
このような　自分自身の記録を　出したのに
それは　全く分らない。だけど　愛しい友よ
振り返って見ると　昨日見たどんな美しい景色よりも
もっと奇麗な姿で　見えてくるだろう
あの年の夏（二七歳の七月）が。あの時　カントックの草の多い丘の上を
遠く　歩き回り　木々の多い　深い谷間で
あなたは　うっとりするような言葉で　嬉しそうに
話してくれた　あの　幻のような（「老水夫の歌」のこと）　老いた人
眼の輝く　水夫のことを。また　語ってくれた
哀れな　悲しい話の　クリスタベル夫人（「クリスタベル」の主人公）のこと。
また私も一緒になって　大変な苦労をし　歩きながら
つぶやいていた　あの子が（「白痴の少年」の主人公）　幸運にも！　発見された
ことを。危《あぶ》ないことに　月夜に　馬を走らせたあと
高鳴る滝の傍《そば》にいたのだった。或は　一人の女が（「茨」の物語）
可哀そうに　惨《みじ》めな　茨《いばら》の側に　座ってた話。
また　あなたが　あの夏のことに　思いを巡《めぐ》らし
あの時の　私たちの状態すべてを　目の前にし
あの時の　仕合せを思い出せば　あなたにも　分って
もらえるだろう　少なくとも　あなたには　わが友よ
感じてもらえるだろう　一人の詩人の　心の物語は
注目に値しない　仕事ではないことが。この作品が
あなたに対して　正当化してくれるだろう。

この贈物（『序曲』のこと）の　最後の　後《あと》の方の所は
あなたの為に　構想を　練《ね》ったもので
その頃は　われらが初めて　一緒になって
勝手気儘な詩作に　浮かれていた頃とは

あまりにも　状況が違っていた。それは　友よ
大変な悲しみ　身をきるような何時迄も続く　個人的な
（一八〇五年二月六日弟ジョンが難破で死亡）
深い悲しみの時でした　この瞑想的な物語の中で
心の枠組を　述べて来たが　それで　その悲しみが
益々深く　感じられたのだ。なのに　同じように
益々確《しっか》りと　その悲しみを　耐えることが
できたのでした。今では　一つの慰め　一つの希望
一つの大切なもの　この世で与えられるものの中で
それが今　私のもの。また　あなたも　すぐ近く
間もなく　戻って来る　私達の所へ　健康も回復されて。
その時こそ　まず互に　涙を流し合った後《あと》に
外《ほか》に色々慰め合いながらも　得られるかもしれないのだ
このささやかな悦び　この贈物からの　私の愛。

　おお！　だが何と短い二・三年か　有意義な年なんて
総てが仕上がり　あなたの競走も　走り抜き　あなたの
栄光の記念碑も　建てられるだろう。その時こそ
たとえ　弱すぎて　真理の道を歩くことが出来ず
この時代が　古い偶像崇拝にまで　後退しようとも
人々が　潮《うしお》の引くように　速《すみ》やかに　奴隷の境遇へ
戻《もど》り　卑しむべき　恥ずべき事に
色々な国民が　共に沈もうとも　それでもなお
われらは見出そう　慰めを　持っている真の知識の中に。
祝福されるのだ　真の幸福に　もしわれらが
共に助け合って　より確かな　信頼の持てる日へ進み
一つの仕事を　共に働くならば（御《み》心が
そのような恵みを　われらに　与えてくれるなら）
罪の贖《あがな》いは　必ず　やってくる。自然の
予言者なるわれら　彼らに　告げよう
一つの永遠の霊感を　清めてくれたのは
理性と真理。われらが　愛してきた物は
外《ほか》の人達も　愛する。われらは　彼らに　その方法を
教えればいいのだ。また　彼らに教えよう　どうしたら
人間の心が　自分の住んでいる地球よりも　千倍も
美しくなるかを。事物のこの枠組以上に
（それは　人間の望みや恐れと　有らゆる事に

思い巡《めぐ》らしても　尚も　変らずに残っているのだが）
その美しさは　高められ　心自身の
本質や生地《きじ》は　より神聖なのだから。

ありがとう　お兄さん

——亡き兄への詩手紙《ポエタライク》モドキ

I

お兄さん　あの　しつっこく　押し寄せる　痰《たん》から
解放されて　ホッとしていることでしょうか　押し寄せる
痰を　飲み込んだあと　あなた　小さな　きれいな声で
「ホーッ　ホーッ」と言ってましたね　その声が　私には
亡き父母《ちちはは》を　呼ぶような　亡き愛娘《まなむすめ》の　静子を　呼ぶような
声に　きこえてくるのでした
◇思えば　私たちの父が　亡くなったのは　あなたが
小学校五年　私が二年の　五月一六日でした　今年は
七三回忌　父の寅蔵は　数えの四〇で旅立ち　あなたが
その四〇を過ぎたら　これからは　余分の人生だ　いつ
死んでも　悔いはない　と　いいづづけましたね
◇今でも　忘れられないのは　あなたが小学校六年の時の
親族会議　古い家の　茶の間の　いろりを囲んでの
親族会議　六年で　学校をやめるか　高等科へ　進むのか
どうか——当時は　義務教育は　六年まで　でしたからね
が　あなたは「高等科に行きたい」と　はっきり　言って
ましたね　小学校三年の私は　それを　茶の間の部屋の
障子の穴から　見ていました　あなたは　私などよりは
はるかに頭がよかっのに　そんな事情で　中等学校へ
行きたい　などとは　曖気《おくび》にも　いい出せなかった　と
言ってましたね　父亡きあと　あなたは　その父に
かわって　働かねばならなかった
◇そんな思いからでしょうか　弟の私には　思う存分
教育をつけさせてくれました　農学校に行かせ　高校
出て三年すぎてから　大学にも行かせ　大学院にまで
許してくれました　母には「お前が　甘やかすからだ」と
怒ったらしいが　四月　受かって　帰ってきた時　私には
一言も　怒りは　しませんでした　それから　高校三三年
つぎに　神奈川大学にひろわれて　一三年の非常勤講師
そして　今　自由な生活になって　七年目　五百頁もある
英語の詩を　毎日二〇行平均　翻訳しています　二年
がかりで　こんなことができるのも　すべてあなたのお陰
◇あなたは　私にとって　お兄さんであると同時に

親父《おやじ》でもあったんですね　どんなに　感謝していることか
家を離れて五七年　その間　毎年　古里の坂野辺へ帰って
来ない年は　一度もありませんでした　若い時は一ヵ月も
いて　モモもぎの手伝いを　したりしていました
年取って　それが　シンドクなってからは　五日ぐらい
にして　毎晩のように　あなたと一緒に　いっぱい
やりましたね　そんなとき　あなた　よく　話してました
人間の生き方など　私はもっぱらきき役でしたが
　千魃に　悩みて起きる　真夜中に
　　田植来たりと　水掛け行く　兄
　　　　　一九五〇年五月一八日夜一二時すぎ
あなたが二〇歳　わたし　一七歳　庄内農業高校三年の
時の　下手な歌　こんな時も　あったんですね
◇あなたは　人手不足から一八歳で　結婚させられ　でも
その相手は　きれいで　心のやさしい　沖恵さん　私達の
母の勝代は　沖恵さんが　小学校六年の頃　下級生の面倒
見ながら　学校へ行くのを見ていて　あのような　心の
やさしい子を　うちの嫁に　もらいたい　と　思った　と
あとで聞きました　実際　そのとおりに　なったのですね

そして　結婚生活　六五年　あなたの　奥さんに対する
言葉は　きびしくとも　心は　やさしく「俺が　元気に
なったら　お前の面倒　見てやるよ」とも　言った
そうですね　こんな心だから　病院での寂しさには　耐え
られなかったのですね　強引に　退院したりして
◇床に臥《ふ》すようになる前　山を　一目　ずーっと見てきた
とか　自分の一生　働いてきた所を　たしかめたのですね
「よし　これでよし」とでも　思ったのでしょうか
これも　奥さんの　おかげ　いつも　奥さんの側にいる
そして　実際　愛する奥さんに　見守られながら旅立って
いきました　なんて仕合わせな人生だったんでしょう
誠実に　生きて来た　結果　といっていいでしょうね
◇この　三月一八日　これが　最後かな　と思って
別れる時　あなたの足のマッサージ　両手のマッサージ
顔のひげそりもやり　そっと　ひたいや　目の下や
鼻の下や　あごなど　そっとマッサージ　あなたの　頭の
上から　のぞきながら「ありがとうよ　お兄さん
あなたは　私の親父でも　あったんですね　ありがとうよ
感謝　感謝してます　ではね　またくるよ」と言ったら

そっと　左手を　さし出す　その手を　しっかりとにぎり
右手も　にぎり　その手に　口づけも　し　「ではね」と
また　言ったら　別れの挨拶　何か　ききとれない言葉
これが　最後　と思うと　涙　とまらず　身内《みうち》の人には
きびしい　あなた　だったようだが
たまに会うせいか　私には　温かい人でした
肉体的には　兄でも　心の中では　オヤジ　でしたものね
お兄さん　オヤジさん
そのうち　わたしも　逝《い》きますから
それまでの　しばしの　お別れ
では　ね

（二〇一三年三月二五日告別式で読む）

II

庄内農業高校出て三年後に　青山学院大学にひっかかって
ました　家で勉強しながら　百姓はお手伝い程度
よく許してくれましたね　そしてこの大学のクラブに入り
そこで二学年上の女子学生が　私たち一年二年の時
指導してくれました　英米文学研究部という所で
ある先輩に「お前のなまりはヒドイね」と言われましたが
関谷道子というその女子学生は　そんなことは一言もなく
その関谷さんのもとで　授業以上に一所懸命にやり
それがこのワーズワスの詩につながり　結果的に　この
『序曲』を卒論に選び　これまた尊敬してやまない
院長の豊田実先生に卒論の指導教授としてついたのでした
こんな大先生に　授業で　また個人的にも　教わることが
できるなんて　夢のまた夢　なのに　それが現実　無能な
わが身を思うと　こんなことがあっていいのか　と　よく
自分に問いかけていました　あまりの仕合せにおののいて
その頃は『序曲』の訳もなく　注釈書も竹友藻風のIのみ
IIが出たのは私が学院を去って五年後　竹友氏は亡くなり
代りに　前川俊一氏　だから後半の方は全く一人歩き
まあよくやったものだと　今になっておどろく　もちろん
外国人の注釈書は見てましたが　三年の後半から四年の
六月八日まで英研の部長　それから卒論へ　『序曲』読み
始めたのは五月一四日　終えたのは八月一日　これにも
驚き　友人は一〇月末には　もう外人に卒論の英文を
見てもらっているのだ　俺はまだ研究書読み　やっと

卒論書き始めたのは一一月一五日　提出日まであと半月
が　ついに間に合った　一二月二日　その夜中一時二五分
「愛の中に人生の究極の問題を解いた」なんて　日記に
その日　教務課へ　英文は外人のフォスター（女）先生に
見てもらい　一応仮提出ということに　それを友人に
タイプしてもらい　提出は　一二月一〇日「怒られたが
受け取ってくれた」と日記　内容もこれじゃいい訳がない
が　よく　やったものだ　と今思わずにはいられない
最後は「だからワーズワスは『今でも私達になくては
ならない詩人』なのだ」とムアマンの言葉を結論にして
終っている　この気持　五七年後の今でも　変らない
以来　いつかは自分の日本語にしたい　と思い続けてきた
二六歳の五月二日から訳し始めたが　三二歳　九月一日
現実の仕事の忙しさから　一四六八行まで訳したが　中断
職やパートからも完全に解放されて八〇歳の一〇月一一日
初めから訳し始め　ついに一年二ヵ月後の一二月二五日
訳了　学生時代から　ライフワークと思い続けてきたもの
それにしても　あなたが　発病から一年数ヵ月で旅立って
しまったとは　生きているうちに捧げたかったのに

こんな訳が出来たのも　もとはといえば　あなたのお陰
なのだから　まず考えてみると　英語と日本語では
言葉の順序が違う　が　レインを訳して以来　できるだけ
同じにした方が分り易いなと思うようになったのです
それでこの『序曲』もそんなふうにやってみた　少しは
ムリな面もあったが　御了承のほどを　また原詩は英語
独特のリズム「弱強五歩格」で八四八二行書いてます
日本語でそれに合せて訳すことは不可能　が　せめて
と思って　一行を二五字以内　と決め　余ったりしたら
前行か次の行に分けたりして　そして　もしできたら
訳された日本語も　できるだけ詩らしく　を願いつつ
それでも　八四八二行　これをやりづけるのは　大変
何だこの日本語は　と思われるものもあるかもしれないが
悪しからず　私の日本語の未熟さ　と思って　よろしく
テキストは　セリンコートの一九五〇年版を　用い
研究社の前川俊一注にお世話になり　訳は一九六八年
発行の岡三郎　一九七一年発行の野坂穰の訳　これらが
なかったら　私の訳も　できなかったでしょう　最後に
わが畏友《いゆう》松元健二さんには　分らない所　教えてもらい

また私よりも詩のセンスのある木村泰子さんに　原稿を
読んでもらい　訳詩が少しでも良くなっていたら
それは　彼女のお陰　共に　心から感謝しています
（二〇一四年六月七日）

詩集　序曲―詩人の心の成長

二〇一五年三月二〇日初版発行

著　者　ウイリアム・ワーズワス

訳　者　佐藤健治
伊東市川奈一二五五―一三四（〒四一四―〇〇四四）

発行者　田村雅之

発行所　砂子屋書房
東京都千代田区内神田三―四―七（〒一〇一―〇〇四七）
電話　〇三―三二五六―四七〇八　振替・〇〇一三〇―二―九七六三一
URL　http://www.sunagoya.com

印　刷　長野印刷商工株式会社

製　本　渋谷文泉閣